Manfred Rebhandl

DÜRRE BEWEISE

GEGRÜNDET
1999

Manfred Rebhandl

DÜRRE BEWEISE

Czernin Verlag, Wien

Gedruckt mit Unterstützung der Kulturabteilung
des Landes Oberösterreich

Rebhandl, Manfred: Dürre Beweise / Manfred Rebhandl
Wien: Czernin Verlag 2012
ISBN: 978-3-7076-0426-9

Lektorat: Eva Steffen
Umschlaggestaltung: Bernd Püribauer
Autorenfoto: Daniel Kovalenko
Satz: Burghard List
Druck: Druckerei Theiss GmbH, A-9431 St. Stefan
ISBN Print: 978-3-7076-0426-9
ISBN E-Book: 978-3-7076-0427-6

Für Coco
Für meine Eltern
Danke für alles

Danke an Walter „Ka“ Kabelka für seine
fachliche und persönliche Unterstützung

***

Eine sehr gesunde Winterdepression hatte mich an den Eiern gepackt und ließ mich nicht mehr los, wie eine schwere Decke lag sie auf mir, aber neben der Decke stand auch eine Flasche Russenschnaps. Daraus nahm ich jetzt einen morgendlich kräftigen Schluck, spülte mir damit die Zähne, spuckte den ganzen Dreck in den Napf, und den nächsten Schluck trank ich.

Mit dem übernächsten hatte ich dann schon wieder fast vergessen, wie lange ich nun nicht mehr aus den Federn gestiegen war, aber das ist schließlich auch das Ziel des Trinkens – zu vergessen! Also drehte ich mich noch einmal auf die Seite, steckte eine Hand in die graue Wohlfühlhose und fiel wieder in einen verlängerten leichten Schlummer. Draußen war es finster und kalt, und bald wusste ich nicht mehr, ob es schon wieder finster war oder noch immer kalt, aber das war egal. Ich hatte sowieso nicht vor, in den nächsten Monaten mein Bett zu verlassen, denn Schnee mit Kalt machte mich jedes Jahr ganz bettlägrig. Zwar dauerte es immer ein Weilchen, bis ich mich endlich daran gewöhnt hatte, überhaupt nichts mehr zu tun, aber seit ein paar Tagen flutschte es wieder so richtig, und mein Körper benötigte jetzt nur mehr das Nötigste: hin und wieder einen guten Joint für die Tiefenentspannung, vor dem Bett einen Fernseher für die Nachmittagssendungen, im Bett eine Fernbedienung für den Fernseher und neben dem Bett reichlich Schnaps. Dazu ein guter Pizza-Service und vielleicht eine Rolle Klopapier zum Aufwischen, wenn ich mal was verschüttete oder mir die Nase rotzte, das war's. Ein wesentlicher Vorteil meines insgesamt sonnigen Gemütes war ja, dass mir auch während eines langen, dunklen Winters nicht langweilig wurde, dann schlief ich einfach, bis es richtig wehtat, oder verzog mich mit dem Schnaps und einer Pizza wie ein grummeliger Bär zu einem verdreckten Fenster meiner Bude, wo dann draußen der Tag an mir vorüberziehen konnte, ohne dass herinnen irgendetwas passierte, und wir dann beide irgendwann genug voneinander hatten, der Scheiß-Tag von mir und ich vom Scheiß-Tag. Insgesamt gibt es ja wenig im Leben, das besser ist als Schlafen, und manchmal fragte ich mich sogar, warum das so ist. Aber eine Antwort darauf blieb ich mir jedes Mal schuldig, weil ich dann meistens schon wieder eingeschlafen war, bevor mir etwas dazu einfiel.

***

Das penetrante Läuten meiner Schelle nahm ich daher fast persönlich, ich drückte auf Grün und sagte: „Superschnüffler Rock Rockenschaub löst auf alle Fälle alle Fälle, was zum Teufel kann ich um diese finstere Jahreszeit für Sie tun?"

„Ich bin's, Ku."

Es war Kubelka, der Gehirnschlosser. Ich kannte ihn aus Dirty Willi's Swedish Pornhouse, wo er immer in Reihe 19 saß und sich Psychoporno-Klassiker wie *Sigmund auf der Couch* oder *Feuchte Traumanalyse* anschaute und dabei in der Nase bohrte und Fingernägel kaute, in dieser Reihenfolge.

Als ich den Spinner das erste Mal gesehen hatte, hatte er mich noch an einen russischen Wanderprediger zu Zeiten des Zaren erinnert, langer Bart, rundes Brillengestell, dazu durchgesessene Hosen und ein Cordsakko mit Ärmelschonern, auf das die Schuppen seiner fettigen Haare fielen, und unter dem Sakko trug er stinkende

Hemden, die einen blind werden ließen, und Krawatten, an denen man ihn aufhängen wollte. Zu Dirty Willi sagte er einmal, dass er absichtlich so aussehen wollte wie sein großes Vorbild Sigmund Freud, den aber niemand von uns kannte, wir alle kannten und liebten Jack Schleck mit seinen Filmen wie *Jack schleckt sich durch*, der war ein anderes Kaliber.

Heute aber war Ku einer der gefragtesten Therapeuten in dieser Stadt, der wirklich alles über das weite Land der Seele wusste, und die eine berühmte Frage, die ich wie keine andere hasste, kam ihm wie nichts über die Lippen: „Rock, wie geht's dir denn?"

Ich sagte: „Lass mich in Ruhe, ich bin depressiv!"

„Das bist du nicht, du bist nur faul."

„Aber depressiv klingt besser!"

Nachdem wir dieses schwarzgallige Thema durchhatten, fragte er: „Sag mal, kennst du Rockin' Ronnies Texas Tabledance?"

Ich fragte: „Die Nacktbar?"

Sofort war ich eine Spur weniger depressiv, denn Nacktbars reizten mich beinahe noch mehr als Schlafen. Tatsächlich kannte ich den Laden vom sinnlos Herumfahren, er lag ganz weit oben am Gürtel, schon im 19. Bezirk und nahe bei den Schauspielern und Opernsängern, also eine Spur zu weit aus meinem Schussfeld, als dass ich ihn in meine Lebensmitte aufgenommen hätte, wobei: Nichts gegen sinnlos verbrachte Winterabende in einem Tabledance-Laden! Die Hütte musste nur halbwegs um die Ecke liegen und die Mädels dort sollten es wert sein, dass man wegen ihnen das Bett verließ, das war alles, was ich von einer Nacktbar erwartete, ich fragte also: „Worum geht's denn?"

„Um Folgendes: Der Besitzer, ein gewisser Ronnie von Hagen, liegt seit vielen Jahren bei mir auf der Couch, weil seine verdammte Mutter ihm das Leben zerstört hat und er seinen Arsch nicht mehr hochkriegt."

Ich sagte: „Du lieber Himmel!"

„Jedenfalls hat er mir neulich erzählt, dass seine dreizehnjährige Nichte verschwunden ist, weiß der Teufel wohin, aber sie ist seit ein paar Tagen einfach nicht mehr nach Hause gekommen. Normalerweise hör ich ja nicht so genau hin, wenn diese kranken Spinner mich volllabern mit dem ganzen Scheiß, der ihnen ihr Leben zerstört hat, aber in diesem speziellen Fall klingelte es bei mir und ich dachte: Das wäre doch vielleicht ein schöner Job für meinen Freund Rock, wo doch die Zeiten so hart sind, dass wir alle in der Seele krank werden, wobei ich sagen muss, dass die Zeiten für die Griechen vielleicht noch ein wenig härter sind als für mich zum Beispiel, aber die kennen dafür keinen Winter, also was sagst du?"

Ich sagte: „Geht's der Wirtschaft gut, geht's uns allen gut."

Dann lachten wir beide, bis uns der Bauch wehtat, und dann wollte ich schnell wieder die Schlafmütze aufsetzen, denn was sein Jobangebot betraf, musste ich ihm leider sagen: Es war gut gemeint, aber nicht gut genug.

So kurz vor Weihnachten wollte ich um keinen Preis einen Job, ich war nämlich ein überzeugter Freund der Winterarbeitslosigkeit, darum blieb ich ja lieber zuhause in meiner kleinen Welt, wenn es sich nur irgendwie einrichten ließ, und mied alles, was sich auch nur im Entferntesten nach Arbeit anhörte oder noch schlimmer: nach Problemen. Und in diesem Fall brauchte ich nicht einmal meine ganze Lebens- und Berufserfahrung in Dirty Willi's Swedish Pornhouse, um mir in den buntesten Farben auszumalen, was ein angeschlagener Tabeldancebar-Besitzer für Probleme in meinem Leben anrichten konnte, sobald ich mich dazu hinreißen ließ, seine Nichte zu suchen.

Aber leider siegte dann mein insgesamt großes Interesse an der Gestörtheit meiner Mitmenschen über meine überwältigende Schläfrigkeit, und ich fragte, was denn genau mit diesem Idioten Ronnie nicht stimmte, und Ku sagte: „Die Kurzversion lautet wie immer: schwierige Kindheit."

„Und die lange?"

Das hätte ich vielleicht nicht fragen sollen, denn jetzt fing er richtig an zu erzählen: „Also pass auf: Ronald von Hagen aka Rockin' Ronnie kommt eigentlich aus sogenanntem guten Haus, wo man eher Geige lernt als Schlagzeug und wo man sonntagvormittags in die Kirche geht und nicht ins Pornokino, so wie es sich eigentlich gehört. Seine Mutter war in den 60er-Jahren so etwas wie ein heimischer Ballettstar, Gitti von Hagen, der Name sagt dir vielleicht was?"

„Himmel, nein!"

„Ein paar Auftritte an der Volksoper, ein paar Titelblätter und Kalenderfotos, keine Weltkarriere, aber auch nicht nichts. Sie wurde schwanger und wünschte sich als erstes Kind natürlich Top-Ware, sprich: ein süßes Mädchen, das Ballett tanzen konnte. In diesem speziellen Fall kriegte sie aber nur den Ausschuss, nämlich Ronald. Er wog bei der Geburt schon über sechs Kilo, und da war es auch bei Mutti vorbei mit Size Zero und rosa Tutu, so viel verdammtes Fett war ihr nach der Schwangerschaft an die Hüften getackert, dass sie die Pfunde dann später nicht mehr runterkriegte."

Ich sagte: „Same old story."

„Dafür hätte sie den kleinen Ronald am liebsten in den Kübel geschmissen, so sehr hasste sie ihn. Aber sie hatte irgendwie auch ein starkes Triebleben, und weil ihr Mann sie mit dem ganzen Fett an ihrem Arsch nicht mehr anschaute und nicht mehr anfasste, musste halt der Wonneproppen einspringen."

Ich fragte: „Wie?"

„Sie zog ihm rosa Ballettsachen an und zwang ihn in dieser Aufmachung an ihre Brust, bis er, was weiß ich, zwölf oder dreizehn Jahre alt war, irgendwas gefiel ihr halt daran. Weil der Alte ihre Dinger nicht mehr leckte und saugte, zwang sie Ronnie, den Job zu erledigen, es machte sie geil, und um nichts anderes ging es dabei, denn ein Dreizehnjähriger hätte ja auch schon Chips und Burger essen können …"

„Oder die feurige Bohnensuppe von Jolanda."

„Ja, die ist wirklich lecker! Aber nein, Ronnie musste an ihre Titten ran und sie mit seiner Zunge bearbeiten, kannst du dir vorstellen, was das für einen Heranwachsenden bedeutet?"

Das konnte ich nicht, denn ich war verdammt noch mal Bier- und Schnapstrinker! Ich brauchte jetzt aber dringend einen weiteren kräftigen Schluck, weil mich die ganze Sache so aufregte, und als ich mich dann wieder halbwegs beruhigt hatte, hörte ich weiter zu: „Ronnie geriet also in eine fatale Abhängigkeit von seiner Mutter, und bald konnte sie alles mit ihm machen, sie sagte: Ronnie tu das und Ronnie tu dies, er wurde ihr richtig hörig."

Das machte mich jetzt beinahe wütend, ich hatte Mitleid mit dem kleinen Ronnie, und fragte mich, was denn sein alter Herr die ganze Zeit gemacht hatte, während er an ihren Titten saugen musste: „Konnte sein Vater ihn denn nicht einfach wegziehen von ihr?“

Darüber hatte sich Ku natürlich selbst schon Gedanken gemacht, er sagte: „Da sprichst du ein weiteres Problem in Ronnies Leben an, seinen Vater nämlich. Jeder Mann ist ja normalerweise stolz, wenn er einen Sohn gezeugt hat, einen Stammhalter. Aber der Spinner war ein harter, asketischer, brutaler Zwerg, der ausgerechnet Damenhandball trainierte und besessen war von der Idee, aus seinem ersten Kind eine Art Weltstar in dieser seltsamen Sportart zu machen. Nun hatte Ronnie aber leider ein dünnes Schwänzchen vorne dran und darunter noch zwei kleine Eier, was wiederum für den Alten die reine Enttäuschung war. Ronnie geriet also in die Doppelzange und konnte auch den Erwartungen seines Vaters nicht gerecht werden, der warf ihm in der Folge nämlich ständig seine Verweichlichtheit vor, in die ihn aber die Alte mit ihrer verdammten Muttermilch erst getrieben hatte. Aber so sind nun mal alle Mütter: Sie drücken dich an ihre Titten und schaffen dadurch eine Erwartungshaltung bei den jungen Männern, die dann später von keiner Frau mehr erfüllt werden kann.“

Ich sagte: „Jetzt mach mal einen Punkt, Ku. Schlaffe Titten sind wirklich keine Erwartungshaltung, die ich jemals an eine Frau hatte.“

Ich griff wieder nach der Flasche und steckte sie mir tief in den Mund, ich holte den letzten Tropfen aus ihr heraus und seufzte dann tief und angewidert. Mich interessierte ja schon bei Lemmy nicht, wie es ihm ging, und bei Guttmann und Willi dem Schwein verhielt es sich nicht anders, aber wenn Ku jetzt noch länger von diesem Ronnie und diesen Titten erzählte, dann würde ich heute noch eine zweite und dritte Flasche brauchen, so sehr ekelte mich schon vor dieser ganzen Geschichte, fehlte nur noch, dass Ku persönlich vorbeikam und mir ein paar Dias von diesem Spinner zeigte: Hier siehst du Ronnie, wie er an ihren Titten saugt; Hier siehst du Ronnie, wie ihm Anerkennung verweigert wird; Hier siehst du Ronnie, wie er seine eigene kleine Schwester von den Milchdrüsen der Mutti wegstößt …

Und tatsächlich: „Die Alte wurde dann später noch einmal schwanger, und jetzt war es endlich das erträumte Mädchen mit Namen Gerda, von dem die Mutter sich so sehr wünschte, dass es Ballett tanzen sollte, der Vater aber, dass es Handballstar wurde. Am Ende setzte sich der Alte mit vielen harten Schlägen durch, was ihm die Mutter nie verzieh und die Tochter auch nicht. So wuchs diese Gerda ohne Mutterbrust heran, von der der Alte sie immer wegzog und an der exklusiv Ronnie nuckeln durfte. Und vielleicht riss ihr später deshalb, als sie schon eine heranwachsende Frau war, kurz vor irgendeiner Weltmeisterschaft das Kreuzband, weil ihr das Kalzium fehlte, ein schicksalhafter Tag."

Ich schluckte kräftig und fragte: „Schicksalhaft jetzt wieso genau?"

„Sie kam in die Praxis eines damals bekannten Sportarztes aus dem ehemaligen Ostblock, genauer gesagt Ungarn, der das Handballteam des Vaters betreute, ein Guru namens Dr. Lajos Nyilasi, der damals schon fast fünfzig war und wohl auf junge Dinger stand. Er flickte ihr nicht nur das gerissene Band wieder zusammen, sondern gewann dabei auch ihr schweres Herz, denn er war ein harter, asketischer, brutaler Zwerg, siehst du schon, worauf ich hinaus will?"

Ich sagte: „Nicht unbedingt."

Schließlich war ich schwer depressiv, da rollten die Gedanken etwas langsamer und blieben länger in ihrem Versteck liegen, aber Ku erklärte mir die Sache ruhig und geduldig wie einem Idioten: „Na, sie heiratete gewissermaßen ihren Vater!"

Ich sagte: „Was für eine verrückte Idee!"

Das alles klang verdammt nach Hausfrauentratsch, den er mir da auftischte. Ich wollte damit also wirklich nichts zu tun haben, sagte dann aber, kurz bevor ich auflegen wollte, doch noch genau das Gegenteil, weil ich wieder an diese verdammte Nacktbar denken musste: „Also gut, dann komm doch einfach am Nachmittag bei mir vorbei und wir besprechen das alles in Ruhe, jetzt muss ich nämlich hinunter zu Lemmy, dem hab ich versprochen, dass ich ihn zur Samenspende in die Klinik bringe."

Da fragte Ku: „Kriegt der Freak denn überhaupt noch einen hoch?"

Und ich sagte: „Aber das ist doch gerade das Spannende!"

***

Mein Kumpel Lemmy hatte am Wiener Brunnenmarkt in einem Souterrain-Laden seinen Drogengroßvertrieb Quattro Stazzione untergebracht, getarnt als Plattenladen und benannt immer noch nach einer Pizzeria, die da früher mal drinnen gewesen war. Und ich wohnte oberhalb in einer Bude, die er mir vermietete, denn das ganze Haus gehörte mittlerweile ihm.

Ich hatte ihm das Versprechen, ihn zur Samenspende zu bringen, natürlich nicht ganz freiwillig gegeben, vielmehr war es das Ergebnis einer langen, von Schnaps und Drogen und wilden Vorwürfen durchtränkten Session gewesen, während der er mich wieder mal daran erinnert hatte, dass ich mit der Miete schon seit Jahren im Rückstand war und ich halt dann schauen müsste, wie ich bis Weihnachten noch einen neuen Stall finden würde, wenn ich ihn dort nicht hinbringe, man kennt das ja aus der Zeitung:

Skandal! Vor Weihnachten delogiert!

Mit seinem Vermieter sollte man aber besser nicht spaßen, also hatte ich mich breitschlagen lassen, meinen Winterschlaf für einen kurzen Ausflug zu unterbrechen. Wie ein verdammter Star wollte er dort hingebracht werden, nur weil er mittlerweile 800facher Vater oder so was war. In der Klinik holte er sich dann einen runter, während ich wartete, und kriegte dafür einen Schokoriegel und 30 Eier cash in die Hand gedrückt, das war's.

Aber Lemmy machte das natürlich nicht wegen dem Schokoriegel, und er machte es erst recht nicht wegen dem Spaß, denn so lange, wie das bei ihm dauerte, bis er endlich einen stehen hatte, konnte das gar keinen Spaß machen. Oft genug war er danach ganz wund an seinem Spätzchen, und manchmal blutete er sogar, und zuhause im Bett kann man, das lehrt die Erfahrung, wesentlich angenehmer wichsen, wenn man es darauf anlegt. Es sprach also nichts dafür, es dort zu machen, außer man hatte das Gefühl, einen Auftrag erledigen zu müssen, so wie das bei Lemmy der Fall war, so eine Art Mission.

Irgendwann war ihm nämlich das insgesamt Sinnlose in seinem Leben aufgefallen, denn das einzig Sinnvolle war die Produktion seiner Drogen und der anschließende Verkauf derselben, aber das nahm nur einen Bruchteil seiner Zeit in Anspruch, den Rest seines Lebens vertrödelte er zugedröhnt auf einer kaputten Couch liegend vor dem Fernseher. Das ist zwar irgendwie cool, solange man noch jung ist und es darauf anlegt, dem lieben Herrgott den Tag zu stehlen, aber es wird natürlich umso deprimierender, je älter man ist und je unfreiwilliger man auf der Couch liegt. Also fing Lemmy irgendwann an, aus Langeweile auf seiner Couch an sich herumzuspielen, und dabei musste ihm aufgefallen sein, dass da vorne bei seinem Lümmel etwas herauskam. Einer seiner verlausten Kunden erzählte ihm dann, dass man sich mit Wichsen in der Klinik Springflower ein kleines Zubrot verdienen konnte, weil die Chinesen für Spitzensamen mittlerweile Höchstpreise bezahlten. Und heute ist Lemmy dort einer der handverlesenen Premium-Spender, und wäre er ein Zuchtstier auf einer Landwirtschaftsmesse, dann würde ich ihn regelmäßig mit Schleifen an seinen Hörnern und goldenen Glocken um seinen Hals als Sieger nach Hause schleppen.

Mein Lemmy!

Trotzdem fragte ich mich natürlich jedes Mal: Geht's nicht auch morgen?

Das ist der Lieblingssatz aller Faulenzer und Depressiven, und ich war so was wie der König von denen.

Aber morgen würde bei Lemmy natürlich leider gar nichts mehr gehen, denn das weiße Gold musste ja auch heraus aus seinem Rohr, und deswegen schluckte er seit Wochen Unmengen von Viagra und Vitamintabletten, um rechtzeitig einen hochzukriegen, pünktlich um 13 Uhr sollte die Rakete heute stehen, ein paar Minuten später sollte sie zünden, und dann Nirwana.

Ich hüpfte also aus den Federn, zog mir passend zur grauen Jogginghose schnell den grauen Kapuzensweater über und wickelte mir ein weißes Handtuch um den Hals, sodass ich dann irgendwie aussah wie Rocky Balboa, wenn der frühmorgens zum Training aufbrach. Allerdings schüttete ich mir zum Frühstück keine rohen Eier hinunter wie dieser Spinner, sondern Schnaps. Dann setzte ich mir die Bärenjägermütze auf und sprang in die Zottelstiefel hinein, bevor ich mir dann noch den langen Pelzmantel überwarf, den mir Guttmann vor Jahren als Dank für meine Mithilfe bei der Klärung eines blutigen Familiendramas ausgehändigt hatte: Der unsympathische Teil einer serbischen Mafiafamilie war damals von einem Kerl geführt worden, der in etwa meine Statur gehabt hatte und obendrein eine Vorliebe für teure Pelzmäntel, jedenfalls bis zu seinem tragischen Tod durch mehrere Salven aus einer AK-47. Bevor die Spurensicherung in sein Haus gekommen war, hatte Gutti den Mantel aus dem Kasten des Großmauls genommen und an mich weitergereicht, und ich hatte ihn mir einfach angezogen, obwohl es draußen knapp 30 Grad gehabt hatte. Als ich damit dann hinausspaziert war und mich die Jungs gefragt hatten: „He, was hast denn du da für einen schönen Pelzmantel an, ist dir nicht ein bisschen heiß?“, da hatte ich einfach gesagt, dass ich von Natur aus zu viele verdammte weibliche Hormone produzierte und mir deswegen immer kalt an den Füßen war, und sofort wusste jeder, wie es mir ging, denn eine Alte, der immer kalt an den Füßen war, die hatte jeder zuhause. Nur der Chef der Abteilung war von Natur aus ein bisschen skeptisch und hatte gemeint: „Dafür, dass du so viele weibliche Hormone produzierst, hast du aber eine ganz schön tiefe Stimme und einen verdammt dichten Bartwuchs." Aber man konnte es nicht allen recht machen.

Als ich dann endlich die Tür hinter mir zusperrte und auf die Straße hinaustrat, packte mich statt der Depression die Kälte am Eiersack, denn ich hatte ganz vergessen, mir eine Unterhose anzuziehen. Aber sei's drum! Es stand ja nur ein kurzer Klinikbesuch auf dem Programm, und nicht meine Eier würden dort gefragt sein, sondern die von Lemmy.

***

Lemmy hatte sich fein herausgeputzt, als ich ihn unten in seinem Plattenladen abholte, er trug das Gleiche wie immer, nur dass er sich für diesen Anlass extra den Che-Guevara-Button ans Revers seiner speckigen Lederjacke Marke „Neverwithoutme" geheftet hatte, und im Winter trug er darüber halt noch seinen alten Militärmantel, der ihm ein paar Nummern zu groß war, und in den er hineinsteigen musste wie in ein Zelt. Das Teil war aus schwerem Stoff, der ihn beinahe niederdrückte, und manches Krümelchen Dreck hatte sich darauf angesammelt.

Lemmy war mittlerweile so schwach, dass ich nicht nur ihn stützen musste, sondern auch seinen Mantel, also fragte ich: „Möchtest du dir nicht endlich mal so eine leichte Outdoor-Jacke zulegen?"

Er fragte: „Meinst du so eine für Bergsteiger? Also ich weiß nicht."

Wie eine alte Frau hakte er sich dann bei mir unter, als ich ihm meinen Arm anbot, die paar Stufen hinauf von seinem Plattenladen an die frische Luft waren für ihn wie eine Alpenüberquerung, was uns einiges an wertvoller Zeit kostete. Sein hinfälliger Körper glich mittlerweile einer Ruine, in der ein Wrack wohnte, es war wirklich schwer zu glauben, dass es so einer zum Star im Springflower hatte bringen können.

Seit ich nicht mehr aus den Federn gekommen war, hatte es einen schönen Haufen geschneit, aber Lemmy wollte mir nicht helfen, meinen Datsun freizuschaufeln, er wollte seine Kraft für den großen Auftritt sparen. Also winkte ich einen kleinen Türken herbei, zog einen Schein aus der Tasche und sagte: „Willst du dir vielleicht ein paar Mäuse verdienen, Mustafa?“ Der Kleine nahm den Schein und fragte: „Wie?“

Ich erklärte es ihm, aber bevor ich ihm die Schaufel geben konnte, lief er mit meinem Schein davon. Sympathischer Zug eigentlich, dass er die Arbeit scheute, aber in diesem Moment hasste ich ihn dafür, also schoss ich ihm einen Schneeball an den Hinterkopf und schrie ihm nach: „Wie willst du es denn jemals aus der Armutsfalle schaffen, wenn du dir sogar für eine Schneeschaufel zu schade bist?“

Kaum ging er zu Boden, war ich von einer kleinen Armee türkischer Halbstarker umzingelt, die mich töten und ihrem Kebab untermischen wollte, aber Lemmy entschärfte die Situation mit der Ruhe einer alten Nutte und verteilte kleine Appetithäppchen besten Grases, mit denen er sich die Kundschaft für morgen anfütterte. Er nannte ihnen noch Preise und Lieferkonditionen und die Möglichkeit, durch Großeinkäufe einen kleinen

Mengenrabatt herauszuschinden. Als sie wieder weg waren, sagte ich: „Es ist falsch, was du tust! Man muss diese Idioten auch ein bisschen fordern!“

Aber meine Position war natürlich dadurch geschwächt, dass ich gerade selbst in der tiefsten Winterarbeitslosigkeit steckte, und so sagte er wieder: „Dann bring doch du mal Geld nach Hause!“

Immer vor Weihnachten ließ Lemmy die kleine Zicke heraushängen, die er natürlich auch war, und spielte den Vermieter, der er leider auch war. Dann klagte er über Mietrückstände und die verdammten Freaks in seinem Haus, die es nie geschnallt kriegten, ihm die Miete rechtzeitig zu überweisen, und dass er verdammt noch mal auch Kosten hätte und alles immer teurer würde – die Müllabfuhr, das Wasser, die Versicherungen für das Haus, alles! Aber im Grunde zielte seine verdammte Jammerei immer nur auf mich ab, und so musste ich den Wagen alleine freischaufeln, der feine Herr nahm nicht einmal die Kelle in die Hand, um damit das Eis von den Fenstern zu kratzen, denn mit kalten Fingern wollte er dann später nicht wichsen. Bevor er einstieg, nahm er noch das Fell vom Sitz, das ich extra für Happiness hineingelegt hatte. Die Gute konnte es in diesen schneidigen europäischen Wintern nicht warm genug um ihren süßen Arsch herum haben, aber sie war ja leider gerade nicht da, weil sie drüben in Bratislava im Frauenknast saß. Als alter Profi wusste Lemmy natürlich, dass seine Spende umso besser ausfallen würde, je kühler sie bis dahin in seinen Eiern lagerte, immer wieder fragte er mich: „Weißt du denn nicht, wie die Wilden verhüten?“

Und ich sagte dann jedes Mal wieder: „Nein, erzähl's mir!“

„Die setzen sich mit dem Sack voran in einen Haufen heißen Sand hinein, dort bleiben sie sitzen, bis die Eier kochen, und erst dann versenken sie ihren Prügel in der Spalte ihrer Frau."

Oberste Samenspenderregel also: Der Sack muss schön kühl bleiben, sonst stimmt die Qualität nicht!

Als ich den Japaner endlich auf Touren brachte, verbot Lemmy mir dann auch noch, die Heizung aufzudrehen, und während er unruhig an seinen Nägeln kaute, fragte ich ihn: „Wie lange fahren wir dort eigentlich schon hin?"

Er sagte: „Soweit ich mich erinnern kann …"

– Und das war bei ihm eine wichtige Einschränkung! –

„ … seit über zehn Jahren."

Seither lieferte er einmal im Monat verlässlich seine Spende ab, dafür reichte seine Manneskraft noch, und trotzdem war er jedes Mal wieder so nervös, als hätte er gleich richtigen Sex. Auf halber Strecke fing er schon an, sich durch die engen Lederhosen den Schwanz zu massieren, weil er dachte, das würde die Sache später in der Klinik beschleunigen, aber ich wartete dann trotzdem immer über eine Stunde, bis er endlich fertig war, also fragte ich: „Sind enge Lederhosen nicht der Feind jeder guten Durchblutung?"

Lemmy sah das aber natürlich ganz anders: „Ich hab' vielleicht 800 Kinder oder so über die ganze Welt verstreut, und dann kommst du mir mit deiner Scheißdurchblutung?"

***

Man tat in dieser Klinik wirklich alles, damit Herr Kurt Lemminger sich wohlfühlte, darum kriegte er auch kein Becherchen, wenn er sich dort anmeldete, sondern ein kleines Kübelchen, auf dem sein Name draufstand. Notfalls würde man für ihn sogar die Straße sperren und Salutschüsse abfeuern, denn obwohl er kaum etwas aß und stattdessen alle Drogen der Welt zu sich nahm und den ganzen Tag so laute Musik hörte, dass sein Glockenspiel nie aufhörte zu scheppern: Was er dort ablieferte, war dann immer Topqualität, mit der man einen halben Kontinent besamen konnte, und die Ladys in Weiß nahmen dafür auch gerne längere Wartezeiten in Kauf, die desto länger ausfielen, je älter er wurde. Und die Wahrheit über den Spender würden die kleinen neureichen Chinesinnen, die sich die kleinen Lemmys dann einpflanzen ließen, bestenfalls im Kleingedruckten des Vertrages erfahren:

„VORSICHT! Der Vater Ihres Kindes könnte ein schwer drogenabhängiger und untergewichtiger Plattenhändler namens Kurt Lemminger sein."

Verspätet und total erfroren waren wir dort angekommen, ich hatte dem Stier den Mantel abgenommen und ihn zur Rezeption geschoben, weil er schon ganz steif war, allerdings noch immer nicht an dem Teil seines Körpers, wo die Spende raus musste.

Während Lemmy den Schein ausfüllte und sein Superstar-De-Luxe-Spender-Kit ausgehändigt kriegte mit Handtüchern und duftender Gleitcreme drin, lehnte ich mich weit vor zur Schwester, die Frl. Susi hieß und so verdammt heiß aussah, dass auch ich gleich spenden wollte. Aber erst musste Lemmy verabschiedet werden, wir machten winke, winke und schickten ihn in seine Kabine, und als ich ihn dort reingehen sah, langsam und ohne Selbstvertrauen, wusste ich schon, dass das heute etwas länger dauern würde.

Ich setzte mich also und blätterte im Neonlicht ein paar von den Schöner-Wohnen-Hefte durch, die überall in solchen Wartezimmern herumliegen, aber für meine Wohnung und für meinen Geschmack war da nichts dabei. Der Zeiger der Uhr an der Wand tickte, draußen fielen Schneeflocken, und die eine grüne Pflanze, die dort herumstand und „Raumklima" schaffen sollte, wuchs langsam vor sich hin, während ich blätterte. Warten war immer so verdammt langweilig, ich konnte mich einfach nicht daran gewöhnen, und bald dachte ich, wenn das noch mein Tag werden sollte, dann musste dringend etwas passieren, in einer Stunde würde es schon wieder finster sein, und dann würde ich vielleicht gar nicht mehr sehen, wie hübsch Frl. Susi war, ich sagte: „Wohl nichts los heute, was?"

So wie sie jetzt seufzte, war ihre Botschaft unmissverständlich die, dass auch sie durchaus mehr Action vertragen könnte, sie wurde selbst langsam unruhig, je länger das dauerte, denn mehr als Nägelfeilen hatte sie nicht zu tun, sie fragte: „Dauert das länger bei Ihrem Freund?"

Und ich sagte: „Er ist eigentlich gar nicht mein Freund."

Das war natürlich ein bisschen unfair jetzt, aber es gab Momente, da punktete man nicht mit seiner Freundschaft zu Lemmy. Ich sagte: „Vielleicht sind ja seine Hände zu kalt."

Sie sagte: „Meine sind schön warm."

Ich blickte auf die Uhr, sie erkannte meine Sorge und beruhigte mich: „Der Nächste kommt nicht vor 16 Uhr."

Wir hatten also knappe zwei Stunden Zeit, ich legte das H.O.M.E. zur Seite und stellte mich zu ihr, da hatte sie sich endlich einen Stift in den Mund gesteckt und schaute mich über den Rand ihrer Lesebrille an, als wäre sie Sister Slut aus *Slutty Nurses*, den Dirty Willi immer wieder gerne ins Programm nahm, wenn ein Ärztekongress in der Stadt tagte.

Sie öffnete einen weiteren ihrer wenigen Knöpfe am Kasack, und was dabei herauskam, sah verdammt gut aus. Ich begann zu schwitzen und bat um ein Tempo, sie zog eines aus dem Halter und reichte es mir mit ihren langen dünnen Fingern, ich sagte „Danke" und wischte mir damit über die Stirn, während sie mir endlich die Hand an die Hose legte und „Oh, là là" sagte.

Da hörte ich Lemmy.

Leise presste er meinen Namen heraus, wie jemand, der gerade auf dem Klo sitzt, eine schöne Sauerei angerichtet hat und jetzt verzweifelt nach jemandem sucht, der ihm das Klopapier unter der Tür durchschiebt, das da drinnen leider fehlt.

„Rock! Hörst du mich?"

„Ja, was ist denn?"

„Bitte komm!"

Als wollte ich das nicht ohnehin gerade!

Ich entschuldigte mich ungern, aber höflich bei Frl. Susi und ging zu ihm, er öffnete die Tür und ich trat ein. Verzweifelt stand er mit heruntergelassenen Hosen vor mir und sagte: „Es geht einfach nicht!"

Da war es 14.36 Uhr. Er deutete mit der Hand auf das faltige Elend, das ihm zwischen seinen dürren Schenkeln hing, sein Schwänzchen war voll mit Haaren und hatte sich ganz in den Wald zurückgezogen, irgendwie kriegte er einfach nicht mehr genug Blut dorthin, es war, als könnten die Russen plötzlich keine Raketen mehr bauen, oder als hätte die Sonne einfach verlernt, zu scheinen. Ihn so zu sehen, das war schon echt traurig, also tröstete ich ihn mit den einfühlsamsten und wärmsten Worten, zu denen ich fähig war: „Lemmy, das kann doch jedem mal passieren, dass er keinen mehr hochkriegt, du bist ja nicht mehr zwanzig!“

Aber Lemmy war ein Kämpfer, er strich nicht gleich die Segel, sondern nahm immer noch einen Anlauf, bevor er die Flinte ins Korn warf, er sagte: „Bring mir bitte mein Heftchen!“

Er meinte „Woodstock-Sluts“, mit dem er sich normalerweise immer in Stimmung und die Waffe in Position brachte. Aus Gründen der Selbstüberschätzung hatte er es heute im Auto zurückgelassen. Er brauchte zum Wichsen einfach Ladys mit Haaren, an denen er sich aufrichten konnte, diese ganzen rasierten Hochglanzmuschis und gebleachten Ärsche, mit denen er sich hier aufgeilen sollte, ließen ihn kalt.

Gerne wollte ich ihm den kleinen Gefallen tun und sprang hinaus an die frische Luft, holte das Heftchen aus dem Auto und schlich damit verschämt an Frl. Susi vorbei zurück zu Lemmy. Dort drückte ich es ihm in die Hand, aber weiter konnte und wollte ich ihm nicht helfen.

Als ich wieder vor Frl. Susi stand, schob sie mir ihre Hand unter den Sweater und strich über die kleine Speckfalte, die mir während der letzten Wochen im Bett gewachsen war, und als ihre Hand weiter in meine Hose hineinfuhr, fragte sie: „Tragen Sie denn keine Unterhose?“

Ich sagte: „Sie vielleicht?“

Dann fing sie an, mich zu massieren, während sie an ihrem Bleistift knabberte, wir hörten Lemmy eifrig in seinem Kämmerchen stöhnen, und ich stöhnte mit.

Hätte sie den Job bei Lemmy erledigt, dann wären wir schon längst wieder zuhause gewesen, aber mit der Hand fiel auch ihr bald nichts Neues mehr ein, also kniete sie sich einfach hin, und wir brauchten dann nicht mal ein Becherchen, um die Spende aufzufangen, denn sie hatte ja ihren Mund.

Der Tag war somit schon jetzt einer der besten Wintertage, die ich je erlebt hatte. Daran konnte auch der dumpfe Knall nichts mehr ändern, den wir plötzlich aus Lemmys Kammer hörten. Wir eilten zu ihm, er war einfach umgefallen und lag auf dem Boden, das Becherchen war leer. Das gibt es ja öfter, dass ältere Herrschaften beim Sex den Löffel abgeben, etwas seltener passiert es in der Samenspenderklinik beim Wichsen.

Ich fragte Frl. Susi: „Ist er tot?“

Sie sagte: „Nein, ihm fehlt nur ein wenig die Substanz.“

Sie zeigte mir dann, dass sie keinen großen Unterschied machte zwischen Marlon Brando (ich!) und Mickey Rooney (Lemmy!), sie kniete sich einfach hin, öffnete ihm die Lederjacke und fing an, ihn zu beatmen. Dabei hielt sie mir ihren herrlichen Arsch entgegen, was ich als Einladung missverstand. Weil wir schon so viel miteinander erlebt hatten, dachte ich nämlich: Lecker, da greifst du jetzt einfach mal hin! Aber kaum hatte ich Kontakt mit ihrem Arsch hergestellt, drosch sie mir ihren Ellenbogen mitten ins Gesicht und brach mir die Nase, und dann sagte sie wie Sister Slut in *Slutty Nurses*, wenn sie am Anfang des Films immer auf züchtig und hochgeschlossen machte: „Doch nicht im Dienst!“

Nur dass es für mich als Laien so schwer zu erkennen war, wann genau sie im Dienst war und wann nicht.

***

Wie ein altes Ehepaar nach einem richtig verregneten Cluburlaub, in dem rein gar nichts mehr lief, schwiegen Lemmy und ich uns an, als wir dann von der Klinik wieder zurück Richtung Heimat fuhren. Worüber auch reden, wenn der andere gerade beim Wichsen kollabiert war und man selbst ein Pflaster über der gebrochenen Nase hatte, die höllisch wehtat? Wenigstens hatte Frl. Susi auch mich noch verarztet, nachdem sie Lemmy wieder ins Leben zurückgeholt hatte, also gab es immerhin keinen Grund zur Eifersucht, auch wenn Lemmy darauf bestand: „Sie hat mich geküsst!"

„Nein, sie hat dich beatmet!"

Er wollte jetzt nur noch nach Hause und sich was ganz Hartes einwerfen, und dann wollte er sterben, weil er sich so furchtbar schämte. Aber das hätte wieder nur Arbeit für mich bedeutet, wenn die ganzen Spinner, die zu ihm ins Quattro Stazzione kamen, um sich was von seinem guten Gras zu holen, dann bei mir anläuteten und mich mit „He, was hast du, wie ist der Preis?" volllaberten.

Lieber entwarf ich im Kopf ein „Wiederaufbauprogramm Lemmy", so eine Art Marshallplan, der ihm die nötige Substanz zurückgeben sollte: Das Hauptquartier würden wir in Jolandas Hard & Heavy aufschlagen, um ihn mit reichlich Kohlenhydraten und Fett wieder in die Spur zurückzubringen, und wenn er nicht pünktlich um 12 Uhr mittags bei ihr in der Wirtsstube sitzen würde, dann sollte sie mich anrufen und ich würde ihm das Zeug persönlich hineinstopfen, Sauce mit Nudeln, Gulasch mit Nudeln, alles was gut und nahrhaft war, mit Nudeln.

Aber Lemmy war überhaupt nicht der Nudel-Typ. Er hing jetzt neben mir in seinem Sitz wie der Hingenagelte am Kreuz, der die Welt nicht mehr retten konnte, zog an seinem Joint und vergaß dabei fast auszuatmen, so sehr beschäftige ihn seine Niederlage, und endlich seufzte er: „Ich bring's einfach überhaupt nicht mehr."

Ich sagte: „Das hab ich gesehen."

„Weiß du, was ich brauche? Ich brauch einfach mal wieder richtig gutes Speed!"

Seine Augen waren dabei auf Advent gestellt, mit ganz viel Hoffnung drin, also fragte ich: „Soll das dein Brief ans Christkind werden?"

Ich hatte mir schon ein bisschen was überlegt für meine Freunde. Jolanda zum Beispiel würde ich heuer einen Gutschein für einen Kutschenritt nach Serbien hinunter schenken, sie selbst hatte ja keinen Führerschein, und schon länger sprach sie davon, dass sie wieder mal ihre Familie dort unten besuchen müsste, um gewisse Angelegenheiten zu regeln, wie sie das nannte, wobei sie nie näher darauf einging, wer diese Familie war und was es dort für Angelegenheiten zu regeln gab. Vielleicht würde ich den Gutschein sogar selbst malen, das hatte ich mir jedenfalls auch schon überlegt. Wenn ich also noch einen Ziegel Speed für Lemmy auftreiben würde, dann hätte ich immerhin schon zwei Geschenke beisammen, und so früh vor Weihnachten hatte ich noch nie zwei Geschenke gehabt, das wäre dann Rekord.

An Mannis Tankstelle vorbei bog ich ab, hinüber zum Hard & Heavy, schon von Weitem roch man die Gulaschsuppe, sie war feurig und heftig. Jolanda fuhr dort in ihrem Gasthaus im Winter einen alten Kohleofen auf Hochtouren, der die ganzen Penner der Umgebung anlockte, die sich dann bei ihr wärmten. Diese Freaks wussten überwiegend gar nicht mehr, dass Weihnachten vor der Tür stand, denn sie teilten ihr Leben nur noch in Kalt und Warm ein: Wenn sie irgendwo unterkriechen mussten, dann war es kalt und Winter, und wenn sie draußen ihre Latschen ausstrecken konnten, dann war es warm und Sommer. Ostern? Weihnachten? Nikolaus? Vergiss es! Man verliert einfach das Feeling für solche Tage, wenn man niemanden mehr hat, dem man etwas schenken kann, und vielleicht deswegen verzichteten die meisten hier aufs Duschen. Es stank jedenfalls immer ganz fürchterlich im Hard & Heavy, und nur wenn man die Gulaschsuppe ganz nah an die Nase hielt und möglichst alle paar Augenblicke am Bierglas nippte, konnte man es da drinnen überhaupt aushalten, und ab und zu ein Joint schadete bestimmt auch nicht.

Normalerweise freute sich Jolanda sehr, wenn sie uns sah, aber heute war sie unzugänglich und missmutig. Frauen und Weihnachten, das ist natürlich ein eigenes Kapitel. Sie setzte sich erst gar nicht zu uns, wie sie das sonst immer machte, sondern servierte nur ein Großes gegen den Durst und ein Kleines zum Trinken und verschwand dann wieder nach hinten in ihre Küche, wo wir sie mit jemandem reden hörten, immer wieder auch etwas lauter, aber immer auf Serbisch, sodass wir trotzdem nichts verstanden. Ich fragte Lemmy: „Glaubst du, dass sie Hilfe braucht?"

Er sagte: „Nicht von dir!"

Das ist so eine Eigenheit der Menschen, dass sie die Schuld immer auf andere schieben, sogar, wenn sie beim Wichsen kollabieren. Lemmy war dann sogar noch böse auf mich, als Kubelka hereingestiefelt kam und etwas frischen Schnee mitbrachte, er sagte: „Da seid ihr also!"

Drüben im Quattro Stazzione waren wir, wie eigentlich ausgemacht, nämlich nicht gewesen, also hatte er mal auf gut Glück hier vorbeigeschaut. Als wären wir jemals woanders gewesen!

Er setzte sich zu uns an den Tisch und bestellte heißen Tee, in den kippte er mitgebrachten kalten Schnaps, dann sagte er: „Das ist jetzt nichts Persönliches gegen Jolanda, aber mit ihrem Schnaps würde ich nicht mal meine Füße waschen, und ehrlich gesagt nicht einmal die von Lemmy."

Wie ein verdammter Zauberer wusste er dann sofort, dass bei Lemmy und mir der Haussegen wieder schief hing. Spürte er das, oder war es seine langjährige Erfahrung als Paartherapeut, der er natürlich auch war? Jedenfalls fragte er: „Wollt ihr reden, Jungs?"

Ich trat ihm gegen das Schienbein, weil ich ganz sicher nicht reden wollte, aber Lemmy sagte immerhin: „Was brauchst du?"

Ku sagte: „Was du hast."

„Ich hab nicht viel."

„Dann gib mir das Wenige."

Ohne Reden kommt kein Deal zustande, ohne Deal kein Umsatz, und ohne Umsatz kein Gewinn, alte griechische Bauernregel. Ein lange Zeit unentdeckter Wasserschaden hatte bei Lemmy im Herbst einen Großteil der Ernte in seinen ausgedehnten Kellerräumlichkeiten vernichtet, was für mexikanische Drogenkartelle relativ leicht wegzustecken ist, für einen mittelständischen Kleindealer wie Lemmy aber nicht. Da er im Innersten ein ängstlicher, auf Vorsorge bedachter Freak war, hatte er die Preise massiv angehoben. Entsprechend der Wirtschaftslage und der knappen Budgets vor Weihnachten wollten die Leute allerdings auf alles eher einen Rabatt haben, anstatt noch mal was draufzulegen. Der Einzige, der sich Lemmys Preise jetzt noch leisten konnte, war Kubelka, den er Gott sei Dank als Großabnehmer hatte gewinnen können. In den langen Tagen des Winters und insbesondere vor Weihnachten war Ku ein gefragter Mann bei den ganzen einsamen und frigiden Frauchens, die entweder noch keinen gefunden hatten, mit dem sie unterm Christbaum liegen konnten, oder die gerade verlassen worden waren, weil ihr Alter es satt hatte, mit ihnen unterm Christbaum zu liegen, und die dann mit Ku „darüber reden" wollten. Weiß der Teufel warum, aber den Christbaum vor Augen, drehten sie irgendwie alle durch. Ku hatte also durchgehend Betrieb, und am Ende der Stunde bot er den Gestörten wahlweise eine fundierte Analyse ihrer Seele an oder eben ein Säckchen mit Gras von Lemmy, und mittlerweile entschied sich der bei Weitem größere Teil für das Säckchen von Lemmy. Darum konnte Ku jetzt einen schönen Packen Geld auf den Tisch legen und er sagte: „Geld spielt wirklich keine Rolle."

Wer sich eine verdammte Psychotherapie leisten kann, der kann sich nämlich auch Dope leisten! Beim Anblick des Geldes fing Lemmy plötzlich an zu rechnen und fragte schließlich: „Wie viel schlägst du eigentlich drauf, wenn du meine Ware weiterverkaufst?"

Ku sagte: „Buy high, sell higher, das ist mein Motto. Aber bevor du daran denkst, es meinen Klienten selbst zu verkaufen und dadurch deine Spanne zu erhöhen, sage ich dir gleich: Du stehst zwar immer mit einem

Fuß in der Psychiatrie, aber du hast keinen Fuß in der Therapeutenszene, und den wirst du da auch nicht reinkriegen, denn dieser Markt ist für dich geschlossen, Fort Knox doppelt gesichert, verstehst du, keine Chance, null."

Das sah Lemmy ein, denn auf die Couch, die er unten im Keller stehen hatte, würde sich so schnell keine legen. Er nahm also das Geld und wollte hinübergehen ins Lager, doch als er aufstand, stieß er mit seinem Mörderständer, der ihm nun doch noch still und heimlich gewachsen war, fast den Tisch um, und mit der gewissen Verzögerung der sedierten Drogenfreaks spürte er sogar noch den Schmerz, der ihn wie ein Schwein schreien ließ. Da fragte Ku: „Herrgott im Himmel, was ist denn mit seinem Schwanz passiert?"

Und ich sagte: „Willst du zuerst die kurze Version hören?"

„Ja."

„Schwierige Kindheit."

„Und die lange?"

Ich erklärte ihm den Sachverhalt in groben Zügen und Kubelka griff den Ball gerne auf: „Erektionsstörungen nehmen in der gesamten westlichen Welt rapide zu, Lemmy, das liegt einesteils am Internet, aber auch am schlechten Essen und natürlich am zunehmenden Druck, dem der Mann als Ernährer ausgesetzt ist. Du bist jedenfalls nicht der Einzige, der keinen mehr hochkriegt, also mach dir nichts draus!"

Das konnte in gewissen Momenten tröstend klingen, musste es aber nicht. In diesem speziellen Fall erreichte es den Angesprochenen aber gar nicht mehr, denn der war schon wieder irgendwo hinter seiner Wand aus Downers verschwunden, ich fragte Ku: „Kann man, soll man etwas mit ihm tun?“

Aber der winkte ab und meinte, dass Lemmy eigentlich alles richtig machte: „Mehr als verdrängen, vergessen und Deckel drauf kann man für seine gesunde Seele eigentlich nicht tun.“

Also schickte ich die zwei voraus, damit sie drüben im Quattro Stazzione ihren Deal checken konnten. Wie ein alter Bauer, dem ein Hodenbruch zu schaffen macht, ging Lemmy an Kubelkas Arm hinaus in den Schnee, während ich mir noch ein Großes und ein Kleines bestellte, um mit Jolanda die Sache wegen Weihnachten zu besprechen.

Bisher war Weihnachten einfach gewesen. Ich hatte für meine Jungs immer ein akzeptables Programm zusammengestellt, und eine unumstößliche Regel dabei lautete seit Jahren: Alle, die nichts Besseres zu tun hatten, trafen sich nachmittags bei Jolanda im Hard & Heavy, sie tischte Köstlichkeiten auf, und wir aßen und tranken sie, bis wir voll waren und die Stimmung 1A.

Wer wollte, konnte anschließend drüben bei dem verrückten Polen auf der Neulerchenfelder Straße in die Mette gehen, aber er musste damit rechnen, dass er ausgelacht wurde, also tat es auch niemand, außer Jolanda selbst, die da irgendwie noch eine Rechnung offen hatte mit ihrem Herrn Jesus Christus.

Also war der Spaß bei ihr leider immer um Punkt 22 Uhr zu Ende, und dann musste bei Willi oben im Swedish Pornhouse weitergefeiert werden, wo er *Santa Cums tonight* oder *Assholy Nights* im Programm hatte, und wenn die letzten Spinner raus waren, dann gingen wir alle hinauf in den Vorführraum, wo die Sause weiterging, solange wir stehen konnten, das war im Wesentlichen Weihnachten, und es war immer sehr schön.

Aber Dirty Willi war heuer nicht im Land. Er hatte sein Swedish Pornhouse zugesperrt und war für zwei Monate nach Thailand abgezischt. Was er dort wollte, war klar – noch einmal den Frühling im Winter seines Lebens genießen! Danach, hatte er gesagt, würde er entscheiden, wie es weitergehen sollte mit dem Swedish Pornhouse, und wenn er es an mich weitergeben würde, dann wäre ich im Frühling Unternehmer und wirtschaftlich unabhängig von Lemmy.

Wenn nicht, wäre es mir allerdings lieber. Denn der Laden lief nicht mehr so gut, dass man damit reich werden konnte.

***

Jolanda war der Typ serbischer General in Strumpfhosen mit behaarten Unterarmen und einem kleinen Damenbärtchen über den spitzen Lippen. Aber wenn sie einem mit Schwung die Bestellung an den Tisch brachte, dann konnte man sich schon in sie verlieben, und Guttmann, der Bulle, hatte es getan, als wir letzten Sommer öfter hierhergekommen waren, während ich ihm geholfen hatte, einen Fall im türkischen Pornomilieu zu lösen.

Guttmann kannte ich aus Dirty Willi's Swedish Pornhouse, letzte Reihe Mitte, *Fat Mummy*-Filme waren seine Leidenschaft, und Würfelzucker. Er ließ mir immer wieder mal Aufträge im Dienste der Polizei zukommen, im Gegenzug hatte ich ihm in den letzten Jahren immer einen der begehrten Plätze bei der alljährlichen Weihnachtsfeier für einsame Herzen in Dirty Willi's Swedish Pornhouse verschafft.

An Jolanda waren ihm sofort ihr strammer Arsch und die zwei herrlichen Dinger vorne dran sowie ihre schönen Augen aufgefallen. Klassisch. Und als er dann zum ersten Mal den Löffel in ihr Gulasch steckte, war es um ihn geschehen, und Freund Guttmann begann sich ernsthaft für sie zu interessieren. Erstens konnte sie gut kochen, zweitens war sie eine Frau, und drittens hatte sie keinen Mann. Gutti fragte mich also über ihr privates Umfeld aus, ob sie Kinder hätte in Jugoslawien, wie er das noch immer nannte, oder einen Mann, Schulden, Geheimnisse, Leichen im Keller? Und nachdem ich alles nach bestem Wissen und Gewissen mit Nein beantwortet hatte, wollte er, dass ich mit ihm jeden Tag zu ihr essen ging, was ich zunächst auch gerne machte, weil er mich immer einlud, und zwar auch auf die Getränke. Und hin und wieder schaffte er es dabei sogar, Jolanda in einen kleinen Small Talk zu verwickeln, was er als Fortschritt wertete. Aber so wie die beide drauf waren, mit den ganzen Enttäuschungen, die ihnen das Leben schon als Mühlsteine um den Hals gehängt hatte, schleppten sie sich natürlich nur sehr langsam in Richtung Ziellinie. Ich wollte ihm die Hoffnung nicht nehmen, dass er irgendwann doch noch bei ihr landen würde, auch wenn ich natürlich wusste, dass sie die Menopause bereits hinter sich hatte und insgesamt froh war, sich den ganzen Zinnober mit Ausziehen, Vorspiel und So-tun-als-ob ersparen zu können. Das hatte sie mir jedenfalls mal gesagt, mit dem Zusatz freilich: „Nur bei dir würde ich eine Ausnahme machen, Rocky."

Aber das waren leider die falschen Worte, und ich sagte zu ihr: „Sag bitte nicht Rocky zu mir, Jolanda, ich heiße Rock wie der Felsen und nicht Rocky wie das Felschen, keine Ausnahme."

Nicht, dass sie das glücklicher gemacht hätte!

Die Sache war Guttmann irgendwann zu ernst geworden, als dass er einen stets zu Späßen aufgelegten Privatdetektiv an seiner Seite haben wollte, der nach dem siebten Bier auch mal Klapse auf Popos verteilte. Also hatte er mich dann gebeten, mal ein paar Wochen nicht dorthin zu schauen. Man kennt das ja: Ist man selbst solo, trifft man sich mit seinen Kumpels, aber kaum ist eine heiße Lady im Spiel, sind die Freunde out. Mir war es recht, es interessierte mich ohnehin nicht, wie es anderen ging, aber wo ich nun schon mal hier war, fragte ich Jolanda: „Na, wie läuft's denn mit Gutti?"

Darauf sagte sie irgendwas auf Serbisch, das so was Ähnliches wie „Fick dich ins Knie!" bedeutete, also fragte ich gar nicht erst nach, wie es im Detail mit Gutti lief. Sie verschwand wieder in der Küche, wo sie noch immer nicht alleine war, ich konnte aber nicht sehen, wer genau dort bei ihr war, ich konnte nur hören, wie die beiden immer wieder mal etwas lauter wurden. Dann aber hörte ich plötzlich einen dumpfen Schlag, und dann einen Schrei, und dann war es still.

Ich lief nach hinten zu ihr, aber in der Küche war sie nicht.

Aus der Küche hinaus führte eine Tür ins kalte Stiegenhaus, dort waren die Toiletten, und daneben ihr kleines Büro, auf dem aber PRIVAT stand und nicht BÜRO. Dort fand ich sie dann, sie lag am Boden und hielt sich die Hand vors Gesicht, das eine Auge war schon zugeschwollen, die Nase war gebrochen, willkommen im Club.

Sie war alleine, und das wollte sie scheinbar auch bleiben, denn als ich sie fragte, ob ich etwas für sie tun könne, schrie sie mich an: „Ja! Hau ab! Das hier geht dich nichts an!“

Auch wenn Frauen sonst nie meinen, was sie sagen – diesmal meinte sie es genau so, wie sie es sagte.

Ich lief also hinaus auf die Straße, bereit, Jolanda zu rächen. Aber derjenige, der ihr das angetan hatte, war nicht mehr zu sehen. Ich stellte den Kragen meines Mantels hoch und ging hinüber zum Quattro Stazzione, und während ich mir eine anzündete, fragte ich mich: Wie würde das wohl weitergehen mit Gutti und Jolanda?

***

Lemmy lag bereits wieder auf seiner Couch, als wäre er nie woanders gewesen, und Ku saß neben ihm auf einem Sessel. Die Beine übereinandergeschlagen, rauchte er lässig einen der Joints, die er gerade gekauft hatte. Als ich hinunterkam und brühwarm erzählte, dass Jolanda von einem Unbekannten niedergeschlagen worden war, dachte ich, das wäre vielleicht ein paar offene Münder wert, aber Lemmy meinte nur, dass er ja schon immer gesagt habe, dass ich niemandem helfen könne, woraufhin ich sagte: „Schau dir doch mal deinen verschrumpelten Schwanz an, jeder verdammte Joint ist größer als diese Wurst!“

Woraufhin Lemmy sagte: „Ich hab 800 Kinder gezeugt.“

Und ich: „Aber nicht mit Ficken!“

Und so weiter.

Ku stand langsam auf, stellte sich zwischen uns und versuchte, die Lage zu beruhigen, ganz so, als hätte er das irgendwo gelernt, er sagte: „Leute, jetzt nehmt doch mal Zettel und Bleistift in die Hand und schreibt auf, was ihr am anderen mögt und was nicht, und dann redet einfach mal ehrlich miteinander wie zwei erwachsene Menschen, ihr seid schließlich nicht die Einzigen, die vor Weihnachten Probleme mit sich selbst und den anderen haben."

Ich sagte: „Du meine Güte, was gibt es denn zu reden, wenn man Probleme hat!"

Ich war nämlich der „Wer Sorgen hat, hat auch Likör"-Typ. Man macht sich abends den Kübel voll, stellt ihn neben das Bett, in dem man ein paar Tage lang bleiben will, und dann steht man irgendwann wieder auf, und wenn man vorher Probleme hatte, dann kann man sich nachher nicht mehr daran erinnern, weil man sie einfach vergessen hat, das war's.

Andererseits entzog mir Lemmy schon seit Längerem jede Energie, er war wie ein schwarzes Loch, also dickes Minus. Dagegen Kubelka! Ein hell leuchtender Stern, der mit seinem verständnisvollen Wesen Wärme spendete und immer öfter die richtigen Worte für mich fand. Und hatte er nicht heute früh was von einer Nacktbar mit Tabledance gesagt? Das alles gab ein fettes Plus! Der Kerl wurde mir mit der Zeit immer sympathischer, trotz seiner dreckigen Brille und den wurbeligen Haaren, und obwohl ich Typen mit bodenlangen Cashmere-Mänteln normalerweise zum Frühstück aß, fragte ich ihn: „Was ist denn jetzt mit diesem Ronnie und seiner verdammten Nichte?"

Ku: „Wo war ich stehen geblieben?"

„Bei den Titten von seiner Alten!"

„Ach ja, Ronnie war also wegen dieser ganzen Scheiße bei mir in Therapie, als er plötzlich nach Amerika abhaute, wohl, um sich endlich von seiner Mutter und ihren Titten freizuschwimmen. Dort muss er dann irgendwie in Rockerkreise geraten sein, denn er kaufte sich eine Harley und fuhr damit ein paar Mal von links nach rechts und wieder zurück, eine erste Postkarte erreichte mich schließlich aus San Antonio, Texas, darauf stand:

Geht mir gut.

Heiße jetzt Rockin' Ronnie.

Denke fast nicht mehr an Mutti.

Beim Hin- und Herfahren da drüben muss er dann so ziemlich jeden verdammten Nacktbar-Schuppen der USA besucht haben, selbstverständlich auch und immer wieder als Akt der Rebellion gegen die eigene Mutter und ihre Titten, ich denke, das ist dir mittlerweile klar und ich brauch es nicht immer wieder zu erwähnen."

Ich sagte: „Vollkommen klar."

Mal abgesehen davon, dass der Typ bescheuert war, nahm ich ihm jetzt fast ein wenig übel, dass der sich *Rockin'* Ronnie nannte. Und als wir dann endlich meinen Datsun bestiegen, um die Reise zu Psycho-Ronnie anzutreten, hatte mich Ku so weit gebracht, dass es mich so richtig vor dieser Mutter und ihren Quasten ekelte. Die einzigen Mütter, die ich schätzte, waren ja die MILFS aus *MILFS Go Crazy* oder *MeetmoreMILFs.com*, Mütter, die auch als Mütter noch aussahen wie normale Frauen und nicht wie … naja … verdammte Mütter.

Im Wagen fragte mich Ku dann: „Wurdest du denn nie gestillt?"

Ich sagte: „Meinst du jetzt mit Milch, oder was? Herrgott, nein! Sie haben mich gleich ins Heim gesteckt, nachdem sich herausgestellt hatte, dass mit meiner Alten irgendwas nicht in Ordnung war, ihr Kopf, ihre Leber, irgendwas funktionierte bei der nicht richtig, ich weiß allerdings nicht mehr genau, was, ist alles so lange her.

Aber ich war ihnen nicht böse, denn ich hab meine Alte nie vermisst, im Gegenteil, vielleicht bin ich ja deswegen so glücklich, weil ich keine Mutter hatte?"

„Das kann sein", meinte Ku. „Jedenfalls trägst du nicht die Bürde der Erinnerung an ihre Brüste, und deswegen kannst du jetzt unbelastet an Frauen herantreten und dir die aussuchen, die dir gefällt ..."

– „... und an der mir die Brüste gefallen!" –

„Ja, weil du nicht unbewusst dem Bild deiner Mutter hinterherläufst und immer sie ficken willst, wie dieser verdammte Ödipus, es sind nämlich immer die Mütter, die letztlich an allem schuld sind und dein Leben ruinieren, und da red' ich jetzt noch gar nicht von Abarten wie italienischer Schwiegermutter oder so was."

Wir fuhren dann langsam hinter einem Schneepflug den Gürtel hinauf in Richtung Norden, hin und wieder schielte ich dabei zu Ku hinüber, der saß ganz ruhig und breitbeinig da und rauchte seinen Joint und erzählte mir von seiner Studie „Mutterbrust – Mehr Schaden als Nutzen", mit der er es ganz nach oben schaffen wollte. Der Typ hatte etwas, was uns allen irgendwie fehlte – er ruhte in sich wie der Dotter im Ei. Und das machte mich selbst immer ein bisschen wurbelig, wenn einer so ruhig war.

Das aus dem Räumfahrzeug ausströmende Streusalz hätte einen wie Lemmy sofort in andere Sphären geschossen, die Weihnachtsbeleuchtung und das ständige Hin und Her der Scheibenwischer taten das ihre, um eine Art psychedelische Stimmung in meinem Datsun zu erzeugen. Es war nicht wie Woodstock, das nicht, aber es war ähnlich, und wäre jetzt Jimi Hendrix da hinten in meinem Wagen gesessen, dann hätte es mich nicht überrascht, wenn er *Hey Joe* gesungen hätte.

Ku packte einen sehr teuren Flachmann aus und reichte ihn an mich weiter, er fragte: „Was trinken?"

Ich fragte: „Was?"

Er sagte: „Schottische Brühe."

Unter keinen Umständen wollte ich ihm Ablehnung oder gar Zurückweisung zuteil werden lassen, also sagte ich: „Her damit!"

Ich nahm einen ordentlichen Schluck, es war sogar erstklassige schottische Brühe, also fragte ich: „Woher hast du sie?"

Er sagte: „Das ist ein Geschenk von einer meiner Klientinnen, die ich bei ihrem Alkoholentzug unterstützen durfte."

„Hat es denn geklappt?"

„Nun ja, immerhin konnte ich sie dazu bringen, mir ihre Sammlung teuren schottischen Whiskys zu schenken und selbst auf billigen Tankstellenwodka umzusteigen, bei der Menge, die sie den ganzen Tag über in sich hineinschüttet, war dieser Whisky für sie die reinste Verschwendung."

Ich sagte: „Du bist ein echtes Ass, Ku."

Er sagte: „Ja, ich bin nicht schlecht. Soll ich dir jetzt weiter von Ronnie erzählen?"

„Lass es raus."

„Er kam jedenfalls mit ganz viel Leder und Eisen am Körper zurück aus den USA, wohl, um eine schützende Mauer reiner Männlichkeit um seine verletzte Seele zu ziehen. Aber er blieb natürlich trotzdem dieser verweichlichte, lebensunfähige und vollkommen passive Fettsack, der eine unbändige Angst vor Frauen hatte. Um ihn einer endgültigen Heilung näherzubringen, hab ich ihm schließlich empfohlen, diese Tabledancebar zu kaufen, nachdem der Besitzer, der auch bei mir in Therapie gewesen war, sich den Schädel weggeschossen hatte, weil seine Mutter ihn jeden Tag hundert Mal angerufen und ihm gesagt hatte, dass er lieber zu Mutti kommen und ihren Apfelstrudel essen sollte anstatt es mit billigen Weibern zu treiben."

Verdammt! Solche Gespräche führt man auch nur im Winter, wenn die Heizung im Wagen gut aufgedreht ist. Wenn es draußen schön ist, dann lässt man das lieber bleiben, sitzt stattdessen im Garten herum und trinkt Bier.

Darauf freute ich mich jetzt schon wieder.

***

Ich parkte mich vor dem Texas Tabledance ein. Ein Maverick-Horn hing über dem Eingang, was das Ganze eher wie ein Steakhouse aussehen ließ. Na gut, auf diese Mutter war ich dann langsam auch richtig böse, denn scheinbar hatte sie ihren Ronnie so weit ruiniert, dass er nicht einmal mehr wusste, wie eine Nacktbar aussehen sollte.

Texas war ja als Idee nicht schlecht. Aber da drüben war Sonne, die Mädels waren gebräunt und hatten alle einen gesunden Drang, sich darzustellen. Und sie hatten natürlich alle unglaublich geile Titten! Kurz: Amerika hatte ganz andere Möglichkeiten, was Titten betraf, und eine Nacktbar an einer Kreuzung irgendwo auf dem flachen Land in Texas, wo die Fernfahrer vorbeikamen und nach vier Tagen auf dem Arsch sitzen mal wieder selbst einen geilen Arsch sehen wollten, war was anderes als der heruntergekommene Gürtel, wo es schlicht keine Trucker gab, die sich mal kurz Hirnnahrung für die Weiterfahrt holen wollten, weil die alle hinauf an die Grenze zum tschechischen Babystrich fuhren.

Wir hatten dann noch ein bisschen was im Flachmann, und ich hatte noch einen Joint übrig, also blieben wir ein wenig sitzen und ich bohrte weiter: „Hab ich dich eigentlich schon gefragt, wann in deiner verdammten Geschichte endlich das Kind vorkommt, das ich suchen soll?"

Ku sagte: „Mooooment. Die Schwester von Ronnie hatte ja diesen Sportarzt Dr. Nyilasi geheiratet, sie hießen jetzt von Hagen-Nyilasi, und er wollte nichts anderes als einen Stammhalter, schließlich war er schon über 50. Vielleicht rammelte er Ronnies Schwester damals jeden Tag, vielleicht jeden zweiten, vielleicht mit Liebe, vielleicht mit Bravour, jedenfalls rammelte und rammelte er, aber es tat sich nichts bei ihr, der Adler landete einfach nicht im Nest. Der Doktor wurde darüber immer ungehaltener und warf ihr vor, dass sie ihm keinen Stammhalter schenken konnte, aber auf die Idee, dass mit seiner Ausrüstung etwas nicht stimmte, kam er natürlich nicht. Jedenfalls war Ronnies Schwester irgendwann so verzweifelt, dass sie es mit einem Samenspender versuchen wollte ..."

Hier musste ich natürlich kurz nachhaken: „Moment, sagtest du Samenspender?"

„Ja."

„Verdammt!"

Das schien mir gerade irgendwie das Wort des Tages zu werden.

Wir stiegen aus und gingen langsam hinüber zum Tabledance. Ku warnte mich: „Der ist jetzt vielleicht nicht ganz dein Typ."

Ich sagte: „Ich muss ja nicht für ihn tanzen."

Und dann interessierte mich noch, wie er den Kerl überhaupt kennengelernt hatte, er erzählte: „Als die Geschäfte noch nicht so gut liefen, vor fünf, sechs Jahren, da hab ich gezielt solche Läden abgeklappert, wer dort hingeht, der hat ja meistens ein Problem mit seiner Mutter. Ich setzte mich also an die Bar und hörte mir die ganzen Geschichten an, die sich normalerweise ein Barkeeper anhören muss, und dann verteilte ich meine Karte. Ronnie war Gast dort, er sah mich, beobachtete mich beim Zuhören, und fasste Vertrauen, denn die Expertisen, die ich ab und zu einstreute, gefielen ihm. Also wurde er mein Klient, und in der ersten Stunde sagte ich zu ihm: ‚Erzählen Sie doch mal von ihrer Mutter.' Das reicht normalerweise schon für 20 bis 40 Stunden Stoff, in denen es nur so flutscht, und ich brauche am Ende nur die Hand aufzuhalten und die Scheine zu kassieren."

Irgendwas machte der Kerl richtig in seinem Leben.

Wir traten ein. In solchen Häusern zog ich mir nie den Mantel aus, weil man ja nie wusste, ob man nicht gleich wieder ging, weil die Mädels so scheiße aussahen. Das ist ein bisschen wie beim Fleischer: Wenn die Qualität stimmt, dann geht man immer wieder gerne hin und holt sich neues Fleisch, aber wenn sie nicht stimmt, dann lässt man es lieber bleiben und holt sich das Fleisch woanders.

Hier bei Ronnie stimmte rein gar nichts, es sah aus wie ein verdammter Underground-Rockerschuppen, der Freak hatte sogar alles schwarz angemalt. Eine Nacktbar muss aber in rotem Plüsch gehalten sein, sonst kommt da keine Stimmung auf. Außerdem war die Heizung abgedreht, was zwar bei den Mädels die Nippel stehen ließ, aber bei einem Mann gar nichts. Dazu das altertümliche

Mobiliar, die schlechte Lüftung, die durchgewetzten Barhocker, die Nassräume hinten im Stiegenhaus, für die man den „Schlüssel an der Bar erfragen!“ musste – alles Scheiße.

Andererseits wäre gerade in einer Nacktbar das alles relativ egal, solange das Produkt stimmt. Aber genau das stimmte bei Ronnie erst recht nicht, die Mädels waren unterirdisch, Marke ausgemusterte Lidl-Kassiererin. Die, die jetzt tanzte, hatte ein rosarotes Ballett-Tutu um die fleischigen Hüften, was Ronnie gefallen mochte, mir aber nicht. Sie konnte mit ihrem Vogeltanz vielleicht in Millstatt am See irgendein Scheiß-Outlet eröffnen, aber es reichte nicht mehr für die Ansprüche einer sich immer rascher wandelnden Zeit. Selbst wenn in einer Nacktbar nur verdammte Verlierer und Abstinker herumsaßen – auch Verlierer und Abstinker hatten mittlerweile Ansprüche und wollten für ihren Zehner etwas geboten kriegen, oder sie wählten die Nummer vom Konsumentenschutz, Abteilung Sex and Drugs and Rock'n'Roll. Sie mühte sich redlich, ihren Fuß über die Schulter zu kriegen, was eigentlich eine leichtere Übung ist, wenn man in Übung ist, aber sie schaute dabei drein, als müsste sie ein Rätsel lösen. Also ließ sie es dann lieber bleiben und tanzte ohne Stange weiter. Eine Therapie hätte ihr vielleicht geholfen, aber keine bei Ku, sondern eine beim Ernährungsberater, knackig wie beim frischen Salat war an ihr nichts mehr, offensichtlich hielt sich die nicht an die weltweit gültigen Essensvorschriften für Tabledancer und die üblichen vier Stunden Gymnastik täglich. Von den Disconummern, zu denen sie ihren Arsch bewegen sollte, hatte sie noch nie gehört, da hauchte Donna Summer „Love to love you baby“ aus den Boxen, und sie bewegte sich wie zu Jodel & Dodel.

Das hier war eine verdammte Mogelpackung!

Ich beschwerte mich bei Ku: „Das ist eine verdammte Mogelpackung!“

Er sagte: „Das ist Ronnies katholischer Prägung geschuldet. Im Innersten hat er immer noch ein schlechtes Gewissen, dass er hier die Mädels nackt tanzen lässt.“

Du darfst aber kein schlechtes Gewissen haben, wenn du eine Nacktbar betreiben willst!

Ronnie selbst stand hinter der Bar.

Solche Typen kamen oft in Dirty Willis Swedish Pornhouse und schauten sich dort *Harley Bitches* oder *Nieten & Nageln* an, alles Klassiker aus dem Motorradpornomilieu. Mich erinnerte er sofort an Michael Jackson, aber an den in der einen Simpsons-Folge, wo Homer in die Psychiatrie eingeliefert wird und in seiner Zelle neben Michael Jackson zu sitzen kommt, der aber natürlich nicht der wirkliche Michael Jackson ist, sondern ein sackartiger Riese mit Fistelstimme, der dann den Moonwalk tanzt und „Aiiihiiiie“ schreit. Nur dass Ronnie keine Zwangsjacke trug, sondern ein schwarzes Leder-Gilet und schwarze Lederhosen, die seitlich gebunden waren, der Typ rockte überhaupt nicht. Er war ganz tief in den 80ern stecken geblieben, unter seinem Leder war er ekelhaft weiß, unter seinen Achseln sah man die Haare, und er schwitzte trotz der Kälte. Er war ein wackeliger Pudding, dem die Alte mit der Muttermilch jeden Stolz und jede Würde ausgetrieben hatte. Man sah ihm richtig an, wie er sich ein Leben lang hatte anhören müssen, dass er ein Stück Scheiße war und nicht für Frauenhandball taugte und auch nicht fürs Ballett. Er hatte so etwas leicht Selbstmordgefährdetes, man wollte ihn an der Hand nehmen und durchs Leben führen: Aufpassen, eine Ampel! Vorsicht, mehr Sonnenschutz! Bitte nicht vergessen, am 15. ist die Steuer fällig! Seine Hand war ganz weich und nass, als ich sie schüttelte, und ich musste daran denken, wie er damit die Muttinippel hergerichtet, bevor er als 13-Jähriger daran hatte saugen müssen.

Endlich brachte er ein paar Drinks und wenigstens für die brauchte er sich nicht zu schämen, bei Wodka konnte man aber auch nicht viel falsch machen, Hauptsache er war kalt, obwohl es natürlich immer mehr Spinner gab, die sagten, dass er warm sein müsse. Aber die wohnten in Dachböden und aßen gedünsteten Fisch.

Ich prostete Ronnie zu und sagte: „Jetzt erzähl doch mal, was dich bedrückt."

Er sagte: „Meine Schwester Gerda hat mich vor einer Woche angerufen, weil ihre Tochter seit ein paar Tagen nicht nach Hause gekommen war. Ich hab sie beruhigt, weil junge Mädchen ja hin und wieder woanders übernachten, so was kommt vor, das sagte mir auch die Polizei, die ich deswegen angerufen habe. Aber als sie dann letzten Freitag nicht bei mir aufgetaucht ist …"

Ich fragte: „Was hätte sie denn letzten Freitag bei dir machen sollen?"

Ich konnte es mir nämlich beim besten Willen nicht vorstellen, aber es war so: „Sie kam jeden Freitag zu mir und holte sich einen Sack zum Kiffen, einen kleineren Teil für sich selbst, den größeren Teil verkaufte sie in ihrer Schule weiter."

Ich zog Ku am Ärmel zur Seite und fragte ihn: „Jetzt sag aber mal: Verkaufst du Lemmys Zeug an ihn weiter, und er verkauft es an seine 13-jährige Nichte weiter, versteh ich das richtig?"

Kubelka nickte: „Das Ganze hat in erster Linie einen therapeutischen Aspekt, es verschafft ihm ein wenig Anerkennung, zumindest von einer 13-Jährigen. Und sie kann einmal in ihrem Leben die hohen Erwartungen erfüllen, die ständig an sie gestellt werden, denn Lemmys Gras ist wirklich einmalig."

Ich sagte: „Ja okay, aber wieso weißt du das alles?"

„Weil Ronnie und seine Schwester als Kinder auch unter den allzu hohen Erwartungen ihrer Eltern gelitten haben und die Erwachsenen die erlittenen Kränkungen immer an die eigenen Kinder weitergeben, ich hab's dir doch erklärt!"

Ich sagte: „Ich brauch halt ein bisschen länger."

Das Problem der hohen Erwartungen kannte ich natürlich selbst auch, und zwar von Happiness, wenn sie wollte, dass ich sie stunden- und wochenlang befriedigte, diesen Erwartungen allerdings wurde ich bisher immer gerecht. Mehr beschäftigte mich also die Sache mit dem Weiterverkauf, aber Ku nagelte mir gleich wieder die Schuhe an den Boden, bevor ich abheben konnte, er sagte: „Ich weiß, was du jetzt denkst, Rock, aber vergiss es! Ihr braucht nicht nur das Produkt, sondern auch den Markt. Und sorry, aber du hast keine Kinder und Lemmy auch nicht, und ihr kennt beide keine verdammten Mütter, die Kinder haben und euch Zugang zum Schulmarkt verschaffen, also tut mir echt leid, das ist nichts für euch."

Ich sagte: „Du hast keine Ahnung, wie viele Kinder Lemmy schon hat."

Dabei schaute Ronnie mich plötzlich so verdammt traurig an, sodass ich kurz glaubte, das dünne Band zu sehen, das ihn mit seiner Nichte verband. Weiß der

Teufel, aber auch als Rocker hat man scheinbar Gefühle, und wenn man sich selbst nicht fortgepflanzt hat und so ein beschissenes Leben führt wie er, dann vermisst man vielleicht sogar seine 13-jährige Nichte. Dann kam noch hinzu, dass man im Winter keine ausgedehnten Motorradtouren unternehmen kann, sodass man die Harley irgendwo unterstellen muss und genug Zeit hat, sich zu fragen, ob der Nichte vielleicht was passiert ist, nur weil sie mal nicht wegen dem Gras vorbeigekommen ist, also fragte ich: „Wie heißt denn die Kleine überhaupt?"

Er sagte: „Maxi."

Die Zeiten waren wohl endgültig vorbei, als man Mädels und Jungs noch an ihren Namen auseinanderhalten konnte, aber Ku klärte mich auf: „Ihr richtiger Name ist Maxima, das heißt die Beste, das Maximum, die Erste auf dem Treppchen. Schon hier manifestiert sich natürlich überdeutlich der hohe Anspruch der Eltern, allerdings geschrumpft zur verniedlichten Form."

Ich sagte: „Darum will ich ja, dass ihr alle immer Rock zu mir sagt und nicht Rocky, weil ich diese verniedlichende Form so hasse. Hast du mal ein Foto von der Ersten auf dem Treppchen?"

Ronnie hatte keines. So eng war die Geschäftsbeziehung dann auch wieder nicht zu seiner Nichte, aber er wusste immerhin: „Sie hat ein Tattoo am Unterarm, so wie meines. Ich hab ihr das Geld dafür gegeben und ihr einen Termin oben bei Ink-Joe auf der Koppstraße besorgt, der's ihr dann gemacht hat."

Um Missverständnisse zu vermeiden, fragte ich: „Das Tattoo?"

Er sagte: „Ja."

Ich sagte: „Lass mal sehen."

Er zeigte mir seinen fleischigen Unterarm, und ich sah eine fette Nackte in Strapsen und rosarotem Tutu um die speckigen Hüften und High Heels an den Stummelbeinchen und mit riesigen Titten vorne dran, und sogar ich hätte nun schon meinen Arsch darauf verwettet, dass dieses hässliche Monster das Gesicht seiner Mutter trug, und noch bevor ich Ku anschaute, wusste ich selbst, was dahinter steckte: „Das ist wohl so eine Art von Rebellion, nicht wahr?"

Und Ku nickte zufrieden.

Ich fasste also zusammen: „Wenn deine Nichte kein Gras bei dir kauft, dann fehlt dir ein wenig der Sinn im Leben, und wenn sie dich zu Weihnachten nicht anruft, dann ruft dich überhaupt niemand mehr an und du denkst daran dich umzubringen, läuft es darauf hinaus?"

Ronnie bestätigte: „Ja, so ist es."

Langsam mauserte ich mich zu Kubelkas Reserve-Therapeuten, und wenn er mal krank sein würde, dann könnte ich mich für ihn in seine Praxis setzen und statt ihm meine Lauscher aufspannen, ich fand Gefallen daran, hinter dem ganzen Fettberg nach Ronnies Seele zu suchen, brauchte zuvor aber noch eine handfeste Information: „Jetzt verrat mir nur noch, wo deine Schwester mit deiner Nichte überhaupt wohnt."

Er sagte: „Sie haben eine Villa draußen im Cottage-Viertel."

Ich sagte: „Du meine Güte, Ronnie, ich lebe so lange und glücklich in meiner eigenen kleinen Welt, ich weiß gar nicht mehr, wo das Cottage-Viertel ist."

***

Mein natürlicher Instinkt sagte mir: Geh wieder schlafen, Rock! Aber nach allem, was Lemmy mir immer vorjammerte von den ganzen kleinen Kinderlein, die überall auf der Welt herumliefen und nach ihrem Papa suchten, konnte ich jetzt nicht Nein sagen, obwohl meine Skepsis groß war. Also ging ich mit Ku nach hinten pissen, wir stellten uns nebeneinander vor die Muschel und packten aus. Dann starrten wir beide die Fliesen vor uns an und hörten einer gewissen peinlichen Stille zu, wir waren nämlich noch nie zusammen pissen gewesen, also ging zunächst bei uns beiden nichts. Und Ku, der Erfahrung mit solchen Situationen zu haben schien, kannte auch das passende Wort dafür: „Penisneid."

Er schlug also vor, dass wir uns wie erwachsene Männer einfach gegenseitig und gleichzeitig unten anschauten, so nach dem Motto: Zeigst du mir deins, zeig ich dir meins. Vorher sollten wir uns aber gegenseitig versprechen, dass wir nicht über den jeweils anderen lachen würden, sollte sich herausstellen, dass der andere etwas kleiner war als man selbst, „Wir sind doch reife Männer", sagte er, „und außerdem sind wir ja beide keine Nigerianer, also wird der Unterschied nicht so groß sein, weder zu deinen Gunsten noch zu meinen."

Ich sagte: „Ich überleg's mir."

Dann starrte ich weiter die Fliesen an und wollte wissen, ob der Spinner Ronnie sich einen wie mich überhaupt leisten konnte: „Ich meine – wir sind die einzigen Gäste hier, und es ist drei Wochen vor Weihnachten!"

Und drei Wochen vor Weihnachten ist normalerweise die beste Zeit für einschlägige Lokale!

Ku sagte ruhig: „Ich hab da immer so einen Vertragsentwurf in meiner Arschtasche, darin nagle ich meine Klienten fest, dass sie mir ihr Vermögen oder zumindest Teile desselben überschreiben müssen, falls sie bis zu einem gewissen Stichtag ihre Honorare bei mir nicht bezahlen können, und Ronnie kann mich schon lange nicht mehr bezahlen, bist du jetzt endlich bereit, dass wir uns anschauen? Ich muss dann wirklich dringend!"

Ich war aber noch nicht bereit, mir seinen anzuschauen, stattdessen fragte ich: „Und der Idiot lässt sich das einfach gefallen?"

Ku sagte: „Die Muschel, vor der ich stehe, gehört schon mir, weil mir schon die Hälfte des Lokals gehört, und auf die Muschel, vor der du stehst, habe ich Anspruch in vier Tagen, sollte er bis dahin nicht zahlen."

Wie ich immer sagte: Irgendwas machte der Kerl richtig!

Ku weiter: „Unter seinem ganzen Leder- und Nietenzeugs ist er weich wie dünne Scheiße, ich kann mich vor ihn da draußen hinstellen, ihm die Zunge rausstrecken und ‚Du fetter Mongo!' zu ihm sagen, er wird es sich gefallen lassen, und weißt du noch, warum?"

„Ja!"

Ich spürte dann auch schon einen gewaltigen Druck, war aber noch immer nicht so weit, ihn mir anzuschauen, ich schindete noch etwas Zeit und fragte: „Aber was ist dann mein Honorar?"

„Ich setze einen Vertrag auf, der dich zum Hälfteeigentümer meines Anteils macht, dabei denke ich durchaus egoistisch, denn ich bin vom Typ her vorausschauend und habe mir schon lange überlegt, dass du der richtige Mann für diese Art von Etablissement wärst."

In mir regte sich sofort der Unternehmergeist, ich malte den Laden im Geiste neu aus und freute mich auf eine anspruchsvolle neue Tätigkeit. So eine Nacktbar zu managen ist nämlich nur auf den ersten Blick eine einfache Sache, da muss alles stimmen, vor allem das Licht, sonst sieht man sofort die Cellulite am Arsch und die Speckfalten am Bauch der Mädchen. Herrgott! Wie ich Speckfalten und Cellulite beim Tabledance hasste!

Aufgeregt fragte ich: „Es läuft also darauf hinaus, dass der Spinner seine Bude verliert und wir beide hier einziehen, meinst du das im Ernst?"

„Perspektivisch ja. Und sobald du ein paar geile Mädels hierhergebracht hast, werden wir im Geld schwimmen! Aber zunächst geht es darum, dass du die Kleine findest. Schließlich will hier eine glückliche Familie miteinander Weihnachten feiern, und das sollten wir nicht gering schätzen."

Kurz war ich mir nicht ganz sicher, ob er das ernst meinte. Aber dann lachte er, und ich lachte auch, und dabei entspannten wir uns beide so weit, dass es nun endlich lief, und als wir dann beide einpackten, riskierte ich einen verschämten Blick hinüber und schaute mir seinen an, und da drohte der ganze schöne Vertrag mit ihm doch noch zu platzen.

***

Ich hätte einfach nicht aufstehen sollen, dann hätte ich mir diesen Elefantenschwanz von Ku nicht anschauen müssen. Der Mann hatte leicht reden von wegen „Wir sind beide keine Nigerianer", jeder verdammte Nigerianer wäre vor Penisneid ganz blass geworden im Gesicht, wenn er sich diesen Schlauch hätte ansehen müssen.

Kurz war ich natürlich beleidigt, aber Ku fragte zu Recht: „Auf wen bist du denn böse? Auf Mutter Natur, die mich mit diesem Geschenk ausgestattet hat? Krieg deinen Penisneid vielleicht mal in den Griff!"

Zähneknirschend zeigte ich Reife und brachte ihn doch noch nach Hause, nachdem wir meinen Anteil in unserem Vertragswerk auf 70 % erhöht hatten, „sonst mach ich das nicht!", Aber lieber hätte ich natürlich den größeren Schwanz von uns beiden gehabt als den größeren Anteil!

Während uns dann ein paar aufgemotzte Lowrider überholten – Spinner aus der Halbstarken-Szene der Zuwanderer, deren Problem Ku einwandfrei mit ihren zu kleinen Schwänzen erklären konnte, nicht ohne irgendwie so von oben auf mich herabzusehen –, fragte ich ihn noch, ob er mir den ganzen Scheiß über diesen Affen Ronnie überhaupt erzählen durfte, und da wurde er plötzlich ein wenig unruhig, denn: „Du lieber Himmel, nein! Das ist natürlich gegen das Gesetz, und wenn jemand erfährt, dass ich dir brühwarm erzähle, was der für Probleme mit den Titten seiner Mutter hat, dann bin ich meine Berechtigung los und kann Schnee schaufeln gehen oder für Lemmy an einer Ecke Gras verkaufen, also bitte halt still. Das ist ein verdammt geiler Job, den ich mir da aufgebaut habe, die Verrückten legen mir 200 Eier für nicht einmal eine Stunde Gesprächstherapie auf die Kralle, damit ich ihnen zuhöre, also bitte!"

Als ich mich dann vor seinem Wohnhaus einparkte und ihn aussteigen ließ, wartete ich irgendwie darauf, dass er mich vielleicht auf einen Kaffee einladen und zu sich hinauf bitten würde. Aber er verabschiedete sich einfach und ging zur Tür, von wo er mir noch einmal freundlich zuwinkte. Der Kerl war astrein und hatte keine dunklen Seiten. Er war kein Psychopath, der kleine Detektive mit seinem Riesending erschlagen wollte.

***

Ich schlief dann sehr unruhig, weil ich die ganze Nacht an irgendwelche Nigerianer denken musste, die mit Ku zusammen am Klo standen, ihn ansahen und aufgeregt über ihn tuschelten, während ich unbemerkt daneben stand und mich keiner anschauen wollte, so einen Scheiß halt.

Ab vier Uhr morgens war dann an Schlaf sowieso nicht mehr zu denken, denn ein paar kurzfristig von der Stadt angeworbene Sozialhilfeempfänger oder Asylwerber, die sich für 4,90 Euro die Stunde in die kalte Nacht stellen mussten, weil sie es verabsäumt hatten, sich rechtzeitig zum Therapeuten ausbilden zu lassen, ließen die Schnapsflasche kreisen und schoben zwischendurch ein wenig Schnee von den Gehsteigen hinunter, was ein sehr unangenehmes Geräusch in meinen Ohren erzeugte. Ich kannte das von Lemmy, wenn er im Schlaf mit den Zähnen knirschte.

Ich persönlich war ja ohnehin stark dagegen, dass der Schnee überhaupt weggeräumt wurde, denn dann hätte ich mir den Ritt in Richtung Cottage-Viertel ersparen und stattdessen den ganzen Tag im Bett bleiben und schlafen können. So aber trieben mich noch weitere finstere Gedanken um, nachdem ich die Nigerianer und Ku endlich aus dem Klo meiner Träume vertrieben hatte: Falls Lemmy eines Tages wirklich Ernst machen und mich rauswerfen würde, dann war Schneeschaufeln ungefähr das, was mir noch blieb. Und wenn ich Glück hätte, dann würde ich bei einem der Penner für eine Nacht in seinem Kartonhäuschen unterkommen, und dafür müsste ich ihm dann vielleicht sogar noch einen blasen, denn wo sollte ich in meinem Alter und bei den Preisen eine Bleibe finden? Und was, dachte ich plötzlich, wenn Lemmy sich mal in der Dosierung verschätzte und er die Reise über den Jordan antreten musste, bevor er mich als Alleinerben einsetzte? Ich hatte ihm schon oft gesagt: Lemmy, wir müssen endlich mal darüber reden, du kannst nicht alles ungeordnet hinterlassen, was wird dann aus deiner Elvis-Sammlung? Fragen, die einen halt beschäftigten, wenn man seit Jahren wie ein altes Kiffer-Ehepaar zusammenlebte.

Ich fuhr dann also ziemlich unausgeschlafen zu dieser Villa im Cottage-Viertel, dem alten Haus der Familie von Hagen, in dem Ronnie aufgewachsen war, ohne je glücklich zu werden, weil der Druck auf ihn so groß gewesen war und weil überall, wo er hinkam, schon die Titten von seiner Mutti herumhingen. Und wo jetzt seine unglückliche Schwester Gerda zusammen mit ihrem Mann, dem ungarischen Sportarzt, wohnte, und mit der gemeinsamen Tochter Maxima, die es aber seit Kurzem vorzog, nicht mehr nach Hause zu kommen.

Ich freute mich irgendwie gar nicht, als ich dort ankam.

In der Einfahrt mit Altbaumbestand war vorschriftswidrig ein weißer Renault-Kastenwagen abgestellt, er war verbeult und hatte seltsame Sticker drauf von irgendwelchen Musikantenstadl-Größen.

Ich parkte mich dahinter ein und drehte die Heizung auf Vollgas, was ich durfte, wenn Lemmy nicht mit dabei war. Mir war also entsprechend heiß, und ich wurde schon wieder sehr müde. Außerdem hatte ich eine gewisse natürliche Scheu vor Familien, also blieb ich noch ein wenig im Wagen sitzen und rauchte einen weiteren schönen Ofen. Bald sah ich fast nichts mehr und konnte nur noch schwer atmen, aber die Fenster wollte ich auch nicht hinunterdrehen, denn hier liefen viele Wachmänner mit ihren niedlichen Kampfhunden herum, um die lieben Leute in der Gegend vor den bösen Leuten von außerhalb zu schützen. Da rümpfte schnell einer die Nase, wenn er an einem japanischen Wagen vorbeiging, aus dem es nicht nach Apfelstrudel roch, wie es die strenge Vorschrift hier war.

Ich schlief also in meiner Selchkammer kurz ein und wachte erst wieder auf, als es vor mir schepperte. Ich wischte vorsichtig den Beschlag von der Scheibe und schaute interessiert zu, wie zwei Idioten versuchten, einen riesigen Flachbildschirm in den Renault vor mir zu hieven, dabei rutschten sie aus, und das Teil fiel auf meine Motorhaube.

Nicht, dass es sie störte!

Da fiel mir ein, dass ja der Tonfilm längst erfunden war, also drehte ich die Scheibe jetzt doch ein Stück hinunter, und nun konnte ich auch hören, was sich die Jungs zu sagen hatten: Der eine rief den anderen Kevin, und der Kevin nannte den einen Marcel. Insgesamt waren sie eine gute Mischung aus Dumm und Dümmer in ihren Zwanzigern, die hier entweder einen Umzug organisierten oder etwas anstellten, was dem Gesetz nach strafbar war. Ich tippte mal auf Letzteres, und sie hatten es dabei nicht einmal besonders eilig, was ich sympathisch fand. Ich hätte mich jetzt natürlich auch einmischen können, aber warum hätte ich das tun sollen? Wenn sie mit Lemmys Lederjacke abgehaut wären oder mit dem Leopardenkleid von Happiness, das sie so gerne mochte und ich noch lieber, dann hätten sie meine Faust zu spüren bekommen. Aber in diesem Fall war ich auf ihrer Seite, auch wenn sie es mir nicht leicht machten, sie anzufeuern, den Lackschaden an meinem Datsun würden sie mir nämlich nicht ersetzen, wie es aussah.

Die gemütliche Grundstimmung übertrug sich auf mich, ich sank immer tiefer in meinen Sitz hinein, es fehlte nicht viel, und ich hätte sie gebeten, den Fernseher auf meine Motorhaube zu stellen und einzuschalten. Bevor ich die Hupe drücken und ihnen „Kommt herein, Jungs!“ zurufen konnte, stiefelten sie aber wieder die Einfahrt hinein. Ich zog ein paar Mal kräftig an meinem Joint und hoffte auf noch mehr Action, wenn sie zurückkämen, und ich wurde nicht enttäuscht.

Nun hatten sie beide einen vollen Sack dabei, der überquoll vor kleinen Plastikfläschchen, die schmissen sie auch in den Wagen hinein, und ich konnte hören, wie sie sich dabei über „die beiden Fetten zuhause“ lustig machten. Dabei waren sie selbst keine Fliegen! Dann stiegen sie endlich ein und fuhren los.

Ich hatte also schon einiges erlebt für heute, als ich endlich ausstieg. Dabei fragte ich mich kurz, ob der Fernseher noch laufen würde, wenn sie ihn zu Hause einschalteten, und wie die Wohnung wohl aussah, in der er hängen sollte. Ich dachte: Vielleicht trifft man sich ja mal wieder?

Zur Sicherheit hatte ich mir ihre Nummer aufgeschrieben. Sollte sich nämlich herausstellen, dass da drinnen im Haus zwei Leichen oder so was herumlagen, denen der Fernseher früher gehört hatte, dann wusste ich ungefähr Bescheid und konnte meinem Kumpel Guttmann von der Bullerei einen Tipp geben.

***

Ich schlich mich dann langsam in Richtung Villa. Hier gab es eine Fußbodenheizung für die Einfahrt, ich blieb ein paar Minuten darauf stehen, denn meine Füße waren kalt, und meine Eier auch. Wie sich nun herausstellte, hatte ich auch heute wieder ganz auf die Unterhosen vergessen. Beim Stehen betrachtete ich die kleinen Plastikfläschchen, die überall entlang der Einfahrt Richtung Eingangstür herumlagen wie die Kieselsteine von Hänsel und Gretel im Wald. Vielleicht wollten die beiden Idioten ja den Fluchtweg damit markieren? Ich hob eines davon auf und las: *SuperSlimShot, basierend auf Artischockenextrakten.*

Shots waren mir nichts Unbekanntes, einerseits von Johnny Cash, der ja gerne „I shot a man in Reno, just to watch him die“ sang. Anderseits natürlich aus den Bars und Wirtshäusern dieser Stadt. Ein paar schnell gezischte Wodka-Shots hatten manchmal etwas sehr Tröstliches. Aber was war das hier für ein Scheiß?

Ich steckte drei dieser Fläschchen ein, für den Fall, dass ich heute noch mal Durst kriegte, und ging dann vorsichtig weiter. Dabei näherte ich mich dem Haus von Gemüseessern, das war mir bald klar. Weiße, glatte Flächen mit viel Glas, ein renovierter und umgebauter Architektentraum aus den 60er-Jahren, schätzte ich mal, was sich schwarzbebrillte Idioten halt so einfallen lassen, wenn ihnen langweilig ist. An der Front des Hauses waren zwei Türen, die eine führte zur Ordination Dr. Nyilasi, die andere führte zu Privat. Ich öffnete die Tür zu Privat. Warum? Weil ich nicht krank war und Ärzte hasste, außer sie hießen Dr. Biene Mayr. Die Tür stand außerdem offen, was nach einem Einbruch nicht überraschend war.

Um mich gegen unliebsame Schläge auf den Kopf aus dem Hinterhalt zu wappnen, zog ich meine Kleinkalibrige. Langsam schlich ich hinein, und auch innen war alles hell, weiß und glatt.

Mittlerweile war mir um den Sack herum wieder so kalt, dass ich nur noch irgendjemanden um eine Thermoskanne voll mit heißem Tee bitten wollte, den Schnaps dafür hatte ich selbst mit.

Ich ging weiter in Richtung einer sogenannten offenen Küche, die in einen riesigen Ess-Wohn-Bereich mündete. Dort sah ich dann die Fortsetzung von Dumm und Dümmer, diesmal in der Hauptrolle: eine große, halbwegs Fette in ihrer Haushaltsschürze. Ihre Hände waren mit einer Schnur gefesselt, aber vorne, so konnte sie sich wenigstens ein Stück Schokolade in den Kaubereich hineinschieben, was sie gerade tat. Mit offenem Mund saß sie nun da auf der Couch vor der Wand, an der früher der Fernseher gehangen hatte, aber jetzt glotzte sie mich an. Ich fragte: „Na, was läuft?" Und ich meinte jetzt natürlich nicht die Sendung im TV!

Sie nahm langsam das Stück Schoki wieder aus ihrem Mund heraus und stopfte sich stattdessen einen Knebel hinein, ohne die Augen von mir zu wenden. Dann stand sie langsam auf, ging in die Küche, sank dort ganz langsam in einer Ecke zusammen und spielte die Ohnmächtige, wobei sie wohl hoffte, dass ich den Teil bis zur gespielten Ohnmacht aus meinem Film herausschneiden würde. Manchmal ist die Hoffnung freilich das Letzte, was einem bleibt.

Ihre Schürze wies sie als Haushälterin oder Putzfrau aus, ich kombinierte also haarscharf: Komplizin! Mitwisserin! Unter polnischen Putzfrauen war das nämlich eine Zeit lang der heiße Sport gewesen, dass sie irgendwo bei den Reichen anheuerten, die Lage auskundschafteten und dann die männliche Verwandtschaft nachkommen ließen, die dann – unter Kenntnis der Pläne und der besonderen Umstände – die Bude ausräumte.

Ich ging zu ihr hin und nahm ihr den Knebel wieder heraus, ich wollte schon sagen: „Du Polin?" Aber da kam sie mir zuvor und fragte in einwandfreiem Favoritener Deutsch: „Bringen Sie die Obst-und-Gemüse-Kiste?"

Ich musste sie enttäuschen: „Sehe ich so aus?"

Ich hasste Obst und Gemüse, und ich fand, dass man mir das auch langsam hätte ansehen müssen – die schlechte Haut, die brüchigen Fingernägel, die gespaltenen Haare …

Freundlicherweise schnitt ich ihr die Fesseln vorne durch und fragte: „Wer waren denn die beiden Idioten da draußen, Ihre Söhne vielleicht? Sie haben wirklich alles fallen lassen und mir sogar einen Kratzer in den Lack gemacht, wer bezahlt mir denn das?"

Sie sackte ein Stück weiter in sich zusammen und schämte sich, dann weinte sie beinahe und schluchzte: „Sie sind einfach so dumm. Ich hab ihnen doch gesagt, dass sie nur die Fläschchen mitnehmen sollen, aber dann haben sie den Fernseher gesehen und wollten ihn unbedingt haben!"

Ich sagte: „Sind Sie denn mit dem Vater noch zusammen?

Sie sagte: „Nein!"

„Dann können Sie's ja auf ihn schieben!"

Die Strenge, aber gleichzeitige Nachsicht, mit der sie über ihre beiden Idiotensöhne sprach, rührte mich beinahe zu Tränen, die Lady hier war auf ihre Art perfekt.

Ich hatte plötzlich das starke Bedürfnis, der Dritte im Bunde ihrer dummen Söhne sein zu dürfen, am Abend von ihr Fleisch gekocht und den Fernseher eingeschaltet zu bekommen, und dann den ganzen Abend „Mutti, noch ein Bier, aber schnell!" zu rufen. Ich zog sie rauf, sie war ein schönes Pfund und wog an die 120 Kilo. Die Schokolade, die sie vorhin verschlingen hatte wollen, schob sie jetzt zurück in ihre Schürze, dann wischte sie ein paar Krümelchen weg, als wäre Schokolade etwas, das diesem Scheiß-Haus wehtun hätte können. Immerhin war jetzt wieder alles schön weiß.

Wir setzten uns an den Tisch in der Küche, er war groß wie ein Golfplatz und weiß, glatt und hell. Ich sagte, dass ich auf ihrer Seite wäre, wenn sie mich unterstützte bei dem, was mich hierherführte, dass ich aber auf der Seite der Polizei wäre, wenn nicht. Sie sagte: „Fragen Sie!"

Ich fing an mit: „Wie ist Ihr Name?"

Sie sagte: „Bertha."

Ich stellte das Fläschchen *SuperSlimShot* auf den Tisch und fragte: „Was ist denn da drinnen?"

Sie sagte: „Ein Schlankmacher."

Sie erzählte mir, dass sie drei Töchter zuhause auf der Couch sitzen hatte, die eine war wunderschön und schlank, sie war die Jüngste. Aber Denise und Jasmin waren so fett wie sie selbst, wollten jedoch auch schlank sein und träumten von einer Karriere, und zwar nicht als Blasebalg im Gemeindebau, sondern beim Fernsehen, „fragen Sie mich nicht, wieso".

Ich sagte: „Weil das Leben unfair ist und die Schlanken und Hübschen begünstigt!"

„Ja vielleicht! Die Jüngste liegt nur vor dem Fernseher, isst Chips und Pizza, arbeitet nichts, bewegt sich nicht, und kriegt trotzdem nichts auf die Rippen. Die zwei anderen werden aber schon fett, wenn sie nur Wasser trinken."

Langsam wurde ich neugierig auf die Jüngste. Ich stellte sie mir vor, wie sie in meinem Tabledance-Laden mit dem Arsch wackelte und die Beine hochwarf, ich fragte: „Ihre beiden Jungs haben also ein Verbrechen begangen, damit die zwei Fetten im Frühling wieder Minirock tragen können?"

„So ungefähr. Aber ich finde das falsch. Entweder es mag mich einer so wie ich bin, oder er soll sich einen runterholen, ich mach's ihm dann nicht, das ist meine Meinung."

Das war eine gesunde Einstellung, wie ich fand.

Dann schaute ich auf meine eigene kleine Wampe und überlegte hin und her. Von der einseitigen Ernährung der letzten Wochen drückte mich ein leichtes Völlegefühl, mein Körper sagte: „Gib mir einen Shot!" Ich wollte meinen Körper nicht enttäuschen, also schluckte ich das Zeug, es schmeckte nach Zitrone, und Bertha sagte: „Wohl bekomm's!"

Als ich hinunterschaute auf meine Wampe, war sie aber immer noch da, und Bertha wusste auch, warum: „Sie müssen pro Tag fünf davon trinken, dann haben Sie am Abend ein halbes Kilo weniger. Aber ein Fläschchen kostet zehn Euro fuffzig im Fernsehen, das kann ich mir nicht leisten."

Ich rechnete überschlagsmäßig nach: „Da kommt ganz schön was zusammen, wer braut denn das Gesöff, wenn ich fragen darf?"

Sie sagte: „Der Herr Doktor Nyilasi selbst. Er wollte damit das große Geld verdienen, aber unter uns:

Fehlanzeige! Hier darf er das Zeug nämlich nicht verkaufen, weil da irgendwas drin ist, das irgendwas hervorruft, was mit dem Darm zu tun hat, aber ich weiß nicht genau, was."

Ich sagte: „Danke, dass Sie's mir rechtzeitig sagen!"

Ich stand auf und fragte: „Gibt's noch mehr davon?"

„Ja, drüben in seiner Praxis."

Wir gingen hinüber, sie öffnete für mich die Tür, und dort fand ich die Kartons gestapelt bis zur Decke, manche waren adressiert, scheinbar betrieb er von hier aus einen Versand. An der Wand hingen Bilder, die den Sportarzt mit Handballerinnen zeigten, was mich nicht überraschte, aber auch Bilder, die ihn mit verdammt ausgezehrten Schispringern zeigten, die alle nach Osteuropa aussahen und grün-rot-weiße Anzüge trugen – Ungarn. Obwohl der Arzt unglaublich hässlich war, schien es ihm zu gefallen, wenn er fotografiert wurde. Ich schätze mal, Ku würde das „Gesteigertes Geltungsbedürfnis" oder „Eitelkeit" nennen, oder weiß der Teufel, wie diese Psycho-Freaks es nennen, wenn sich einer gerne im Spiegel anschaut.

In seinem Schreibtisch fand ich dann noch Fotos von einem jungen Mädchen im Ballettkostüm, ich dachte: Der alte Drecksack holt sich hier herinnen also einen runter, wenn er sich diese Fotos anschaut. Die Kleine war aber wirklich perfekt, also konnte ich ihn verstehen. Heimlich steckte ich ein paar von den Fotos ein, mich würde keiner verdächtigen, denn die Saft-Räuber waren einfach geile Jungs und hatten die Fotos mitgenommen. So würde ich es erklären, falls mal jemand fragte.

Dann warf ich noch alles durcheinander, zog Läden aus den Kommoden heraus und machte ein bisschen

Rabbatz, und ich erklärte Bertha auch, wieso: „So ein Raub muss ein bisschen echt aussehen!“

„Verstehe.“

Dann fragte ich sie, warum sie das Zeug nicht einfach selbst mit nach Hause genommen hätte, jeden Tag ein bis zwei Kartons, dann wäre es nur Diebstahl gewesen, jetzt aber war es Raub. Sie sagte: „Erstens kann ich nicht so viel schleppen, wegen meinem Ischiasnerv, und zweitens geht da auch was mit der Versicherung, wenn ich hier überfallen werde und Leid an Körper und Seele erfahre, da werden die ordentlich löhnen müssen.“

Drum also die gefesselten Hände, und darum der Knebel! Diese Bertha hatte es echt drauf, sie fragte: „Wissen Sie denn, was ich hier verdient habe? Nichts! Aber jetzt ist Zahltag! Mit dem Geld von der Versicherung mache ich mir noch ein paar schöne Jahre, und dann Abgang. So ist das Leben, ein Fest!“

Plötzlich wünschte ich mir eine Mutter, die so lebensweise gewesen wäre wie sie. Ich wollte mich an sie drücken und mich von ihr stillen lassen, aber sie lehnte das ab und sagte stattdessen: „Dort ist die Bar! Ich brauch jetzt selbst mal einen ordentlichen Schluck nach dem ganzen Theater.“

***

Während wir ins Wohnzimmer – sehr weiß, sehr hell, sehr glatt – hinübergingen und sie zielsicher die Bar ansteuerte, fragte ich sie: „Haben Sie Ihre beiden Idioten denn jemals gestillt?“

Sie sagte: „Den einen genau vier Wochen, den anderen genau vier Monate lang, wieso?“

„Ach, ich frag nur.“

Ich wusste diese Information nicht einzuordnen, aber vielleicht kommt dabei ja genau das heraus, wenn man den einen vier Wochen lang stillt und den anderen vier Monate lang: zwei richtige Idioten. Ich musste jedenfalls Ku davon erzählen, damit er es für seine Studie „Mutterbrust – mehr Schaden als Nutzen“ verwenden konnte.

Bertha griff zielsicher nach einer Flasche, an der sie scheinbar regelmäßig nippte. Sie verzog dabei den Mund und stellte sie wieder zurück. Sie nahm eine andere und ließ es ordentlich laufen. Wieder nix. Sie sagte: „Das eine sag ich Ihnen: Teuer muss nicht immer gut sein, und billig nicht immer schlecht. Lieber trink ich zuhause meinen Eierlikör!“

Wir einigten uns auf eine Flasche Gin, die wir zum Tisch trugen, dazu zwei Gläser. In kleiner Runde saßen wir dann auf riesigen Ledersesseln im Salon, unter uns schwere Teppiche, über uns ein schwerer Luster, ich fragte: „Darf man hier eigentlich rauchen?“

Dabei bot ich ihr einen großzügigen Joint an, sie sagte: „Für mich nicht, danke, aber ich nehme einen mit für die Jungs.“

Ich hatte mich von dem ganzen Irrsinn beinahe ein wenig vom Kurs abbringen lassen, also fing ich praktisch noch mal von vorne an, als ich ihr erklärte, warum ich überhaupt hier war:

„Es geht um die Tochter des Hauses, sie soll verschwunden sein. Ein gewisser Ronald von Hagen, genannt Rockin' Ronnie, ist ihr Onkel und hat mich beauftragt, nach ihr zu suchen.“

Sie fragte: „Der fette Mongo?“

Das traf es eigentlich ganz gut, wie ich fand, es war aber nichtsdestoweniger verletzend. Ich sagte ihr das und tadelte sie dafür, aber es war ihr egal, und Kubelka hatte ihn schließlich auch schon so genannt, also was solls. Sie sagte: „Ich weiß nicht, wo das Mädchen ist, ich hab hier ja auch keinen Überblick mehr. Der Herr Doktor ist vor vier Wochen aus dem Haus gegangen und wollte hinüber nach Ungarn zum Zahnarzt, er hat wirklich sehr schlechte Zähne, und wenn Sie mich fragen, dann kommt das davon, dass er kein Fleisch isst. Er fuhr also hinüber und kam nicht mehr zurück, aber ich sag Ihnen ganz ehrlich: Wer weiß, ob er sich nicht aus dem Staub gemacht hat und jetzt irgendwo auf einer Yacht liegt und sich seine Sorgen an den Hut steckt, wie es im Schlager heißt, der hatte nämlich ein paar Probleme mehr, als für den Einzelnen gut ist, aber jetzt hat er immerhin mit dem Ganzen hier nichts mehr zu tun."

Ich fragte: „Mit dem Ganzen hier meinen Sie was genau?"

Sie sagte: „Na das hier! Das Haus! Die Leute! Ich lass mich jedenfalls ab morgen krankschreiben, Schocktrauma wegen Raubüberfall, und in vier Wochen gehe ich dann in Frühpension, aber mit erhobenem Haupt. Die haben mich hier nicht gebrochen, obwohl sie es wirklich versucht haben."

Sie naschte nun doch ein Stück Schokolade und kippte ein weiteres Glas, während ich überlegte: Der Alte kam also zeitlich für das Verschwinden seiner Tochter nicht infrage, wobei ich Bertha recht geben musste – solange man nichts Sicheres über sein Verschwinden und seinen Aufenthaltsort wusste, war eigentlich alles möglich.

Ich überlegte bei einem Glas Gin weiter und musste plötzlich an Kubelkas weise Worte denken, wonach es immer die Mutter ist, die dein Leben ruiniert, auch wenn hier gerade ein seltenes Prachtexemplar vor mir saß, aber ich fragte trotzdem: „Und wo ist die Mutter, was ist mit der?“

„Na, die fuhr vor zwei Tagen zum Arzt. Sie fuhr nämlich jeden Tag zum Arzt oder ins Krankenhaus, weil sie sich immer irgendwas einbildete, dass sie dies oder jenes hat, Schmerzen im Knie und Rücken und so, alles sychisch …“

„… sychisch?“

„Ja, sychisch! Aber jetzt hat sie echt was, und zwar Brustkrebs.“

Es ist immer so schwer, in solchen Situationen die richtigen Worte zu finden, also fragte ich: „In beiden?“

Sie sagte: „Keine Ahnung, in wie vielen, sie konnte es mir ja nicht mehr sagen, weil sie im Koma liegt!“

Ich fragte: „Wissen Sie das oder ist das eine Vermutung?“

„Ich weiß es, weil sie mich sonst angerufen hätte, was sie nämlich immer tat. Sie rief mich jede halbe Stunde an, wenn sie außer Haus war, und dann sagte sie mir, was ich putzen und sauber machen sollte, nur damit ich ja keinen Frieden hatte in meinem Leben, wenn ich nämlich nicht unglücklich war, dann war sie nicht glücklich, so eine ist das.“

Ich fragte: „Und wissen Sie auch, warum?“

„Nein!“

„Sie gab den Druck weiter, unter dem sie selbst als Kind gelitten hat.“

Bertha sagte: „Ach deswegen?“

Ich sagte: „Ja.“

Dann kratzte sie sich am Kopf, schenkte sich und mir noch einen ein, und schaute dabei nachdenklich auf den Sessel neben mir:

„Dort ist sie immer gesessen, Gerda von Hagen, mal hatte sie mehr auf den Rippen, mal weniger, zum Schluss gar nichts mehr. Ich hatte auch nicht immer Glück mit meinen Männern, heute bin ich froh, dass ich alleine bin mit meinen sechs Kindern. Aber die hatte richtiges Pech mit dem Doktor!"

Ich dachte: Die hatte aber schon richtiges Pech mit ihrer Mutter!, sagte aber: „Wieso denn?"

„Wenn man als Frau einen Haushalt führt, dann will man auch mal richtig was kochen. Aber was ich für die kochen durfte, das war ja immer niedrig gegart oder musste gedünstet werden anstatt gebraten, das machte doch überhaupt keinen Spaß!"

Ich schenkte uns nach, wir prosteten uns zu, und jetzt fing sie richtig an zu reden: „Ich sagte ja immer: Aus ihr hätte man unter Umständen noch einen normalen Menschen machen können, aber aus ihm? Er hasste Fett, er hasste es wirklich. Er hat mich die ganzen Jahre nie angeschaut, und schon gar nicht hat er mich angefasst. Sonst ist das ja normal, dass der Hausherr das Mädchen anfasst, oder nicht? Aber er mich? Nie!"

Ich fand, jetzt überschätzte sie sich vielleicht ein kleines bisschen, sie hatte als Mutter Qualitäten, aber als Frau zum Anfassen?

Um das ganze Elend dieses Haushaltes zu unterstreichen, nahm sie mich plötzlich an der Hand und ging mit mir in die Küche zum Kühlschrank, sie öffnete ihn, und dann mussten wir beide fast weinen bei diesem Anblick. Da drinnen lag nämlich nur runzeliges Gemüse und welker Salat. Sie sagte: „Darum hab ich Sie ja wegen der Gemüsekiste gefragt, der Fahrer kommt ein Mal pro Woche und bringt frisches Zeug!"

Ich sagte: „Verstehe.“

Sofort fiel mir die eine Simpsons-Folge ein, in der Bart und die anderen durch die Wohnung tanzen und „Man findet keine Freunde mit Salah-hat!“ singen, während die kleine Vegetarierin Lisa weinend daneben steht.

Wir gingen sofort wieder zurück ins Wohnzimmer, dort fragte ich nach Maxi, wegen der ich eigentlich hier war, und Bertha erzählte: „Ich habe selbst sechs Kinder groß gezogen, und nicht alle stammen vom gleichen Mann, wenn Sie verstehen, was ich meine. Der eine ist blond, der andere lockig, einer ist sogar tot. Zwei Mädchen sind fett wie ich, und nur die Letzte ist wirklich gelungen. Aber das eine sag ich Ihnen: Man nimmt sie, wie sie sind. Bei diesen Eltern hier weiß ich aber nicht, was die sich für ein Kind erwartet haben, diese Maxi konnte ihnen nichts recht machen, ihn hab ich mal sagen gehört: ‚Von mir kann sie nicht sein, in meiner Familie gibt es *so etwas* nicht!‘ Verstehen Sie: *So etwas* hat er gesagt. Dabei ist er selbst Ungar, ich meine, was glaubt denn der, dass die alle so super sind, oder was?“

Bertha wischte sich mit der Hand vor den Augen hin und her, was überall auf der Welt als Zeichen für Gestörtheit, Verrücktheit, Geisteskrankheit etc. verstanden wird, auch jetzt und von mir. Dann erzählte sie weiter: „Seine Gattin quälte er mit seinem Salat, und dann kriegte sie trotzdem Krebs! Verstehen Sie das? Ich nicht! Und die Kleine ließ er auf Eisen knien, wenn sie ihm wieder mal zu schwabbelig war, bis sie sich halb zu Tode gehungert hat, und jetzt schaut sie so aus wie ihre Mutter mit dem ganzen Krebs.“

Sie zog sich die Wangen mit den Fingern hinunter und riss dabei die Augen weit auf, sodass sie plötzlich wie tot aussah, dann sagte sie: „Magersucht! Und jetzt frage ich Sie: Wie soll man da später ein glückliches Sexualleben entwickeln?“

Wenn Ku mir Hausfrauentratsch auftischte, wo war ich dann hier gelandet? In einem Arztroman?

Kubelkas Theorie jedenfalls, dass hier eine liebe Familie in Frieden miteinander Weihnachten feiern wollte, bestätigte sich für mich nicht. Diese Familie war ein sinkendes Schiff, und nun sprang sogar die Köchin aus der Kombüse ins Wasser, und zwar auf hoher See. Lieber aussteigen und absaufen, als hier noch einen Tag länger zu bleiben, das war ihr Ziel.

Ich hatte nun auch keine rechte Lust mehr hierzubleiben, und stand auf. Ich streckte mich ordentlich durch und schaut dabei beim Fenster hinaus, wo im dichten Schneetreiben plötzlich eine auf langen Beinen herangestakst kam, Typ slawische Nutte am Kinderstrich oben in Znaim, wo die ganzen LKW-Fahrer hinfuhren, um sich einen blasen zu lassen. Ein Backfisch von allerfeinster Qualität, der mir von den Fotos aus der Lade des Arztes irgendwie bekannt vorkam. Heute war scheinbar Schlepptag oder irgend so was, sie war jedenfalls bis oben hin bepackt, und Bertha sagte: „Jetzt schauen Sie sich die an: Vor acht Wochen war sie noch hinter dem Ural oder wie der heißt, und wusste nicht einmal, wie man H&M schreibt. Und jetzt geht sie jeden Tag dort einkaufen.“

Ich fragte: „Und wer ist sie?“

„Olga, die Zuckerpuppe aus der Balletttanztruppe. Die sind ja auch Katholiken hier, wenn Ihnen das was sagt, und wollen vor Weihnachten immer was für die Armen tun. Also haben sie sich eine Waise aus Russland als Austauschschülerin geholt, die soll jetzt für sie die Kastanien aus dem Feuer holen."

Das klang irgendwie sarkastisch, und das sollte es wohl auch. Ich fragte: „Wie alt ist sie?"

„So alt wie die Verschwundene, dreizehn."

„Besondere Talente?"

„Ballett. Die ist so biegsam, dass sie sich mit dem kleinen Zeh die Nase putzen kann."

Ich nahm die Fotos aus meiner Tasche, Bertha schaute mich an, als wäre ich ein Schwein. Ich konnte diesen Verdacht aber zerstreuen und sagte: „Mein Interesse ist rein beruflich. Ist das die hier?"

„Ja. Sie war der neue Liebling vom Herrn Doktor, weil sie so sportlich ist. Der hat nämlich einen Tick, müssen sie wissen, dass die Leute sportlich sein sollen, das steht bei ihm ganz weit oben auf der Wunschliste, und jetzt fesseln Sie mich bitte wieder, die soll mich ja gefesselt und ohnmächtig finden und die Polizei anrufen!"

Ich fragte: „War das der Plan?"

„Ja!"

Manche Leute hatten einen Plan, andere nicht. Bertha hatte ohne Zweifel einen, und sie hatte noch dazu die Nerven, ihn auch durchzuführen. Das war ja das Wichtigste bei einem Plan. Sie hielt mir also die Flossen hin, aber ich schlug ihr vor, dass ich ihr die Hände nun hinter dem Rücken fesselte, denn: „Da sind dann von der Versicherung gleich ein paar Tausender mehr drinnen, wenn es richtig echt aussieht, was meinen Sie."

„Okay!"

„Und falls Ihre Jüngste doch irgendwann mal ins Berufsleben einsteigen möchte – in Rockin' Ronnies Texas Tabledance suchen sie immer Mädchen mit Talent."

„Sie meinen so Stangentänzerinnen, die mit dem Arsch wackeln?

„Ja genau."

„Besser als Klo putzen, ich sag's ihr."

Dann zog ich ihr hinten die Schnur zurecht und steckte ihr den Knebel wieder in den Mund, diesmal richtig deep-throat-mäßig, sodass sie beinahe erstickte. Ich schleppte sie in eine Ecke der Küche, legte sie dort ab und verabschiedete mich.

Als diese Olga bei der Tür herinnen war, schlich ich mich hinaus.

Draußen schwang ich mich eine Balustrade hinauf und schaute durch das Fenster noch einmal hinein in die Küche. Dort sah ich, dass Berthas Plan nicht aufgehen würde. Das Mädchen latschte zwar zum Kühlschrank und holte sich einen Saft, aber es hatte diese Kopfhörer am Ohr, sodass sie sowieso nichts hörte, und Bertha hatte nun einen ordentlichen Knebel im Mund, sodass sie nicht schreien konnte. Die kleine Leckere ging also einfach wieder und verschwand irgendwo im Haus, während Bertha hilflos dalag und mich mit großen ängstlichen Augen anstarrte.

Aber das war jetzt irgendwie nicht mehr mein Problem, ich hatte ein anderes.

Kaum saß ich nämlich wieder im Auto, hatte ich dieses ungute Gefühl in der Magen-Darm-Gegend, das man nach Jungweinverkostungen kennt, und was dann passierte, das kann ich wirklich nur schwer beschreiben: Es war wie diese Wolkenbrüche in der Karibik, die immer wie aus dem Nichts auftauchten und dann wieder verschwinden, aber nicht, ohne vorher ordentlichen Schaden angerichtet zu haben. Ein paar solcher Stürme, und ich konnte mich als nasses Handtuch am Klo aufhängen, es war die Hölle.

***

Ich brauchte zu Weihnachten keinen Baum, um in feierliche Stimmung zu kommen, mir genügte eine Bar, in der ich absacken konnte. Das war während der letzten Jahre das Pink Flamingo gewesen, wo Happiness am 24. meistens noch Tagesschicht machte und mich zu Mittag empfing. Ich rutschte immer noch für eine kurze Weihnachtsnummer über sie drüber, dann setzten wir uns draußen an die Bar und stießen kurz miteinander an, bevor sie wieder arbeiten musste und ich hinüber zu Jolanda ins Hard & Heavy weiterzog, wo ich nachmittags die Kumpels traf, bevor es dann später mit *Assholy Nights* bei Dirty Willi weiterging.

Aber Happiness war heuer nicht da, sie saß drüben in Bratislava im Gefängnis. Das Pink Flamingo hatte nämlich im Herbst wegen Schabenbefalls schließen müssen und Happiness hatte ihren Job verloren. Ich hatte ihr angeboten: „Liebling, wir schaffen das, zieh doch erst mal zu mir, ich krieg uns schon durch."

Sie zweifelte entweder daran, dass ich uns durchkriegen würde, oder sie fand das Angebot ihres nigerianischen Brothas Lovegod, der nicht ihr Bruder war, sondern ihr Brotha, zur Überbrückung der vorübergehenden Einkommenskrise so sensationell gut, dass sie gleich für ihn nach Lagos flog und sich dort ein paar Kilogramm Heroin in den Arsch stecken ließ, mit denen sie dann wieder zurück nach Bratislava flog, wo der seine Basis für den mitteleuropäischen Heroinhandel aufgeschlagen hatte. Das Drogengeschäft in Europa florierte, was auch mit dem nahenden Tannenfest und dem nahenden Zusammenbruch von praktisch allem zu tun haben mochte, denn selten waren die Gemüter der Menschenkinder so aufgewühlt wie vor dem Weihnachtsfest, selten hatten sie so eine Sehnsucht nach Liebe und Gefühlen, die aber wegen dem Internet immer seltener befriedigt wurde, sodass dann nur noch Lovegods Heroin oder Speed oder Lemmys Downers halfen. Leider war dann für Happiness schon beim Zoll Endstation, sie sah wohl einfach zu gut aus, als dass man sie einreisen lassen wollte, ohne ihr vorher in den süßen Arsch hineinzuschauen. Als kleine zusätzliche Strafe hatten die Fahnder sie dann noch über den Tisch geworfen und sie einer nach dem anderen vergewaltigt, aber gut, das war sie mittlerweile bei den Einreiseformalitäten nach Euroland gewöhnt. Fast bereute ich jetzt, dass ich ihr nicht „Falls wir uns nicht mehr sehen – Frohe Weihnachten!" gesagt hatte, als ich sie vor einem Monat am Flughafen verabschiedet hatte.

Wie ein verdammter Teenager kroch ich jetzt ungeduscht unter die schwere Decke hinein und dachte an diesen süßen Arsch, der mir schon so viel Freude bereitet hatte, mehr als jedes Christkind. Dabei versuchte ich mir einen runterzuholen, aber es ging irgendwie nicht. Letztlich war ich schon froh, dass ich dabei nicht kollabierte.

Ich wachte am nächsten Morgen auf, und das war ein kleines Wunder, denn die Decke war an meinem Kinn festgefroren, die Ohren waren steif, und meine Haare waren … kalt.

Wie ein verdammter Spekulant ließ Lemmy das Haus verfallen, wegen der durchwachsenen Mischung seiner Mieter klagte er über zu wenig Einnahmen, um in allen Wohnungen eine Heizung installieren zu lassen.

Normalerweise schlug ich mich also mit einem Kohleofen durch, aber mit zunehmendem Alter wurde es immer schwerer, das Zeug heraufzuschleppen, und es freute mich auch nicht. Also machte ich es wie jeder routinierte Penner – ich füllte vor dem Zubettgehen den Tank, was mich kurzfristig wärmte, aber in der Früh war der Tank wieder leer, und dann war mir immer so furchtbar kalt.

Auch die Luft herinnen fing langsam an mir Sorgen zu machen, manchmal hatte ich das Gefühl, dass mir schwarz vor Augen wurde, aber dann stellte sich heraus, dass ich nur wieder eingeschlafen war. Die Fenster zu öffnen kam aber nicht infrage, denn die ganzen durchgefrorenen Zugewanderten aus den sonnigen Südstaaten ließen draußen Tag und Nacht die Motoren ihrer Autos laufen, während sie die Heizung darin voll aufdrehten. Sie stiegen immer wieder ein, um sich darin zu wärmen, und stiegen dann wieder aus, um neben ihren Autos zu stehen und miteinander zu reden, und irgendwie taten das alle unter meinem Fenster.

Jeder Anruf vor High Noon war daher einer mitten in der Nacht, und jetzt war es kaum sechs Uhr früh, ich war also noch nicht annähernd ausgeschlafen und bereit für den neuen Tag, als die Schelle läutete. Ich wollte nicht rangehen, aber nach der zehnten Klingelsession gab ich auf, ich war da vielleicht eine Spur zu weich. Während ich auf meine Wampe hinunterschaute, fragte ich mich: Why am I so soft in my middle, when the rest of my life is so hard? Ich drückte auf Grün und sagte:

„Superschnüffler Rock Rockenschaub löst auf alle Fälle alle Fälle, ich hoffe, Sie haben einen triftigen Grund, mich zu wecken!"

„Ich bin's, Guttmann!"

Es war Guttmann, der Bulle. Er klang gereizt, obwohl seine Schmerzen im Arsch nun endlich weg waren, seit ich ihn dazu hatte überreden können Lemmys Gras zu rauchen, das laut übereinstimmenden Studien schmerzstillende Wirkung hatte. Aber was ihm Lemmys Gras Gutes im Arsch anrichtete, das machte die Angst vor Weihnachten bei ihm wieder wett, ich fragte: „Was ist denn?"

Er sagte: „Wir haben ein totes Mädchen gefunden."

Leichen waren nicht meine Leibspeise zum Frühstück, auch nicht zum Dessert, und sofort beschlich mich ein blödes Gefühl: „Hat die Leiche eine Tätowierung am Arm?"

„Keine Ahnung!"

Ich sagte: „Was? Ich versteh dich so schlecht!"

Er hörte sich heute an wie so einer aus den besseren Bezirken, der sich die Haare frisiert und Button-down-Hemden beim Scheißen trägt, so als hätte er zwei Pfropfen in der Nase, ich sagte also: „Hast du Schnupfen?"

Ich hatte die letzte Nacht viel Wasser verloren, und zuvor im Auto auch schon, also fing ich den Tag mit einem Schluck Russenschnaps aus dem Becher an, dann legte ich mit einem größeren Schluck nach. Bald war ich wieder im Lot und konnte halbwegs gerade stehen.

Du lieber Himmel, was für eine Nacht! Wenn der liebe Herr Doktor mal wegen irgendwas verhaftet werden sollte, dann bitte wegen seiner *SuperSlimShots*. Das waren keine Schlankmacher, das waren Abführmittel in Bombenform.

Ich zog frische Leibwäsche an, was jetzt leider wirklich notwendig war, und dann einen frischen Jogger, den von gestern konnte ich unmöglich noch einmal tragen. Ich mochte frisch gewaschene Jogginganzüge eigentlich gar nicht, weil sie irgendwie so steif waren und ihnen das Ausgeleierte in der Scham- und Kniegegend fehlte, das lag vielleicht am harten Wasser in der Waschmaschine. Ein Jogger sah aber nur dann gut aus, wenn er an einem hing wie ein speckiger Sack.

***

Im Windfang des neuen Bio-Supermarktes erspähte ich dann meine drei Schneeräumerkumpels aus der Asylanten-Szene, und als sie mich sahen mit Mantel und Kapuze, erkannten sie mich zunächst nicht und machten einen auf Stressfaktor zehn, weil sie wussten, dass man ihnen als Weißer hier gerne in den Arsch trat, wenn sie als Schwarze nicht wild genug schaufelten, von wegen: faule Asylanten!

Aber ich war da anders gepolt. Wenn es sich lohnte an etwas zu arbeiten, dann höchstens an Qualität und Tiefe des Mittagsschlafs, das war jedenfalls meine Meinung. Ich gab ihnen also was zu rauchen und verband damit die Hoffnung, dass sie die Ware auch unter ihre Leute bringen würden, Mundpropaganda war der Schlüssel zum Erfolg eines jeden guten Produktes, die Asylantenszene war groß, die der arbeitsscheuen Sozialhilfeempfänger auch, und wenn sie nur die Hälfte der Schneeräumer anfixten, dann würden Lemmys Kassen zu Weihnachten vielleicht doch noch klingeln:

DROGENDEALER MELDEN NEUE UMSATZREKORDE!

So ungefähr wünschte ich mir die Schlagzeile im Wirtschaftsteil der *Gosse*.

Wie auf Seife ruckelte ich dann hinüber in Richtung Guttmanns Büro, das Morgenradio spielte Adriano Celentano, er sang irgendwas von „Glück", aber er hörte sich dabei gar nicht glücklich an. Ich tippte mit der Hand im Rhythmus und klopfte mit dem Fuß den Takt, ab und an schrie ich mit ihm: „Dove saraaaaaaaahaaaa?"

Das Lied machte mich traurig und glücklich zugleich, das kommt vor bei diesen Italienern.

Guttmann stand in seiner Altherrenjacke schon vor der Tür und trippelte zu meinem Auto, irgendwas an ihm war anders, aber ich wusste zunächst nicht was.

Ich fragte: „Wo soll's denn hingehen?"

„Die Triester Straße raus."

„Nach Süden? Aber du bist doch für West zuständig!"

„Für Südwest seit Neuestem."

Die Arbeit wurde ja nicht weniger, nur die Leute, die sie verrichten mussten, sollten irgendwie immer weniger werden. Dafür wurden die, die nichts zu arbeiten hatten, immer mehr. Warum das so war? Weil jemand es so wollte!

Guttmann setzte sich mit Bravour auf den Beifahrersitz und knallte die Tür zu. Sofort beschlugen die Fenster, weil er so schwer atmete und auch im Winter immer furchtbar schwitzte, das alles war nur deswegen nicht ganz ekelhaft, weil er mein Freund war. Trotzdem war er es, der sagte: „Hier stinkt's."

Ich sagte: „Ja, ich bräuchte dann wieder mal einen neuen Wagen."

Den hier hatte ich nämlich von ihm bekommen, aber er sagte: „Du brauchst dringend einen neuen Darm, wenn du mich fragst, das hält ja keiner aus!"

Ich hatte ja gestern tatsächlich noch diese kleine Panne gehabt, nachdem ich aus dem Cottage-Viertel weggefahren war, und es wollte dann irgendwie gar nicht mehr aufhören. Noch bevor ich zu Mannis Tanke lenken und mich aufs Klo retten konnte, zog das erste Gewitter heran, das ich nicht halten konnte, und dann noch eins, und dann noch einige mehr. Gott sie Dank hatte ich den Mantel angehabt, auf dem Grau der Jogginghose hätte man das Braun sonst zu gut gesehen, als ich endlich ausstieg. Und als dann alles in der Wäsche war, ging es zuhause noch einmal richtig los, und es hörte die ganze Nacht über nicht mehr auf, deswegen der enorme Wasserverlust.

Folglich war ich jetzt zu geschwächt, um mich da irgendwie rauszureden, also kippte ich schnell noch einen aus dem Flachmann, um den Wasserhaushalt auszugleichen, und sagte zu Guttmann: „Ein Virus."

Er sagte: „Steck mich an!"

Eine ordentliche Scheißerei würde für ihn wertvolle Krankenstandstage bedeuten und natürlich die Aussicht auf ein paar Kilo weniger. Er war nämlich wieder die eine oder andere schwere Magen-Darm-Grippe vom Idealgewicht entfernt, und als ich wegfahren wollte, konnte ich nicht, denn der Datsun saß auf seiner Seite auf. Ich schaute ihn leicht vorwurfsvoll an, und er fragte ein wenig unsicher: „Was?"

Nun war ich von Ku leicht infiziert und wollte neuerdings mehr über die Leute wissen, mit denen ich es zu tun hatte, und darüber, warum ihr Leben so war, wie es war – nämlich elend. Ku hatte mir die Seele als weites Land nahegebracht, und irgendwie war ich angefixt von der Frage: „Wie lange bist du denn eigentlich gestillt worden, hm?"

Und das fragte ich ausgerechnet einen Mann, dessen Lieblingsfilme in Dirty Willi's Swedish Pornhouse *Nippelodeon* und *Juggs for Fun* hießen.

Nachdem er beleidigt ausgestiegen war, konnte ich den Wagen endlich aus der Parklücke fahren. Dann stieg er wieder ein, und der Datsun kippte fast zur Seite, Guttmann saß fast einen Meter tiefer als ich. Ich überlegte: Wenn ich ihm fünf Fläschchen von diesen *SuperSlimShots* schenkte, dann wäre er am Ende des Heiligen Abends ein halbes Kilo leichter, jedenfalls laut Broschüre. Um aber wieder ein halbwegs normaler Mensch zu werden, würde ich ihm 500 Fläschchen schenken müssen. Gutti war schwer zu beschenken, denn was er wollte, das konnte ihm keiner schenken – Glück, Zufriedenheit, und eine Frau, die ihn liebte.

Da fiel mir ein: „Wie läuft's denn mit Jolanda?"

Er ließ sich ja nicht mehr dabei zusehen, wie er bei Jolanda versuchte, den Eispanzer zum Schmelzen zu bringen und die Schichten Bitterkeit abzutragen, die sich im Laufe ihres Lebens auf ihre Seele gelegt hatten: eine Vergangenheit, die sie manches hatte sehen lassen, was sie gerne nie gesehen hätte – fette und schwitzende Männer, die dort unten marodierten und mordeten und vergewaltigten. Da war es vielleicht nur zu verständlich, dass ihr größter Wunsch ein anderer war als ein Mann an ihrer Seite. Aber Guttmann gefiel nun mal ihr ausladender Arsch, der Glück und Heimat zugleich versprach, einen Hafen, in den er einlaufen wollte; und ihre Haare auf den Unterarmen und der Hauch eines Damenbartes gefielen ihm auch. Jolanda war rassig wie eine Zigeunerin, und wenn man auf den rassigen Typ stand, so wie Guttmann, dann konnte man schon verstehen, dass einer in ihrer Nähe sein wollte. Weil sie aber Wirtin war, ging er natürlich auch als Gast zu ihr und musste immer wieder etwas bestellen, und wenn er länger bleiben wollte, bestellte er immer mehr, bis er dann eben einen Meter tiefer saß als ich, ich sagte: „Sie soll dir zwischendurch vielleicht mal einen Salat machen."

Er sagte: „Leck mich am Arsch, ich geh dort nicht mehr hin."

Soll sie einer verstehen, die jungen Liebenden!

Er wollte mir aber nicht erzählen, warum er dort nicht mehr hinging, und ich war nicht der Typ, der andere zum Reden zwang, außer es ging um Berufliches. Die wenigsten privaten Verwicklungen interessierten mich so sehr, dass ich darüber etwas wissen wollte.

Ich schob also eine alte Al-Green-Scheibe hinein, und zwar die, wo er wie ein Waschweib jammert, dass er es so satt hatte, alleine zu sein. Das nervte Guttmann, er schrie mich an: „Willst du auch so aussehen wie ich?"

Als er mir seine Faust vor das Gesicht hielt, merkte er, dass ich ein Pflaster über der Nase hatte, und ich merkte, dass er auch eines quer über seine Nase hatte und dass seine beiden Augen geschwollen waren, es sah wirklich schlimm aus, so, als wäre er gegen einen fahrenden LKW gelaufen. Kaum ließ man seine Jungs mal für ein paar Minuten aus den Augen, kamen sie mit gebrochener Nase daher oder fielen beim Wichsen um, ich sagte: „Du hast ja eine gebrochene Nase!"

Er sagte: „Du ja auch!"

Während ich ihm erklären konnte, wer mir meine zertrümmert hatte, wollte er nicht darüber reden. Also hatte ich noch eine kleine Geschichte auf Lager, die ich ihm unbedingt erzählen musste: Dass ich nämlich gestern im Hard & Heavy gewesen war, und dass Jolanda immer wieder in die Küche verschwunden war, und dass ich sie dort auf Serbisch mit einem Mann streiten hatte hören, so lange, bis ich sie mit einer gebrochenen Nase dort hinten gefunden hatte.

Er sagte: „Ach hör doch auf!"

Aber ich musste ihm noch sagen, was ich mir zu der ganzen Geschichte dachte: Dass das vielleicht ein Nebenbuhler von ihm gewesen sein könnte, ein junger, hübscher.

***

Wir fuhren dann schweigend die Triester Straße hinaus bis hinter die Tankstelle, wo sich immer wieder bescheuerte Roadrunner mit ihren tiefer gelegten Lowriders trafen, die dann bis hinauf zu Mannis Tanke bretterten, dort umdrehten und wieder hinunter Richtung Süden rasten.

Ich hasste sie.

Kurz vor der Auffahrt A2 bogen wir links ab, es ging ein paar Hundert Meter einen holprigen, schlecht geräumten Feldweg hinaus in die Natur, der bei einer Schottergrube im weißen Nichts endete.

Ich parkte, und etwas abseits sahen wir dann einen Jogger, der im Joggingdress auf und ab hüpfte und auf der Stelle lief, immer wieder mal aus seiner Flasche nippte und im Licht der Scheinwerfer wie ein Kraftwerk dampfte. Ich fragte: „Was ist denn das für ein Spinner?"

„Er hat das Mädchen gefunden."

Es war Dr. Angelika Mayr aka Biene Mayr, die Forensikerin und Medizinerin, die das sagte. Sie war eingepackt in einen dicken, wattierten Mantel, der ihr alles Geile nahm, aber bei ihr war das okay. Sie war die einzige Biene, die auch im Winter auf den Beinen war und eine Blume zum Landen suchte, oft war diese Blume ich, aber heute summte sie etwas leiser, sie wirkte nachdenklich und gar nicht aufgelegt für Geschlechtsverkehr, und das lag nicht nur an den ungeilen Temperaturen.

Sie führte uns zur Leiche und sagte: „Das Mädchen wurde hier abgelegt oder weggeworfen, und sie wäre bis in den Frühling hinein zugeschneit hiergelegen und im Mai hätten sie dann die Vögel gefressen, wenn nicht dieser Spinner hier entlanggelaufen wäre."

In unserer Verachtung für Jogger waren wir uns alle einig, die Biene sagte: „Er joggt jeden Morgen ab 5 Uhr früh, und er sagt von sich selbst, dass er süchtig ist."

Ich war fassungslos: „Nach Joggen?"

„Ja, nach Joggen. Er hat schon seinen Arbeitsplatz verloren, seine Familie ist ihm davongelaufen, aber er muss joggen. Seht ihn euch an! Er wiegt weniger als Guttmanns Arsch."

Ich sagte: „Aber Guttmanns Arsch wiegt ganz schön viel."

Da mischte sich der mit seinem schweren Arsch ein und sagte: „Leckt mich doch am Arsch!"

Der Jogger sah nicht viel gesünder aus als Lemmy, er war fahl im Gesicht und eingefallen, er erinnerte mich an Bertha in der Villa, als sie die Grimasse des magersüchtigen Mädchens geschnitten hatte, ich fragte: „Und warum macht er das, was treibt ihn an?"

Solche Rätsel interessierten mich mittlerweile, und die Biene wusste die Antwort: „Trivialpsychologisch würde ich sagen, er läuft vor etwas davon."

„Aber vor was denn?"

„Vor Problemen? Seiner Alten? Dem Altern? Da drinnen ist bei ihm rein gar nichts mehr."

Sie tippte sich auf die Brust, wo normalerweise das Herzchen war. Oder die Seele. Je nachdem, woran man glaubte.

„Einzig das routinierte Abspulen von Kilometern hält seinen Motor noch am Laufen."

Guttmann sagte zu mir: „Kümmere dich mal um ihn!"

Der Anblick schmaler, knochiger Ärsche in engen Jogginghosen war das traurigste, was man als moderner Mensch zu sehen kriegen konnte, natürlich neben den fetten Ärschen der späten Mütter, die man oft nach ihren komplizierten Schwangerschaften samt Kinderwagen durch die Stadt joggen sah, was aber natürlich überhaupt nichts brachte. Und dann gaben diese Jogger auch noch für ein Paar Schuhe deutlich mehr Geld aus, als eine kleine Tüte Gras bei Lemmy kostete, obwohl die eine Tüte Gras einen viel glücklicher machte als zwei Schuhe.

So wie sich der Bär den Honig auf Vorrat in die Höhle holt, damit er im Winter was zu futtern hat, so hatte ich mir irgendwann ein paar Joints auf Vorrat gedreht, damit ich immer was zu rauchen hatte, und ein paar von den Geräten steckten jetzt in meiner Hose.

Zwar war es noch früher Morgen, aber das Glück war an keine Tageszeit gebunden, und so ging ich jetzt zu dem Spinner hinüber, tippte auf seine Trinkflasche und sagte: „Na, Sportsfreund? Was ist denn da drinnen?"

Er hörte noch immer nicht auf, auf der Stelle zu laufen, weiß der Teufel, was er vorhatte, dann sagte er: „Elektrolyte."

Ich sagte: „Diesen Schnaps kenn ich nicht."

Dann legte ich ihm meine Pranke auf die Schulter und drückte immer fester drauf, bis er endlich aufhörte, wie eine Waschmaschine im Schleudergang zu hüpfen. Jetzt, wo er nicht mehr lief, schien ihm tatsächlich jeder Sinn im Leben zu fehlen, er blickte mich ganz ängstlich an, obwohl es doch überhaupt keinen Grund gab, vor mir Angst zu haben, im Gegenteil. Gleich würde ich ihn in eine bisher unbekannte Dimension schießen.

Zuerst griff ich in meine Tasche und holte ein Säckchen Gras heraus, das steckte ich ihm in die Brusttasche seiner atmungsaktiven Jacke, dabei sagte ich: „Setz dich doch mal zuhause gemütlich auf deine Couch, leg dir ein paar Zombie-Filme ein, und dann rauch das Zeug hier, du wirst sehen – Erholung ist der wahre Freund des Körpers."

Dann zündete ich mir selbst einen Dicken an und zog ein paar Mal kräftig durch, bevor ich ihn dem Spinner in den Mund steckte, und so sauerstoffdefizitär wie der war, atmete er den Rauch schon beim ersten Mal vorbildlich tief ein, schon fast so tief wie Bob Marley.

Er sagte: „Ich hab vor einem Jahr aufgehört zu rauchen, darum laufe ich ja so viel, weil ich so dick geworden bin, nachdem ich aufgehört habe zu rauchen."

Ich sagte: „Dann fängst du jetzt besser wieder an zu rauchen, bevor du wieder so dick wirst, spürst du schon was?"

Er lachte noch nicht, aber immerhin lächelte er schon.

Ich sagte: „Falls du noch mehr davon willst – am Brunnenmarkt gibt es eine Pizzeria mit Namen Quattro Stazzione, frag dort nach einem gewissen Lemmy und seinem *Oregano Speziale*, verstanden?"

***

Ich ging zurück zur Leiche. Guttmann zog die Plane von dem Mädchen, die Biene fragte: „Was fällt dir als Erstes an ihr auf?"

Ich sagte: „Sie ist hässlich."

Das war natürlich nicht nett, so etwas zu sagen, auch nicht über eine Leiche, aber es war doch auffällig, wie hässlich sie war. Sie hatte schlechte Haut, eine dicke Brille und vorstehende Zähne. Ihre Haare waren dünn und speckig und blond gefärbt, beim Haaransatz waren sie noch pink. Sie sah alles in allem richtig scheiße aus und wog wenig mehr als ein kleines Kalb, überall quoll das Fett hervor. Sie lag da, als wäre sie beim Laufen nach vorn gefallen, auf ihre mächtigen Titten, die Arme von sich gestreckt, das Gesicht zur Seite. Ich kriegte langsam ein bisschen Angst, dass mich das Fett-Thema nicht mehr loslassen würde – der fette Guttmann, der fette Ronnie, jetzt dieses fette Mädchen, der zu dünne Lemmy, die magersüchtige Maxi. Und überall Werbung, wie man die Pfunde wieder verlieren könnte. Nur dass sie letztlich keiner mehr verlor.

Guttmann stand nun über das Mädchen gebeugt, ihr Oberkörper war halb nackt, sie trug nur einen BH, eine enge Wollleggings und einen Jeansrock darüber, dazu Stiefel. Ihr übriges Gewand lag neben ihr, und halb auf ihr drauf lag ein grauer Racer-Blouson mit einem gelben Drachen hinten drauf.

Sie war eindeutig nicht magersüchtig und hatte auch sonst keine Ähnlichkeit mit Ronnies Nichte, auch hatte sie keine Tätowierung am Unterarm. Wir drehten sie auf den Rücken, auf ihrem Dekolleté stand in Großbuchstaben hingemalt UGC.

Ich fragte: „Ist das ihr Name?"

Die Biene zuckte die Schultern und sagte: „Ich denke mal eher, nein. Eine Botschaft vielleicht? Oder ein Art Stempel? Ein Gütesiegel?

Die Biene klang verächtlich. Das lag an uns Männern, und an dem, wozu wir fähig waren, sie sagte: „Ich schätze mal, diese Jungs brachten sie mit einem Wagen hierher und fuhren dann einfach ohne sie wieder weg."

Guttmann fragte: „Wie kommst du denn überhaupt drauf, dass es Jungs waren?"

Die Biene zeigte auf die Jacke, die auf dem Mädchen lag.

„Das hier ist wohl eine Männerjacke, Größe 50. Allerdings korrespondiert sie nicht mit dem Akt von Grausamkeit und Herzlosigkeit, den wir hier insgesamt vorfinden."

Der Trend bei den jungen Wilden rund um die Lugner-City ging ja zu diesen kurzen, schwarz glänzenden Steppjacken, die sie zu ihren engen Jeans und weißen Turnschuhen trugen, dazu ihre im Sonnenstudio gebräunten Gesichter und die auf Zackzack geschnittenen Frisuren an ihren dummen Schädeln, mit denen sie dann erst recht wie richtige Idioten aussahen. So eine schwarze gesteppte Jacke hätte wenigstens ein bisschen gewärmt. Diese Jacke hier aber war nur ein dünner Blouson. Trotzdem sagte Guttmann: „Ich finde, es könnte auch ein Zeichen von Anteilnahme sein, dass die Jacke auf ihr liegt."

Wer nun glaubte, die Biene hielte sich die ganze Zeit nur an den Schnaps, den sie unten in der Asservatenkammer mitverwaltete, der täuschte sich gewaltig. Sie war ein helles Köpfchen, das sich auch so manche Gedanken über Jacken machte: „Schwer zu sagen, was ihr Männer euch denkt, nachdem ihr Frauen vergewaltigt und weggeworfen habt, aber die Jacke ist nicht sehr dick, also war die Anteilnahme nicht sehr groß."

Sie hatte nun schon wieder „weggeworfen" gesagt, und diesmal hatte es noch verächtlicher geklungen.

Mittlerweile war mir ein wenig kalt an den Pfötchen geworden, also nahm ich die Biene zur Seite, öffnete ihren Mantel, schob ihr den Pullover hinauf und verstaute meine Hände auf dem Gold ihrer Hüften. Kurz war ihr, als müsste sie sterben, aber dann entspannte sie sich doch noch ein wenig und sagte: „Halt mich bitte ganz fest."

Das tat ich dann auch.

Sie weinte eine Runde, und dann sagte sie: „Ihr Männer seid solche Schweine."

Das war jetzt aber etwas zu allgemein, wie ich fand, denn ich war doch ein wirklich netter Typ.

***

Ich ging dann mit Guttmann etwas abseits, wir stellten uns in den Schnee und packten beide aus, normalerweise machte das in der Kälte noch mehr Spaß, wenn es schön dampfte und man mit seinem Strahl Männchen in den Schnee zeichnen konnte. Aber es ging bei uns beiden nichts, weil uns die Biene zuschaute und es so verdammt kalt war, also erzählte ich Guttmann von Rockin' Ronnies Texas Tabledance und dass er darin seine einsamen Abende verbringen könnte, bis die Wunde an seiner Nase verheilt war und die noch größeren an seiner Seele: „Schau dir den Laden mal an! Du musst ja keine anfassen, wenn du nicht willst."

Es ging dann noch immer nichts, also erzählte ich ihm von Rockin' Ronnie und seiner bitteren Familiengeschichte, und von seiner Nichte, die verschwunden war. Ich sagte: „Sie heißt Maxi von Hagen, und Dr. Nyilasi heißt ihr Vater, der aber auch nicht mehr nach Hause kommt, seitdem er sich in Richtung Ungarn zum Zahnarzt aufgemacht hat. Versuch doch bitte mal herauszufinden, wo der ist, ob noch in Ungarn beim Zahnarzt, oder ob er irgendwo beim Salamikauf hängen geblieben ist."

Es ging dann noch immer nichts, also fragte Guttmann: „Was ist mit ihrer Mutter?"

Er fragte das höchst routiniert, denn Entführungen und Morde an Kindern passieren meist im engeren familiären Umfeld. Dass mal ein hausfremder Elektriker zuschlägt, der gerade die Kabel verlegt, kommt bei Weitem seltener vor, als man denkt. Ich sagte: „Tja, die kommt theoretisch für das Verschwinden der Tochter infrage, liegt aber praktisch seit ein paar Tagen mit nur noch 35 Kilo im Krankenhaus und stirbt mehr oder weniger schnell an Krebs."

Als es dann endlich lief, war das ein Riesenhurra und eine richtige Erleichterung für uns beide, und ich sagte ihm, welch große Angst ich gehabt hatte, dass die Leiche hier das Mädchen sein würde, das ich suchte. Aber mit der Erleichterung kamen bei Gutti auch wieder ein paar vernünftige Gedanken, und jetzt gerade fiel ihm etwas ein: „Du klammerst dich wie alle an eine vage Hoffnung und glaubst, dass letztlich alles gut wird, aber hör zu, es wird nie alles gut, nie. Gestern riefen uns nämlich die Jungs aus Bratislava an, Gewaltdelikte West-Slowakei inkl. Donau und March. Die rufen immer an, wenn sie eine Leiche aus dem Wasser fischen, das vorher durch unser schönes Land geflossen ist, nur nie, wenn bei ihnen ein Schatz oder so was angeschwemmt wird."

Bratislava war ein hartes Pflaster, viele Drogen, viele Banden. Eine Leiche weniger bedeutete einen Haufen

Arbeit weniger für die Jungs, ich konnte sie also voll verstehen, Guttmann sagte: „Ich hab auch noch nie erlebt, dass wir eine Leiche zurückgekriegt hätten, die irgendwas in der Tasche hatte, verstehst du das? Nie! Normalerweise haben sie immer ein bisschen Geld dabei, jeder. Aber die aus Bratislava, nie! Was sagt uns das?"

„Sie räumen ihnen die Taschen leer?"

„Es heißt korrekt: Diese Arschlöcher räumen ihnen die Taschen leer!"

„Du magst die Jungs dort nicht besonders, was?"

„Bevor die überhaupt einen Finger rühren, sagen sie schon: ‚Die Leiche kommt von euch!' Anstatt sie einfach immer weiter hinuntertreiben zu lassen in Richtung Rumänien, wo diese Scheiß-Donau ins Meer mündet. Bis dorthin fließt sie durch fünf Länder, und es wäre dann viel schwieriger, herauszufinden, wo die Leiche herkommt, und viel einfacher zu sagen: Von uns kommt sie nicht! Jedenfalls riefen die gestern an, Moment …"

Er tropfte ab und packte ein, dann holte er einen Zettel aus seiner Tasche und sagte: „Hier hab ich's aufgeschrieben: Ca. 12- bis 15-jährige weibliche Leiche, bekleidet. Und jetzt pass auf: Sie hatte vollgeschissene Hosen."

Ich sagte: „Uuuh!"

„Ja, uuuh! Ich hoffe, du hast nicht den gleichen Virus wie sie."

***

Normalerweise war ich ja der „Bitte nicht nach Bratislava!"-Typ, die Stadt hatte sich als Fressburg einen Namen gemacht, man kriegte dort billige Schnitzel und Tätowierungen auf den Körper, der vom billigen Schnitzel ganz fett geworden war, und sonst auch alles, was es bei uns gab, nur um ein paar Cent billiger. Übers Jahr gerechnet konnte man sich dabei vielleicht ein paar Euronen sparen, und das war vielen ein richtiges Anliegen, mir aber nicht.

Nun war ich aber auf dem Weg dorthin und lenkte den Datsun zur Adresse, die Guttmann mir genannt hatte, Slowakische Gerichtsmedizin. Dort brachte ich beim Eingang mein Anliegen vor, man ließ mich anstandslos bis zur Kühlhalle vor, aber dort geriet mein guter Lauf ins Stocken, und ich stand da wie ein Idiot und wartete. Die haben da so eine blöde Art aus den Zeiten des Kalten Krieges, die sie scheinbar nicht aus dem Blut kriegen – dich warten lassen und dir das Gefühl geben, dass sie dich von irgendwoher beobachteten.

Endlich kam dann doch noch der Chef vom Ganzen, seine dicken gelben Finger zeigten, dass er gerne allen alles wegrauchte, sogar seine weißen Haare waren gelb, nur sein Gesicht war grau. Er schien dem Tod näher zu sein als Lemmy an einem ganz schlechten Tag, aber das stand hier vielleicht sogar in der Ausschreibung, dass man das musste. Einzig sein Mantel, der vielleicht mal weiß gewesen war, jetzt aber richtig dreckig, deutete darauf hin, dass er Arzt war, aber auch nur, weil da Dr. Jiři Irgendwas auf seinem Schildchen stand. Mich erinnerte er aber mehr an einen Agenten oder Spion in Fleischhauer-Tarnkleidung, an irgendwas mit James Bond jedenfalls.

Als er mir die Hand schüttelte, tat er das mit der Kraft des Eisernen Vorhangs, sein Deutsch war gut, seine Stimme tief. Ich verhielt mich reserviert, er sich auch. Ich mochte ihn von Anfang an nicht, er mich auch nicht. Er hätte mich lieber auf einer seiner Stahlwannen gesehen, ich ihn auch. Wir standen uns eine Zeit lang gegenüber wie Warschauer Pakt und NATO in den frühen 80er-Jahren, endlich ließ er doch noch anklingen, dass er gerade sehr viel zu tun hätte, es aber eventuell schneller gehen könnte, wenn ich mich auf eine gewisse Weise erkenntlich zeigen würde.

Da fühlte ich mich endlich wie zuhause in der eigenen Bananenrepublik!

Gerne hätte ich mich mit einem rechten Schwinger erkenntlich gezeigt, aber hier im ehemals kommunistischen Ausland wäre ich dafür wahrscheinlich schneller im Gulag gelandet, als mir lieb war. Also zog ich meine paar verrunzelten letzten Scheine aus der Tasche heraus und fragte, ob es das wäre, was ihm gefiel? Zwar gefielen dem Feind die Scheine, aber nicht ihre Größe, Farbe und Menge. Ich kramte weiter, fand aber nichts mehr, denn ich war pleite und stand vor ihm wie ein Grieche, der ihm vielleicht noch einen Sirtaki vortanzen könnte, sonst aber nichts mehr zu bieten hatte. Diese verdammten ehemaligen Kommunisten würden bald auf uns ehemals reiche Wessis herabschauen, wenn das so weiterging, als hätten wir es zu rein gar nichts gebracht. Nicht einmal mein Pelzmantel konnte ihn beeindrucken, denn er hatte gewiss einen schöneren zuhause hängen, genäht aus ganz vielen sibirischen Tigern, ich fragte: „Meine Fellmütze vielleicht?“

„Njet!“

Ich stellte mich auf langwierige Verhandlungen ein und dachte an *Jack schleckt im Leichenschauhaus,* seinen letzten Film, in dem er seine vom Krebs bereits angeknabberte Zunge in einer Art krankem Zombiefilm in einem Leichenschauhaus unter die Leichenteile bringt. Der Film erschien kurz nach seinem tragischen Tod nur noch auf DVD, und er wäre wohl besser nicht erschienen, denn er war übelst, und nur seine eingefleischtesten Fans handelten die DVD im Internet zu Höchstpreisen. Ich bot dem Jiři jetzt meine an, weil ihn das vielleicht beruflich interessieren könnte, wie ich mir dachte, aber Zombiefilme interessierten ihn weder beruflich noch privat.

Endlich kam mir die Idee: „Was rauchen?"

Der Kerl war dann nach dem Joint so tiefenentspannt wie der Papst nach der Mette, wenn alles gutgegangen ist. Er gab mir sogar einen Satz Gummihandschuhe, ich bedankte mich dafür, obwohl mir Wollfäustlinge lieber gewesen wären. Dann latschte ich hinter ihm her durch eine kühle Halle, dorthin, wo bei denen die Leichen lagen – in einer Art großer Wanne mit Eiswürfeln drinnen, die man bei uns für den Fisch verwendete.

Er sagte: „Alle gefischt aus Donau."

Endlich brachte er mich zu der, die er loswerden wollte und von der er behauptete, sie käme von uns.

Nun war es so: Leichen sind nie schön, also räumt man sie normalerweise schnell weg, vergräbt sie, verbrennt sie, oder vergisst sie irgendwo in der Sonne, damit sie schnell von den Vögeln gefressen werden. Staaten und Institutionen wollen erst recht keine Leichen, denn sie bedeuten immer Arbeit und Geld, das keiner hat. Das ist ja das Traurige am Tod: Dass er mittlerweile so viel kostet! Nur diese verdammten Mexikaner spielen fröhliche Volksmusik, wenn irgendwo jemand begraben wird, und dem Inder ist sowieso alles egal, nach einem Leben als Inder hat man keine Erwartungen mehr, nicht einmal an den Tod.

Wasserleichen aber sind ein Kapitel für sich.

Ich ging jetzt an ein paar Prachtexemplaren vorbei, Schussverletzungen, abgerissene Arme, aufgeschlitzte Bäuche, und dann hinein ins Wasser, es war alles da. Sie lagen nebeneinander wie in einem großen Schlafsaal, als hätten sie nicht genug Geld für ein Einzelzimmer gehabt, irgendwie war das alles ein bisschen würdelos. Nicht einmal ein Faden mit Namenskärtchen am großen Zeh fand sich an ihnen.

Der Kerl nahm jetzt das Tuch von der einen, die er mir umhängen wollte, und sie war irgendwie ganz gut erhalten.

Leider!

Sofort erkannte ich den Familienstammbaum, und eine schöne Schicht Gänsehaut legte sich auf meinen Rücken. Maxi steckte in schwarzer Lederhose und -jacke, die Haare waren schwarz gefärbt, wie von Ronnie beschrieben, aber jetzt, vom Wasser aufgeschwemmt, war da keine Spur mehr von Magersucht. Sie sah vielmehr überhaupt aus wie Rockin' Ronnie selbst, wie ich fand, und zwar nicht nur vom Typ her, sondern genau eins zu eins! Und damit hatte die Kleine gewiss nicht den Joker fürs Leben gezogen, sondern die Arschkarte. Aber wenigstens wusste ich jetzt ungefähr, warum die Eltern mit ihr so unzufrieden waren, denn mit diesem Gesicht war es wirklich schwer, gemocht zu werden.

Jiři schob dann den Ärmel an ihrem linken Arm noch ein Stück hinauf, und dort sah ich die Tätowierung, die Ronnie mir beschrieben hatte. Jiři lachte verächtlich und fragte: „Wie kann junge Mädchen machen Tätowierung, was sieht aus so Scheiße wie diese hier, ha?“

Ich sagte: „Schon mal was von Rebellion gehört?“

Aber nach 50 Jahren Kommunismus war ihm das natürlich ein Fremdwort.

Ich hatte ja so eine leichte Tendenz, mich vor Arbeit zu drücken, und lieber machte ich die Augen zu, als dass ich ganz genau hinschaute. Okay, sie war es, und ich würde Kubelka darüber berichten, und der würde es Ronnie sagen, und Schluss. „Beim Eislaufen ausgerutscht und in der Donau ertrunken", so würde ich ihnen die Sache verkaufen. Aber ich wollte ihm die Leiche nicht abnehmen und sagte: „Nicht meine, sorry."

Ich schob das Laken wieder drüber und wollte gehen, ohne mich zu verabschieden. So wie ich schon oft in einer frühen Morgenstunde die Decke auf eine Lady draufgelegt hatte und gegangen war, ohne mich zu verabschieden. Aber da packte mich der Kerl am Handgelenk und sagte: „Ihre Hose ist geschissen voll."

Ah ja, das hätte ich fast vergessen. Gut, dass er mich daran erinnerte! Trotzdem sagte ich: „Auf Wiedersehen."

Er zerrte mich zurück und zeigte jetzt auf das linke Handgelenk der Leiche, ich fragte: „Was ist?"

Kein halbwegs niveauvoller Freitagskrimi kam heute mehr ohne wund gescheuerte Handgelenke aus, darum wollte ich es zunächst nicht recht glauben. Aber es war ihm bitterernst damit, dass sie gefesselt worden war, bevor sie starb, und ich musste sofort an den Keller denken, in dem diese Mädchen dann immer jahrelang versteckt und eingesperrt waren. Das Land hat ja eine gewisse eigentümliche Tradition, was Keller anbelangt.

Damit war aber leider auch klar, dass sie nicht gestolpert und ins Wasser gefallen war, und nun hatte ich den Salat. Jiři merkte meine Enttäuschung und brummte: „Na? Ist Leiche von Österreich von dir oder was?"

Ich war bisher absichtlich ruhig und gelassen geblieben, schon gar nicht hatte ich Freude darüber gezeigt, dass ich das Mädchen gefunden hatte. Ich schaute ihn also nur an und wog unentschlossen den Kopf. Er kapierte zunächst nicht, was genau mich so kopfschüttelnd machte, er war oder gab sich begriffsstutzig. Erst als ich meine leeren Hosentaschen herauszog, klingelte es bei ihm. Letztlich lief es darauf hinaus, dass er mein Geld gegen seine Leiche tauschte. Das waren nun mal die Gesetze des freien Marktes, an die er Arschloch sich erst noch gewöhnen musste.

Dann sagte ich: „Einpacken!"

***

Ich fragte die Lady, die mir im Gang des Leichenschauhauses mit Putzkübelchen begegnete, ob sie vielleicht eine Ahnung hätte, wo der Frauenknast war. Sie sah nämlich irgendwie so aus, als wäre sie selbst schon mal drinnen gewesen, tätowiert und muskelbepackt, und wie immer täuschte mich meine Ahnung nicht. Wenn man mal länger im Frauenknast war, dann kriegt man später nur noch Jobs als Putzfrau im Leichenschauhaus, das ist nun mal so, und damit ist man sogar noch unter den Leichenwäschern angesiedelt. Happiness musste also dringend raus aus dem Knast, sonst blieb ihr nur noch ein Putzjob!

Ich bedankte mich artig bei der Dame, nachdem sie mich informiert hatte, dass der niedliche Plattenbau mit vergitterten Fenstern etwas außerhalb der Stadt am Wasser liegt, gute Aussicht, gute Luft, alles gut.

Nur leider die schwedischen Gardinen, die die gute Luft teilten.

Im Auto rief ich dann Kubelka an und teilte ihm mit: „Gefunden!" Und dass er heute Abend zu Lemmy kommen sollte, dort würde ich ihm mehr erzählen. Da sagte Ku: „Jetzt, wo du ‚erzählen' sagst: Hab ich dir eigentlich schon erzählt, wie das Mädchen gezeugt wurde?"

„Du hast was von Samenspende gesagt."

„Heute Abend erzähl ich's dir im Detail. Jetzt muss ich wohl Ronnie die schlechte Nachricht überbringen, und zwar schonend. Da fällt mir ein Witz ein, hast du noch kurz Zeit?"

„Kurz."

„Also, Bauarbeiter Berger fällt vom Gerüst und ist sofort tot, die Kollegen beraten sich, wer es am besten seiner hinterbliebenen Frau mitteilen könnte, kennst du den?"

„Noch nicht."

„Die Wahl fällt schließlich auf Bauarbeiter Huber, weil er von allen auf der Baustelle der einfühlsamste ist, nicht, dass er schwul wäre, aber halt einfühlsam."

„Aber nicht schwul? Nur einfühlsam?"

„Einfühlsam! Huber fährt also zu Bergers Haus, läutet an der Tür, und als eine Frau herauskommt, fragt er: ‚Entschuldigen Sie bitte, sind sie die Witwe Berger?' Da sagt sie: ‚Berger schon, aber nicht Witwe.' Sagt er: ‚Wollen wir wetten?'

Und? Wie findest du ihn?"

„Du bist ein Ass!"

Dann rief ich noch Gutti zuhause in Wien an und sagte ihm, er solle sich Bleistift und Zettel zurechtlegen und aufschreiben, was positiv und was negativ an dem war, was ich ihm gleich sagen würde: Dass ich nämlich das Mädchen gefunden hätte, das ich suchte, dass sie aber leider einem Verbrechen zum Opfer gefallen sein dürfte (einmal in meinem Leben musste ich „einem Verbrechen zum Opfer gefallen sein dürfte" sagen!), dass sie somit jetzt sein Fall wäre, und dass er nun ihren Transport in Richtung Keller von Biene Mayr organisieren müsste, ein paar Stempel, eine Unterschrift, und Jiři würde wieder mehr Zeit haben zu rauchen.

Guttmann sagte: „Bei ‚positiv' steht noch gar nichts, hast du nicht auch mal was Schönes zu erzählen?"

Hatte ich natürlich auch: „Ich fahr jetzt zu Happiness in den Frauenknast."

***

Man kennt das aus guten Hollywood-Filmen: Wie Richard Gere fuhr ich durch die ganze verdammte Stadt zu meiner Pretty Woman, nur nicht mit Chauffeur und Limo, sondern mit meinem Datsun. Und ich hatte keine Blumen dabei, nur was zum Kiffen. Und das musste ich im Datsun lassen, wenn ich nicht auch Weihnachten hinter Gittern in Bratislava feiern wollte.

So ein Gefängnisaufenthalt ist für jede Beziehung eine schwere Prüfung, man kann so schwer sagen, wohin sich alles entwickelt. Dabei hatte Happiness noch Glück gehabt, dass das Zeug rechtzeitig rausgekommen war aus ihrem Darm, aber ihre Verdauung war immer gut gewesen, und anal eine ihrer Stärken. Trotzdem: Wenn wir beide Pech hatten – sie zugegeben noch ein bisschen mehr als ich! –, dann würde sie hier nicht unter fünf Jahren ausfassen, da konnte ihr auch der beste Anwalt nicht helfen, und der beste war Herschel, der Jude, den ich schon informiert hatte. Aber der war ja in Tel Aviv.

Gott sei Dank war ich seit ein paar Jahren mit Happi verheiratet, wir hatten damals noch die zwei Jahre gewartet, bis sie volljährig gewesen war, und Dirty Willi hatte dann eine schöne Sause für uns organisiert mit

Wedding Wankers und *Black Brides* auf der Leinwand und Schnaps und guter Musik oben im Vorführraum. Nun waren wir schon seit fast fünf Jahren ein Ehepaar, mit allen Höhen und Tiefen, und ich musste schon sagen: Du meine Güte, wie die Zeit vergeht!

Damals war das noch möglich gewesen, dass man eine Schwarze heiratete, ohne in Generalverdacht zu geraten, selbst ein AIDS-krankes Schwein mit leichtem Hang zum Drogenbaron zu sein. Heute ging das nicht mehr.

Ich stellte also einen Antrag auf Ehegattenbesuch in einer Solozelle, blieb dann aber auf meinem Weg zu Happiness natürlich wieder im Kanal hängen, aber diesmal war ich nicht so begriffsstutzig wie bei Jiři. Die Lady im blauen Bauarbeitergewand hieß Karmilla und hatte sich aus Zeiten des Kalten Krieges herübergerettet in die neuen Zeiten, nun passte sie nicht mehr auf russische Atomraketen, sondern auf süße Mädchenärsche auf, die ihr scheinbar besser gefielen. Von uns Männern hielt sie nicht so viel, aber gut, das war mein Schicksal. Ich verkürzte die Wartezeit und holte wieder meine Scheine hervor, erst dann zog sie zufrieden ihren Schlüssel heraus, nahm mich an der starken Hand und führte mich einen Gang hinunter, durch den sicher schon viele Delinquentinnen marschiert waren, und so wie sie mich dabei anschaute, war ich mir nicht sicher, ob ich den Gang jemals wieder zurückgehen würde.

Der Verschlag, in den man mich endlich vorließ, war klein, dafür kalt und ungemütlich, wie eine Art Solokabine in einer Peepshow irgendwo in der russischen Steppe entlang einer schlecht frequentierten Fernfahrerroute ganz weit im Nordosten. Hier sollte, wenn möglich, erst gar keine Stimmung aufkommen, aber Happiness war trotzdem happy, mich zu sehen. Als sie eintrat, freute sie sich wie ein einsamer Goldfisch über einen neuen Spielkameraden im Glas. Beinahe hätte ich sie in ihrem orangen Sackoverall gar nicht erkannt, da merkte ich erst, wie sehr ich bei Frauen doch auf ihren Körper achtete, wie wichtig mir Arsch und Beine und Titten waren, und wie fremd mir ihr Gesicht immer blieb. Erst als sie den Sack ablegte und ich sehen konnte, wie sehr sie von innen heraus strahlte, war ich mir wieder ganz sicher, dass das meine Happiness war, die da vor mir stand, der gazellenhafte Körper war unverändert gut in Schuss, und ihre sexuelle Gier auch. Sie hatte es weiß Gott dringend nötig, und ich eigentlich auch, aber es fehlten nicht nur Kerzen und Gainsbourg, ich war einfach insgesamt nicht so gut drauf, um es ihr mit aller Kraft zu besorgen. Also rutschte ich nur ungeschickt auf ihr herum wie auf einem gefrorenen Schneehaufen, und plötzlich musste ich an Lemmy denken, wie er verzweifelt versuchte, sein Becherchen zu füllen, und je mehr ich an Lemmy dachte, desto schlechter ging es mir, kurz: Das machte hier irgendwie überhaupt keinen Spaß!

Als ich dann auch noch die Überwachungskameras entdeckte, die über uns hingen, fühlte ich mich beobachtet, wie ich das bisher nicht gekannt hatte, und schließlich sagte ich zerknirscht: „Ich glaub, ich bring es heute einfach nicht."

So verharrten wir dann ein paar Minuten lang bibbernd in der Löffelstellung, mit meinem Pelzmantel als Decke. Nie zuvor hatte ich so eine Sehnsucht nach unserem gemütlichen Separée im Pink Flamingo gehabt, wo es sich so gut rutschen ließ.

Schließlich stand sie auf und zog sich wortlos an, genau das, wovor wir Männer uns immer fürchten. Ich hatte schon Angst, sie würde nach dem Kriegsschiff Karmilla läuten und mich aus ihrem Leben entfernen lassen, aber sie klopfte mir nur auf die Wampe und schaute mich irgendwie komisch an, ich fragte: „Was ist?“

Sie sagte: „Du wirst fett, Rocky. Faul und fett.“

Und ich bettelte: „Sag bitte trotzdem nicht Rocky zu mir, ich heiße immer noch Rock wie der Felsen, und nicht Rocky wie das Felschen, oder hast du's hier herinnen schon ganz vergessen.“

Sie blieb skeptisch, und sie hatte natürlich allen Grund dazu.

Es musste also dringend etwas passieren, damit Happiness hier wieder raus und ich wieder in Form kam. Ich fragte: „Was kann ich tun?“ Aber die Frage war im Grunde überflüssig, denn wir kamen beide aus den korruptesten Ländern der Welt, sie aus Nigeria und ich aus Österreich, also wussten wir ohnehin, worum es letztlich ging.

Geld war aber meine Achillesferse, damit konnte ich gerade überhaupt nicht dienen. Ich kam mir da ein wenig hilflos vor, obwohl sie mir glaubhaft versicherte, dass sie mich trotzdem liebte. Aber was sollte das werden, wenn sie mich von hier aus liebte, während ich zuhause im Bett lag?

Ich sagte: „Kannst du mir die Nummer von Lovegod geben?“

Sie war auch der Meinung, dass er der richtige wäre, um sie hier herauszuholen, schließlich war er es auch gewesen, der mein Mädchen hineingebracht hatte, und jetzt war ich unglücklich und depressiv und freute mich gar nicht so richtig auf Weihnachten. Nur konnte Happiness ihn natürlich nicht selbst anrufen, weil die hier vermutlich auch schon das Telefon anzapfen konnten und die Jungs von der Bullerei dann das Kilo Heroin aus ihrem Darm mit ihm in Verbindung bringen würden, und dann würde auch Lovegod reingehen, zwar nicht in den Frauenknast, aber in den Knast. Sie flüsterte mir seine Nummer ins Ohr, und zwar sicherheitshalber von hinten nach vorne, und ich merkte sie mir, aber von vorne nach hinten. Sie erklärte mir, dass hier alles über diese Karmilla da draußen liefe, die dann die Bestechungsdeals für die Staatsanwälte weiter oben arrangierte, die dann auch mal den Stempel „Freispruch" auf eine Anklage draufknallen konnten.

Dann gab es noch Küsschen und feste Umarmung, aber das „Falls wir uns nichts mehr sehen – Frohe Weihnachten!" ersparte ich mir in diesem speziellen Fall, denn meine tiefe Hoffnung war eine andere. Und zuhause würde ich dann auch sofort wieder mit Liegestützen und Sit-ups beginnen, „Versprochen!"

Als ich mit Karmilla den Gang wieder zurückging, schaute sie mich interessiert an, bis ich ihr sagte: „Ich schick dann mal jemanden vorbei."

Und sie sagte: „Alles klar, Schätzchen."

***

Ich hatte mit Lovegod und seinen nigerianischen Brothas ja noch so eine Art Rechnung offen, sie würden sich also ein bisschen schämen müssen, wenn ich sie traf. Aber würden sie mir auch helfen können, Happiness wieder aus dem Knast zu holen?

Ich musste jedenfalls die Balance wahren zwischen „Ich bin ein bisschen böse auf euch, ihr verdammten Freaks!" und „Bitte helft mir, ihr verdammten Freaks!".

Ich rief Lovegod an, und wie es schien, hatte er schon irgendwie mit meinem Anruf gerechnet. Er hörte sich nicht ganz so breitbeinig an wie sonst immer, sondern sagte zerknirscht: „Ey, man, I am so sorry for this shit!"

Was sich leicht sagte, wenn man nicht selbst im Bau saß.

Wir vereinbarten ein Treffen in einer verdammten Burgerbude in der Nähe des Bahnhofs, als gäbe es keine regionale Küche mehr in der Slowakei, keine Krautrouladen oder Palatschinken.

Durch dichten Schneefall tuckerte ich dorthin. Ich zählte die Stunden, bis ich wieder in meinem Bett sein würde. Winter und Osteuropa, das war nichts für einen wie mich. Diese grauen Häuser! Dieser graue Dreck! Diese grauen Wolken!

Ich hatte schon die Hand an der Knarre, ein Schuss, und alle Probleme wären gelöst. Jedenfalls würden die Wolken weiß sein, wenn man den Erzählungen glauben darf.

Aber ich traute mich nicht.

Vor der Burgerbude parkte ich mich ein, ich vermisste den roten Firebird mit schwarzer Flamme auf der Motorhaube, den ich von Lovegod gewohnt war, stattdessen stand ein schwarzer Humvee mit roter Flamme um den ganzen Wagen herum da, die Geschäfte schienen also gut zu laufen.

Ich hatte Lovegod im Sommer kennengelernt, als er mir in einer heiklen Sache mit vier türkischstämmigen Pornoschuppen-Jungs geholfen hatte, die er im Alleingang ordentlich zusammengefaltet hatte, wodurch wir ihren Angriff auf Dirty Willi's Swedish Pornhouse abwehren konnten, und dann hatte er auch begonnen,

Lemmy mit Methamphetaminen zu versorgen. Er und seine Brothas Steel und Concrete, die nicht seine wirklichen Brüder waren, sondern seine Brothas, hatten in Bratislava nämlich den Meth-Markt und den H-Markt im Griff, aber Lemmy lehnte Heroin immer ab.

Wenigstens Heroin.

Als ich eintrat, sah ich Lovegod zunächst nicht, ich sah nur ein paar schlitzäugige Vietnamesen, bis ich endlich merkte, dass ich schon dreimal an ihm vorbeigelatscht war. Ihn zu sehen, war dann eine echte Überraschung, aber leider keine schöne.

Noch vor ein paar Monaten war Lovegod ein Stück glänzender Stahl mit dem Körperfettgehalt eines gut trainierten Leichtathleten gewesen, alleine sein Händedruck konnte dich töten und sein Blick aus tiefen, rot glühenden Augen heraus erst recht. Aber jetzt hatte er einen Sack Fett um den Arsch hängen, auf dem er draufsaß, und einen weiteren um den Bauch, der ihm unter den Tisch hineinhing, und zusätzlich noch zwei schöne Titten vorne dran, die auf keinem Playboy-Centerfold mehr Platz gehabt hätten. Bei dem Berg Futter, den er vor sich auf dem Tisch stehen hatte, und dem ganzen Fett, das ihm von seinen riesigen Händen tropfte, war das kein Wunder. Wie ein beschissener Original-Gangsta aus irgendeiner Kleinstadt in Amerika saß er vor mir auf einer Doppelbank gegen die Mauer gequetscht wie ein Ballon, der gleich abheben würde. Oder platzen. Gegen seinen falschen Pelzmantel nahm sich mein echter bescheiden aus, er hätte es locker mit Zsa Zsa Gabor aufnehmen können, und auch, was den Glanz seines falschen Schmuckes betraf, hinkte er ihr nicht hinterher. Ein paar fette falsche Uhren hingen ihm am Handgelenk, an denen die Zeiger wackelten, wenn er seinen Burger zu seinem unstillbaren Maul führte, und drei dicke Ketten übereinander um den Hals. An ihm war alles falsch, nur das Fett nicht! Und der Schweiß. Iiiiih! Er schwitzte unter seinem falschen Nerz und rückte unruhig auf seinem Arsch herum, auf dem Kopf trug er eine Leopardenmütze wie dieser verrückte afrikanische Despot damals, als er Muhamed Ali zu sich in den Dschungel eingeladen hatte. Wenn ich fett geworden war, was war dann er? Bald würde er einen Gürtel der Marke „Äquator" brauchen.

Ich war erschüttert und schämte mich zugleich ein wenig, mit ihm hier überhaupt gesehen zu werden. Ich fragte ihn, ob er mit den ganzen Burgern seine Schuldgefühle hinunterfressen würde, die ihn mit Sicherheit quälten, seit Happiness im Frauenknast saß, Kubelka hatte mir gegenüber mal angedeutet, dass es so etwas wie Schuldgefühle gäbe.

Aber Lovegod, der nun schon recht gutes bratislavisches Deutsch sprach, redete sich auf seine hartnäckige Verstopfung raus und erklärte mir die Gewichtszunahme so: Früher, in der Streusiedlung, wo sie herkamen, gab es nur Hirse und Mais, aber am Morgen immer einen guten Schiss in irgendein Erdloch hinein. Später, in Lagos, wo sie dann in schlechte Kreise gerieten, gab es zunächst auch nur Hirse und Mais, aber immer noch an jedem Morgen einen guten Schiss in irgendeine Latrine hinein. Das Leben war nicht schön, aber man konnte wenigstens gut scheißen und blieb *in shape*, wie er das nannte. Dann gab es auch hier in Bratislava im Flüchtlingsheim zunächst nur traditionell Hirse und Mais im Kreise der lieben Drogenhändler, und jeden Morgen einen guten Schiss in ein mitteleuropäisches Klo hinein, alles astrein, alles normal.

„Aber?"

Dann kam der Erfolg, wie er weiter erzählte, und mit dem Erfolg kamen die Tränen beim Scheißen, weil plötzlich nichts mehr ging. Zunächst legte er noch Wert auf gutes Essen im Steakhouse und auf Paprikahähnchen und ein bisschen Obst und Gemüse. Doch bald kam die Faulheit, und mit der Faulheit kam das Fastfood, und mit dem Fastfood kam der Abstieg, mangelnde Bewegung machte den Darm träge, und jetzt hatte er seit Wochen Verstopfung, und alles, was er hineinfutterte, blieb drinnen.

Ich wollte jetzt gar nicht mehr wissen, wie lange dieser Idiot von seiner Hexenmama gestillt worden war. Langsam wurde mir das alles ein bisschen zu viel, ich wollte den Floh wieder aus meinem Ohr kriegen, den Ku mir da reingesetzt hatte. Diese schwarzen Jungs hatten mit Sicherheit alle eine schwierige Kindheit gehabt und am Abend hatten sie wahrscheinlich nicht einmal fernsehen dürfen, aber mussten sie deswegen so fett werden?

Ich fragte: „Und wie sehen die Finanzen aus?"

Ich war heute voller Selbsthass, darum stellte ich Fragen, deren Antworten ich gar nicht hören wollte. Nicht einmal der Humvee draußen vor der Tür gehörte ihm, wie er mir erzählte. Er deutete vielmehr auf den Tisch neben uns, an dem die paar aufgedrehten Asiaten vor einer Cola saßen, aus der sie mit immerhin vier Strohhalmen gemeinsam schlürften, sie aßen kein Fett, keine Pommes, kein Ketchup, nichts. Wenn du für den wirtschaftlichen Wettbewerb fit bleiben wolltest, dann musstest du auch körperlich fit sein und solltest obendrein möglichst Schlitzaugen haben, dann konntest du dir irgendwann einen Humvee leisten. Eine Idee, wie er sich selbst wieder mal einen leisten könnte, wollte ich ihm gerne verraten: „Friss weniger!"

Lovegod erzählte, dass ihnen diese verdammten Gelben mit ihrem Billig-Meth, das sie auf den Flohmärkten in der Gegend verkauften, das Geschäft versauten, und so fett, wie er mittlerweile war, konnte er es nicht einmal mehr mit vier kleinen asiatischen Kampfmaschinen aufnehmen. Immer wieder kamen Kunden zu den Gelben an den Tisch, und dann verschwanden putzige kleine Hände unter dem Tisch, und dann kapierte ich, dass diese asiatischen Tiger hier ihre Geschäfte machten und ihr Zeug verkauften.

Ich fragte: „Und was ist mit Heroin?"

Aber auch diese Antwort kannte ich bereits. Der Nachschub stockte, seit die Zöllner das Pulver, das eigentlich für das Weihnachtsgeschäft vorgesehen war, aus Happiness herausgeholt hatten. Seine finanzielle Lage war so dramatisch wie die Lage in seinem Arsch. Er hörte sich an wie die verdammten Griechen, die rein überhaupt nichts mehr hatten außer ihrem Selbstmitleid, und ich selbst war schon fast so verzweifelt wie die, ich fragte: „Und wo sind deine Brothas?"

Er erzählte mir, dass sich Steel nach Afghanistan abgesetzt hatte, wo er sich als Yussuf Islam der Jüngere in eine Terroristenschule eingeschrieben hatte, nachdem er sich hier noch einen schönen Gebetsteppich gekauft hatte. Da konnte man nur noch verzweifeln über diesen Exzess fehlgeschlagener Integration, und ich sagte: „Alles klar, ich kenn mich aus, wir werden sicher noch von ihm hören, wenn irgendwo ein Flugzeug abstürzt. Und wo ist Concrete?"

Der saß drüben in Budapest im Bau, wie sich herausstellte, weil er zunächst einen Straßenmusikanten niedergeschlagen hatte, aber nur, um in den Bau hineinzukommen, wo er Kundschaft anwerben sollte, was aber nicht gelang, weil er vor zwei Wochen einen Mithäftling erschlagen hatte. Jetzt saß er dort in Einzelhaft.

So machte man wirklich keine Werbung für Multikulti. Ich war ehrlich besorgt und fragte: „Hast du denn auch kein Speed mehr?"

„Nur noch ein bisschen."

„Wie viel?"

Er zeigte mir ein paar bescheidene Brösel, es war wirklich zum Weinen. Wenn ich das bisschen einpacken wollte, dann würde es Lemmy unter dem Christbaum erst gar nicht finden. Ich sagte trotzdem: „Gib her!"

Es war ja ohnehin schwer genug, für Lemmy irgendetwas Passendes zu finden.

Weil ich aber im Heim gut erzogen worden war, holte ich mein zweites Fläschchen *SuperSlimShot* aus der Tasche und schob es ihm hinüber, er fragte: „Was ist das?" Er hoffte wohl, irgendein neuer zuckerhaltiger Softdrink, aber ich sagte: „This makes you slim." Da leuchteten seine Augen wie glühende Briketts. Der Mensch neigt ja dazu, sich das Leben möglichst einfach zu machen, und in seinen Augen sah ich nun die Hoffnung, gleichzeitig fressen und abnehmen zu können, wenn er nur immer nach jedem Bissen einen Schluck von dem Saft nehmen würde. Er griff gierig nach dem Fläschchen, öffnete es und kippte den Inhalt, ohne überhaupt zu fragen, was genau drin war, in sich hinein. Dabei wollte ich doch gerade erst erwähnen, dass der Saft bisher noch nicht in großen, repräsentativen Studien klinisch getestet worden war, außer zum Beispiel an mir selbst, und das war damals nicht wirklich gut ausgegangen. Aber sollte ich ihm das jetzt noch sagen, wo es zu spät war?

Er wischte sich über den Mund und fraß seinen Gigamegadoubleburger weiter, zufrieden sagte er: „Tastes like lemon! Give me more of this shit!"

Ich erzählte ihm, wo er den Scheiß finden konnte. Gelegenheit macht Diebe, und die Gelegenheit schien mir günstig, dass ein Profi wie Lovegod sich den Schatz aneignete. Er würde die Villa ein paar Stunden oder Tage überwachen, und dann, wenn er sicher war, dass ihn niemand dabei störte, würden er reingehen, und ratzfatz käme er mit dem Zeug wieder heraus. Man würde das gar nicht vergleichen können mit den beiden Idioten, die für ihre fetten Schwestern den Schlankmacher stehlen wollten, und dann mit dem Fernseher rausgegangen waren.

Damit er auch verstand, was für ein unglaubliches Angebot ich ihm da machte, nahm ich Zettel und Bleistift und rechnete mit ihm alles durch: „Die Dinger kosten dich, wenn du sie im Fernsehen bestellst, 49,99 pro fünf Fläschchen, du brauchst fünf pro Tag, um am Abend ein halbes Kilo weniger auf die Waage zu bringen, wie viel wiegst du gerade?"

„160."

Du lieber Himmel!

„Dein Wunschgewicht?"

„80."

„Vergiss es! Sagen wir, du willst auf 100 kommen, was ein realistischeres Ziel ist, dann wären das 120 Tage à fünf Fläschchen zu 49,99, macht Daumen mal Pi 6000 Eier, die du dir auf dem Weg zum Wunschgewicht sparst, aber natürlich nur, wenn alles glatt läuft und du nicht zwischendurch irgendwelche Fressattacken kriegst und Fett satt im Gegenwert von 6000 Eiern in dich hineinschaufelst, dann fängt nämlich alles wieder von vorne an."

„Yo, man."

Alleine zwischen „Yo" und „Man" verdrückte er aber drei Hamburger, Sorgen waren also angebracht, dass er die ersparten 6000 wieder in Burger investieren würde. Das ist ein altes Problem beim Abnehmen, und wenn es den Leuten zu gut geht, dann merkt man das zuerst an ihrem Arsch.

Auch Bratislava war mittlerweile ziemlich verwestlicht, und wo immer eine Gesellschaft verwestlichte, da wurde sie fett. Das war mir schon aufgefallen, als ich in die Stadt eingefahren war. Früher nämlich waren in Bratislava wenigstens die Mädels geil, und manchmal drehte ich vorm Einchecken in die Samenspenderbude mit Lemmy hier noch eine Runde, nur damit er wieder mal eine Ahnung davon kriegte, wie richtige Frauen aussahen – schlank, groß, gut, geil. Lemmy sah, während ihm der Sabber herauslief, beim Seitenfenster hinaus, und ich lehnte mich bei meinem Fenster hinaus und sagte „Na wie geht's?" und „Was ist der Preis?". Und dann fuhren wir wieder zurück nach Wien, und Lemmy hatte Bilder gesammelt, die er beim Wichsen in der Klinik abrufen konnte, während ich Telefonnummern gesammelt hatte, die ich irgendwann mal anrufen könnte, wenn ich das wollte. Aber mittlerweile waren hier alle so fett und letztklassig wie die Mädels in Ronnies Tabledance, und alle zusammen hatten sie immer weniger Platz auf der Straße, auf der sie sich wie die Idioten Richtung Burger-Bude drängten, und das lag nicht nur an Lovegod, obwohl er den anderen natürlich schon eine Menge Platz wegnahm.

Plötzlich kam mir eine Idee, wie wir aus dem ganzen Schlamassel alle doch noch sehr gut aussteigen könnten, ich sagte: „Hör zu, du Fettarsch. In dieser Praxis liegen sicher ein paar 10 000 Fläschchen. Wenn ihr die Fläschchen hier auf den Markt bringt, dann könnt ihr damit richtig Kohle machen, wenn ihr pro Fläschchen z. B. zwei Euro verlangt, was drei weniger sind als im Fernsehen. Wir reden hier also von ein paar Hunderttausend Euro Gewinn, da du dir ja die Kosten für den Einkauf sparst. Die Fetten hier in den Discos und am Strich werden euch lieben, gerade nach Weihnachten, wenn die Weihnachtsgans hartnäckig am Arsch hängen bleibt und nicht mehr weggehen will, werden sie euch die Tür einrennen!"

Das sah auch Lovegod so, und er schrie begeistert: „Yo, man!"

Aber er verstand natürlich auch, dass bei dem ganzen Geschäft, so wie ich es ihm erklärte, bis hierher ausschließlich einer der Nutznießer wäre, und zwar er, und dass ich mit geschätzten Null aussteigen würde, also fragte er: „So what's the deal?"

Ich sagte: „Here's the deal."

Er spitzte seine sehr schwarzen Öhrchen, als ich ihm alles erklärte: „Du hast den Markt, ich besorge das Produkt. Ich kriege 50 Prozent vom Umsatz, davon wirst du mir ein kleines bisschen vorstrecken, die Höhe der Summe, die du mir vorstrecken wirst, erfährst du von einer gewissen Karmilla im Frauenknast hier in Bratislava, der gibst du dann das Geld. Sei also nett und großzügig zu ihr, es ist die einzige Chance für mich, dass ich wieder mal in Ruhe über Happiness drüberrutschen kann. You understand?"

Er verstand.

Ich wollte ihm noch sagen, dass er ein paar Tage verstreichen lassen solle, damit man keinen Zusammenhang zwischen meinem Besuch in der Villa und einem möglichen Raub kurz danach herstellen konnte.

Aber das hörte er nicht mehr.

Gerade eben noch hatten mich seine blitzblanken Beißerchen angelächelt, und jetzt schaute er plötzlich, als wäre ich der große Zauberer oben im Drogendealerhimmel, der ihn gleich holen würde, er stammelte: „What the fuck!"

Man glaubt es ja nicht, bis man es selbst gesehen hat, aber auch Schwarze können ganz grün und weiß im Gesicht werden. Und dann hörte ich noch, wie irgendwo in seinem Magen ein Steinbruch abging und ganz tief in den Darm hinunter abrutschte.

Himmel, diese Augen!

Wenn man selbst schon mal gespürt hat, wie diese Rakete mit dem Namen *SuperSlimShot* zündet, dann schaut man sich das bei anderen natürlich erst recht gerne an. Ich hörte noch, wie er „Uh!" sagte, und dann rannte er los, aber er rannte nicht sehr weit, weil er mit dem ganzen Fett am Arsch nicht mehr gut rennen konnte. Zwar war seine hartnäckige Verstopfung jetzt Geschichte, allerdings um den Preis, dass man hier in der Slowakei noch lange über ihn reden würde, und wenn er Glück hatte, dann würde sogar jemand das Filmchen aus der Überwachungskamera ins Internet hineinstellen, wo man ihn dann in Endlosschleife hier scheißen sehen konnte.

Die lustigen Vietnamesen am Nebentisch kriegten sich jedenfalls gar nicht mehr ein vor Lachen.

***

Als ich aus Bratislava zurückkam, lenkte ich den Datsun noch schnell an ein paar Halbstarken aus der Zuwandererfraktion vorbei zu Mannis Billigtanke. Die Jungs wollten mich schon blöd anreden, dass sie mich Kebab machten, wenn ich mich nicht hinten anstellte, aber dann kam Manni der Mann heraus, er war zwei Meter groß und konnte mit beiden Händen zwei Kachelöfen jonglieren, wenn er Lust dazu hatte. Er steckte mir seinen Stutzen hinein, und während er es laufen ließ, fragte ich:

„Was hast du gerade an Duftbäumen im Angebot?"

Er fragte: „Wie ernst ist es?"

Ich sagte: „Sehr ernst."

Er wollte sich ein eigenes Bild machen und hielt die Nase hinein in den Datsun, aber nicht sehr lange, dann sagte er: „Hölle!" Dann meinte er, dass da kein Duftbaum mehr etwas nützen würde und ich die Karre einfach verschrotten sollte. „Oder du setzt Lemmy ein paar Wochen rein, dann stinkt sie wieder halbwegs normal."

Das mit Lemmy war eine Idee, die ich auch schon gehabt hatte, aber so angespannt, wie das mit uns beiden gerade war, würde ich den Wagen dann vielleicht doch lieber verschrotten lassen.

Ich sagte dann noch zu ihm: „Weißt du eigentlich, dass du nicht zwischen Weihnachten und Neujahr zunimmst, sondern zwischen Neujahr und Weihnachten?" Das hatte ich nämlich gerade im Radio während der Fahrt hierher gehört, und obwohl ich es nicht verstand, gefiel es mir. Auch Manni verstand es nicht, und während er nachdachte, was das heißen sollte, fragte ich ihn noch was Dienstliches: „Sag mal, silberne Baseball-Blousons, dünner Stoff, mit einer Art gelber Drache hinten dran, in letzter Zeit mal gesehen?"

Manni: „Ja, im Kino. Es gibt da diesen Film, der heißt *Driver* und handelt von so einem Spinner, der Fluchtautos bei Raubüberfällen und so lenkt, der sieht gut aus, trägt Lederhandschuhe und enge Hosen, in denen er wirklich gut rüberkommt. Er ist mehr so der schweigsame Typ, aber er fährt Autos wie kein Zweiter."

Ich schaute auf meine ausgebeulten Jogginghosen hinunter und fragte: „Wieso erzählst du mir, dass er in engen Hosen gut rüberkommt, willst du mir damit etwas sagen?"

„Nein."

„Aber warum sagst du's mir dann?"

„Ich hab's einfach gesagt, es spielt eigentlich keine Rolle, meiner Alten gefiel er halt in seinen engen Hosen."

Ich fragte: „Wie eng sind denn seine Hosen?"

„Sehr eng, und meine Alte meint, er kann es sich leisten."

Okay, da waren wir jetzt gerade dabei, ein neues Fass aufzumachen, denn ich war gerade ein wenig empfindlich wegen dem ganzen Schnee und dem Licht, das ich einfach nirgends mehr sah, und wegen dem Gestank in meinem Wagen und der Wampe, wegen der mich Happiness heute schon Rocky genannt hatte und nicht mehr Rock, also fragte ich: „Findest du denn, ich könnte keine enge Hosen tragen?"

Ich trug ja gewohnheitsmäßig Jogger, wenn es kalt war, und Bermudas, wenn es warm war. Ich fand aber, dass ich durchaus die Beine dafür hatte, um auch enge Hosen zu tragen, aber eben weil meine Beine so schön waren, trug ich im Sommer kurz, und ich war bescheiden genug, um im Winter nicht damit angeben zu müssen.

Er sagte: „Rock, jetzt mal ganz ehrlich: Ich hab keine Meinung dazu, ob du enge Hosen tragen kannst oder nicht, aber ich hab sicher nicht gesagt, dass du sie nicht tragen kannst."

„Und wieso fängst du dann mit seinen Scheiß-Hosen an?"

„Ich hab dir doch gesagt, dass er meiner Alten gefiel!"

„In seinen engen Hosen?"

„Ja!"

„Dann mögen Frauen also Typen in engen Hosen, aber deiner Alten würde ich in engen Hosen nicht gefallen, oder was?"

„Das hab ich doch nicht gesagt."

„Aber ich hab es so verstanden. Weißt du denn überhaupt, wie die Wilden verhüten? Sie stecken ihren Sack in einen Haufen warmen Sand hinein, dann sterben die kleinen Würmer drin ab. Und weißt du, warum hier im Westen alle nichts mehr im Sack haben? Weil sie zu enge Hosen tragen! Was sagst du jetzt?"

„Weiß nicht."

Wir schwiegen dann ein paar Minuten lang, während der Saft in den Datsun hineinrann, der Saft ging dann aufs Haus, was mich versöhnlich stimmte, und als er mir sagte, dass er selbst ja wirklich hässliche Beine hätte, also im Vergleich zu meinen, da redete ich sogar wieder mit ihm und fragte: „Also was ist jetzt mit diesen Jacken?"

„Ja lässt du's mich endlich sagen? Es gibt hier in der Gegend ein paar Jungs, die diesen Film cool finden und jetzt auch solche Jacken tragen."

„Roadrunner?“

„Ja, genau.“

„Türken?“

„Nein, ich glaube eher Serben oder so was. Sie treffen sich manchmal hier, manchmal bei einer Tankstelle weiter südlich, Höhe Triester Straße.“

Triester Straße also. Ich sagte noch: „Kannst du die Augen offen halten und mir die Nummer aufschreiben, wenn mal wieder ein Vogel vorbeikommt, der so ein Jäckchen trägt?“

„Ja.“

„Und enge Hosen …“

„Jetzt hör doch auf, Rock!“

Bevor ich einstieg, steckte ich ihm noch einen Sack Dope zu, mit einer schönen Masche drum herum, und sagte: „Ist von Lemmy für die Stammkundschaft. Und falls wir uns nicht mehr sehen – Frohe Weihnachten!“

***

Auch wenn mich der Kühlschrank bei den von Hagens nicht restlos überzeugt hatte, schien es mir jetzt doch einen Versuch wert. Ich stellte also den Kragen meines Mantels hoch und ging in diesen Biosupermarkt für Neureiche und Sacktittenträgerinnen, aber so, dass mich möglichst keiner von meinen Kumpels von der Schneeräumung erkennen konnte.

Meine Jungs!

Ich war dann erst mal erschlagen von dem Angebot, ich kannte mich ja nicht so gut aus mit Obst und Gemüse. Paradeiser und Karotten kannte ich noch von früher, was man so hörte, waren die voll mit Vitaminen, die wollte ich haben.

Aber mich deprimierte der Preis. Ein Kilo kostete mehr als ein halber Liter Bier, und der hatte mit Sicherheit nicht weniger Vitamine!

Ich fragte also die Lady: „Haben Sie vielleicht was für einen, dem ein wenig die Substanz fehlt?"

Sie sagte: „Sie sehen nicht so aus, als würde Ihnen die Substanz fehlen."

Dabei schaute sie auf meinen Bauch, was ich nicht nett fand, also schlug ich hart und brutal zurück: „Es geht um meinen Kumpel, der gestern beim Wichsen kollabiert ist, und so lange, wie er dabei brauchte, muss er dabei wohl an Sie gedacht haben."

Sie sah nämlich aus wie das Gemüse im Kühlschrank bei den von Hagens, ganz ohne Strahlkraft von innen heraus, dabei mochte ich es doch so sehr, wenn die Frauchens von innen her strahlten. Ich verstand nicht, warum die Gesunden alle so krank aussahen, wo sie doch so gesund waren.

Sie blieb professionell, weil sie ihren Scheiß ja verkaufen musste, bevor er verfaulte: „Meinen Sie jetzt nur Abdeckung des täglichen Vitaminbedarfs, oder geht es um mehr?"

„Keine Ahnung!"

„Grundsätzlich ist es nämlich so: Im Winter isst man rot, das wärmt den Körper, und natürlich isst man Suppen."

Ich sagte: „Suppen bitte nicht, gibt's nicht auch eine gesunde Pizza oder so was?"

„Eine gesunde Pizza wäre eine Contradictio in se."

Ich sagte: „Die will ich nicht, ich will lieber eine Cardinale oder eine mit Speck und Mais drauf."

Sie erklärte mir, was sie gemeint hatte, und dass man

Mais nicht einmal auf so etwas Ekelhaftes wie Pizza draufgeben durfte, denn Mais wäre das Letzte überhaupt.

Jetzt spätestens war mir klar, dass es mit uns beiden nicht funktionieren würde, und dass Obst und rote Suppen vielleicht überhaupt ein zu großer Schock für Lemmy wären. Ich schob es auf die frühe Dunkelheit im Winter, die mir den klaren Blick auf die Dinge genommen hatte, und um den Blick wieder zu schärfen, zog ich ein Tütchen Gras heraus und fragte: „Könnten Sie das vielleicht in Ihr Sortiment aufnehmen?"

Sie fragte: „Ist das das, was ich glaube, dass es ist?"

Ich sagte: „Ja, aber total bio!"

Nachdem die Schnappatmung bei ihr eingesetzt hatte, ließ ich sie einfach liegen und nahm einen Sack Zwiebeln mit, mit Zwiebeln konnte man nichts falsch machen, wie ich fand, da konnte Lemmy wenigstens die Zwiebelschalen rauchen, wenn er schon nicht die Zwiebeln essen wollte.

***

Als ich mit dem Sack dann zu Lemmy hinunterhüpfte, lag er wie tot auf seiner Stahlfeder, die früher mal seine Couch gewesen war, und Ku saß schon wieder bei ihm wie eine Sterbebegleiterin und streichelte ihm das Ohrläppchen. Lemmy hatte einen Daumen im Mund stecken und lutschte daran, dabei starrte er in die Ecke bei der Tür, die nach hinten zu seinen Plantagen führte, dort sah er scheinbar etwas, das ich nicht sah. Ich fragte Ku: „Was ist denn mit ihm?"

Ku sagte: „Er ist total regressiv, siehst du das nicht? Er arbeitet Traumata seiner Kindheit auf und möchte wieder ein Baby sein, das gibt ihm das Gefühl von Geborgenheit und Liebe."

Mir fiel jetzt wieder ein, dass ich noch nie offen mit Lemmy darüber geredet hatte, wie wir das machen sollten, falls einer von uns beiden mal auf die Hilfe des anderen angewiesen sein sollte, und ob er mich überhaupt als Alleinerben einsetzen würde, falls es ihn beim nächsten Wichsversuch umhauen würde, was nicht auszuschließen war. Aber er wollte ja nie mit mir darüber reden.

Ich stellte den Sack Zwiebeln neben seine Couch und zog ihm den Daumen heraus, der war schon ganz wund. Ku war dagegen, weil ihn das zurückwerfen würde in sein Trauma, wie er sagte, aber als er ihm den Daumen zurückstecken wollte, sagte Lemmy plötzlich: „Hast du den Baum?"

Und Ku sagte: „Ja, hast du den Baum? Das würde ihm jetzt echt helfen!"

Verdammt, der Baum!

Irgendwo im Hinterstübchen hatte Lemmy immer noch eine genaue Vorstellung von Weihnachten, das so sein sollte wie damals, als er noch ein Kind gewesen war. Leider wusste er nicht mehr genau, wie es gewesen war, nur dass ein Baum dabei sein musste, darauf bestand er. Anders als er selbst, der ja dürr war wie ein verdorrter Ast, sollte der Baum üppig und dicht benadelt sein – aber nicht zu sehr! Er sollte groß sein – aber nicht zu groß! Und er sollte gerade sein, und zwar sehr gerade, da duldete Lemmy keine Abweichungen, mit seinem geschulten Auge prüfte er den Baum wie eine frische Ladung Kokain aus Kolumbien, und wenn der Baum nicht so gerade war, wie er ihn sich vorstellte, dann schickte er mich auch mal wieder zurück zu den Waldviertler Bauern um einen anderen.

Ich sagte: „Tut mir leid, Schatz, ich hab ihn noch

nicht, aber ich besorge ihn dir so bald wie möglich, versprochen."

Auch ganz ohne Zwiebel in den Augen begann Lemmy jetzt zu weinen, und ich wusste natürlich sofort, was er uns jetzt für eine Show abziehen würde, nämlich die gleiche wie jedes Jahr, er schluchzte: „Wenigstens von *einem* meiner Kinder möchte ich wissen, wo es Weihnachten verbringt."

Worauf der Mensch halt Wert legt, wenn er immer älter und überflüssiger und so wie Lemmy mit der Zeit auch immer dünner wird und Gefahr läuft, bald überhaupt zu verschwinden. Er hörte sich an wie eine verdammte Oma, die noch einmal ihre Enkel um sich scharen wollte, und zwar alle. Nur wusste Oma Lemmy nicht genau, wie viele kleine Kinderlein da draußen überhaupt von ihm waren, und wenn man ihn sich jetzt so ansah, dann konnte man nur hoffen, dass es nicht allzu viele waren.

Sein prämierter Samen wurde jedenfalls in die ganze Welt verteilt, angeblich standen sogar lesbische, schwerreiche, chinesische Stahlwerkbesitzerinnen, die unbedingt einen weißen Europäer als Vater für ihr Wunderkind haben wollten, um ihn Schlange, ebenso wie aufstrebende Inderinnen, deren Ehemänner wegen der ganzen verdammten Umweltverschmutzung dort nichts mehr im Sack hatten. Sie alle ließen sich einen echten Lemmy einpflanzen, und wohin das auf dieser Welt noch führte, das würde man erst noch sehen. Konnte ja sein, dass ein Weltenretter dabei herauskäme. Konnte aber auch das genaue Gegenteil passieren.

Manchmal schaute ich selbst, ob ich auf der Straße eines von seinen Kindern erkannte. Wenn es dürr und ausgemergelt war und auf einer Brücke herumsaß und bettelte, dann war die Chance nicht schlecht; und wenn es Dope in der Schule vercheckte, und zwar in der Volksschule, dann konnte man schon mit ziemlicher Sicherheit davon ausgehen, dass Lemmy der Vater war.

Ich sagte zu Ku: „Warum bringst du Zauberer ihn nicht mal dazu, eine richtig zu schwängern, dann weiß er immerhin, wie sich das anfühlt und wo sein Kind ist."

Ku sagte: „Gute Idee. Aber wen?"

***

Er lachte dreckig und griff in seine Manteltasche, dann hielt er plötzlich ein Foto in der Hand und sagte mit müden Augen: „Siehst du, deswegen bin ich eigentlich hier, jetzt fällt's mir nämlich wieder ein!"

Ich hatte ihn ja mittlerweile im Verdacht, dass er wegen Erbschleicherei hier war.

Er nahm mich zur Seite, bot mir schottische Brühe an und gab mir das Foto, er sagte: „Das ist Maxi."

Nun war ich von diesen ganzen verrückten Geschichten um mich herum schon so am Ende mit den Nerven, dass ich die schottische Brühe alleine soff, und dann wusste ich gar nicht mehr so recht, wo mir der Schädel stand. Ich starrte das Foto eine Weile an, und dann sah ich darauf plötzlich echt Lemmy!

Ich sagte zu Ku: „Sie sieht aus wie Lemmy, nicht wahr?"

Er sagte: „Nein, Rock, das bildest du dir ein, weil du auf Lemmys Geschichte konditioniert bist. Schau sie dir bitte genauer an!"

Als wäre ich der Nächste, der auf seiner Couch Platz nehmen müsste, so redete er mit mir. Wie einen Idioten fragte er mich: „Siehst du denn nicht, wem sie wirklich ähnlich sieht?"

Ich schaute sie mir noch mal genauer an, und jetzt sah ich endlich, wem sie wirklich ähnlich sah – diesem verdammten Ronnie!

Und zwar nicht ungefähr, sondern eins zu eins, sie war ihm wie aus dem Gesicht geschnitten, und jetzt fiel mir wieder ein, dass ich mir das ja schon in diesem Leichenschauhaus in Bratislava gedacht hatte. Triumphierend sagte ich: „Sie sieht aus wie Ronnie!"

„Und weißt du auch, warum?"

„Nein, erzähl!"

„Ich hab doch schon erwähnt, dass sich diese Gerda heimlich für einen Samenspender entschloss, nicht wahr? Aber leider entschloss sie sich nicht für Lemmy, sondern für ihren Bruder Ronnie, und hier wird die Sache ein bisschen ungesetzlich."

Mir kam schon ein Teil der Galle hoch, als ich fragte: „Hat das Schwein sie gefickt, oder was?"

„Nein, gefickt hat er sie nicht, nur gespendet. Aber was dabei herauskommt, wenn Geschwister sich gegenseitig besamen, das kennen wir ja aus der Literatur, den bildenden Künsten und den Übertragungen von Königshäuserhochzeiten im Fernsehen, Inzucht ist nämlich auch in höchsten Kreisen weit verbreitet, und es sind dann selten die schönsten und besten Exemplare, die über die Erde wandern. Auch das Produkt dieser Liebe war also kein Goldstück, wie es bei Karlsson vom Dach – meiner Lieblingskindergeschichte – über Kinder heißt, sondern … nun ja … auch keine Missgeburt, aber halt auch nicht das Gegenteil. Tut mir leid, aber so ist das nun mal."

„Hättest du mir nicht früher sagen sollen, dass ich seine leibliche Tochter suche?"

„Tut mir leid, ich hab's vergessen."

Mir schien, er ging ein bisschen schlampig mit diesen Informationen über seine Patienten um, so als würde er seinen Job nicht ganz ernst nehmen, oder als würde er ihm über den Kopf wachsen. Ich sagte: „In Zukunft vergiss nicht so viel, können wir uns darauf einigen?"

„Versprochen!"

Dann schauten wir beide Lemmy an, der auf seiner Couchfeder mit Daumen im Mund dahinvegetierte. Seltsam, dass mir während all der Jahre nie in den Sinn gekommen war, dass er eine Inzucht sein könnte. Andererseits war seine Maschine des Wissens oft überraschend gut gefüllt, und auf praktisch jede Frage wusste er eine Antwort, also konnte ich mir wieder nicht vorstellen, dass er eine war. Ich wollte ihn testen, also versuchte ich es wieder mal, diesmal fragte ich ihn: „Lemmy, was sagt dir UGC?"

Er brauchte nicht lange nachzudenken und sagte: „Ugly girls contest."

Und ich dachte: Doch keine Inzucht.

***

Als ich sein Büro betrat, war Guttmann noch schlechter gelaunt als sonst. Er schob sich ein Stück Würfelzucker in den Mund und hielt einen Zettel in seinen fleischigen Händen, auf den spuckte er drauf und schob ihn angewidert zu mir herüber, dann sagte er: „Lies das!"

Die von oben stiegen ihm auf die platten Füße und teilten ihm in diesem Schreiben mehr oder weniger deutlich den Tag seiner Hinrichtung mit, indem sie für kommenden Februar eine Art Gesundenuntersuchung für Bullen anberaumten, während der die Spreu vom Weizen getrennt werden sollte, und so wie Guttmann nach seinen Wochen bei Jolanda jetzt aussah, war klar, auf welcher Seite er stehen würde. Und die nächsten Wochen – Schnee, Kälte, Depression, Fressattacken! – würden die Sache für ihn nicht besser machen.

Er war also wieder mal zutiefst angewidert von den ganzen Kilos, die er zu viel mit sich herumschleppte, schob die Schuld aber routinemäßig auf andere: „Muss denn heute jeder perfekt sein? Darf denn keiner mehr aus der Reihe tanzen?"

Ich sagte: „Gutti, wenn du wenigstens tanzen könntest, dann würde ich mit dir Silvester verbringen."

Er sagte: „Leck mich am Arsch!"

Dabei schwitzte er schon wieder, während mir einfach immer eine Spur zu kalt war. Wie einer verdammten Squaw froren mir immer die Füßchen ein und kriegte ich den Restkörper den ganzen langen Tag nicht auf Temperatur. Ich versank also noch tiefer in meinem Mantel, schob ihm den Brief wieder zurück und sagte: „Gutti, du kannst nicht gleichzeitig in eine Weltklasseköchin verliebt sein und abnehmen wollen. Das würde sie dir übel nehmen, beziehungsweise würde sie es sich an die eigenen Fahnen heften, und sicher nicht als Triumph."

„Aber die schicken mich in Frühpension, wenn ich den Test nicht schaffe, und mit Jolanda ist es sowieso vorbei, also was soll ich dann in der Frühpension tun? Bitte mach mich fit!"

Golf kam für ihn nicht infrage, Tennis auch nicht, Töpfern in Kreta schon gar nicht. Ich überlegte also, wie ich den Koloss wieder auf Normal bringen konnte, schon meinem Auto zuliebe. Aber wie alle Fetten machte er es sich zu einfach, am liebsten würde er nur so tun als ob, und dann sehen, ob es funktioniert hat.

Sex als probates Mittel, ein paar Kalorien zu verbrennen, kam bei ihm nicht infrage, und so wie er mittlerweile im Gesicht aussah, ganz blaugrün bis hinauf zu den Augenbrauen, würde er gegen seinen mutmaßlichen jungen Nebenbuhler ohnehin keine Chance haben.

Also was dann? Ich dachte an einen gemütlichen Herrensaunaabend irgendwo in Budapest mit einigen netten, leichten Mädchen, da würde mir warm in den Füßen werden, und Guttmann könnte zumindest ein wenig von dem Wasser wieder ausschwitzen, das er seit Jahrzehnten als Bier zu sich genommen hat. Das Problem dabei: Leichte Mädchen wollten Sex, aber nicht mit Guttmann. Und Wasser ausschwitzen war nicht das Gleiche wie Fett verbrennen.

Blieb also noch die Möglichkeit, ihm die Magenschleimhäute so nachhaltig zu verätzen, wie Lemmy das bei sich getan hatte, das wäre dann die Hardcore-Variante. Aber Guttmann aß einfach zu gerne, und warum einem Menschen das Letzte nehmen, das ihm noch Freude bereitete?

Plötzlich wuchs in mir ein zartes Pflänzchen Hoffnung, denn ich dachte an Bewegung als Möglichkeit, Gewicht zu verlieren, ich sagte: „Der Vater dieses Mädchens, das ich in Bratislava gefunden habe, ist Sportarzt, eine Art Guru auf seinem Gebiet. Der wüsste, wie und wie lange du dich bewegen solltest, damit die Pfunde purzeln. Er hasst nämlich Fett, er hasst es wirklich, interessiert dich das?"

„Nein."

„Na gut. Er nimmt ohnehin nur Privatpatienten, das ist das eine Problem. Das andere ist, dass er im Moment gar nicht da ist, hast du denn mittlerweile was über ihn herausgefunden, du Pfeife?"

Guttmann machte einen kurzen Anruf, ich legte die Füße hoch, und durch die Tür zum Nebenzimmer kam Kainz herein, der Maulwurf der Abteilung.

Er trug eine rote Weihnachtsmann-Mütze und ein Glas Schnaps in der Hand, vor Weihnachten ließen sie hier die Zügel schleifen, eine Weihnachtsfeier jagte die andere, heute waren die Geheimdienstler dran, in ein paar Tagen die Mordermittler. Guttmann sagte: „Rock, du kennst doch Kainz."

Ich kannte den Spinner, der mir beim letzten Mal mit seiner „Das ist eine politische Sache!"-Fixierung auf den Sack gegangen war, als wir das „Schwert des Ostens" gesucht hatten.

Kainz war nicht gerne gekommen, seine Feier schien ihm zu gefallen, aber er hatte mich mit dem Datsun ankommen gesehen, und da war ihm eingefallen, dass mein Kumpel Lemmy vielleicht nicht den besten Weihnachtskuchen der Welt buk, aber sicher das beste Weihnachtsfeiergras zog, und jetzt wollte er einen schönen Weihnachtssack voll davon haben. Ich ließ mich nicht lumpen und legte was Feines auf den Tisch, sagte aber: „Zuerst du!"

Da fing er an zu erzählen: „Österreich-Ungarn zu Zeiten des Kaisers, Zerfall der Monarchie, hohe Berge hier, flaches Land dort, Knödel gegen Paprika, in der Folge Vierschanzentournee versus Bootsfahrten auf dem flachen Balatonsee. Die Überlegenheit unserer schönen Heimat in allen Bereichen mit Ausnahme von Salami und Paprika, insbesondere aber in den alpinen Sportarten, war so unerträglich für die Paprikafresser da drüben, dass sie noch während des Kalten Krieges ein Programm *Ikarus* starteten, das unsere heimische Dominanz im

Schispringen brechen sollte, aber bis 1985 ging rein gar nichts, die Anatols und Gyulas dieser Welt hüpften wie lahme Hasen hinterher …"

Ich dachte: Wovon zum Teufel redet der?

„Bis einer auf die grandiose Idee kam: Bekämpfe die Schwerkraft, wenn du schon nicht fliegen kannst! Der Gewisse entwickelte einen Diätplan, der den Körperfettanteil der Jungs auf nahe 1,5 Prozent reduzierte, sie hatten danach aber auch Ringe unter den Augen und sehr schlechte Leber- und Blutwerte.

Als es dann mal zum Training nach Zakopane in Polen ging, herrschten Windverhältnisse, die nicht für solche Körper zugelassen waren, aber weil sie die Schanze nur für einen Tag gemietet hatten und sich keinen Tag länger leisten konnten, peitschten sie das Training durch, und dann …"

Jetzt packte Kainz einen alten Videorekorder aus einem Plastiksack und schloss ihn an. Dann verschwand er und kam wieder mit einem kleinen Fernseher – das alles dauerte ewig, ich fragte Guttmann: „Darf ich rauchen?" Er sagte: „Rauch doch, was du willst!"

Ich drehte für uns alle einen schönen Ofen, während Kainz die Kassette in den Player schob, zurückspulte, wieder vorspulte, und bald dachte ich, das überlebt der Kerl nicht.

Wenn man sich beim ersten Date so umständlich verhält wie er, dann gibt es von der Lady was auf die Nüsse, und zwar zu Recht!

Dann endlich sah man doch noch etwas auf dem Bildschirm, aber es war einfach nur langweilig wie ein heimischer Kinofilm: Man sah Schispringer beim Sommertraining, 40 Grad plus, grellster Sonnenschein, und ein paar Idioten sprangen in rot-weiß-grünen Schianzügen und auf langen Schiern durch die Luft, ich fragte: „Kommt's dann endlich? Das, was du uns zeigen willst?"

Kainz spulte wieder vor, dann sah man plötzlich Rettungsautos herumstehen und Leute aufgeregt durch die Gegend laufen, er schrie: „Das war jetzt wieder zu weit, verdammt!"

Guttmann schrie: „Dann spul halt wieder zurück, du Idiot!"

Endlich sah man, wie oben am Anlauf einer hockte, ganz bleich im Gesicht, und kraftlos stieß er sich ab, als würde sich Opa nach einem anstrengenden Schiss vom Klo erheben, ich fragte: „Was soll das alles werden, Kainz?"

Kainz sagte: „Wart's ab, gleich kommt's."

Der Kerl fuhr nun die Spur herunter und schaffte es am Schanzentisch gerade noch, irgendwie abzuheben und in die Flugphase überzugehen, aber dann kam der Tod.

Er verschwand aus dem Bild, als der Windsack waagrecht stand und eine Windböe ihn erfasste, abseits des Auslaufes kam er auf einem Parkplatz zu landen und durchschlug dort unkontrolliert die Windschutzscheibe eines parkenden Autos, das war's. Den Ton zu den Amateuraufnahmen lieferte das Pfeifen des starken Windes und die Schreie von vielleicht zehn Zuschauern, die sich diesen Scheiß anschauten und die Zeuge wurden, wie der Wind den Kerl verwehte. So etwas müsste man sich eigentlich jeden Tag ansehen, ich fragte: „Und warum zeigst du uns das alles?"

Kainz: „Es gab im Sport des Kommunismus immer wieder Probleme mit Doping, ich denke nur an Jarmila Kratochvilova, die die 800 Meter schneller lief als je eine

Frau zuvor und danach, aber noch während sie lief, wuchs ihr ein Dreitagebart im Gesicht, weil sie bis oben hin angefüllt war mit Hormonen. Dieser junge Mann aber, Tibor Fazekas mit Namen, aufgewachsen mit seinem kleinen Bruder Laszlo in der Nähe von Szegedin …"

– In Guttmann begann es zu rumoren, weil er jetzt an Szegediner Gulasch denken musste –

„… dieser junge Mann wollte es ohne Hormone schaffen, es geht ja, ich sage nur: Toni Innauer! Aber in Ungarn? Nicht einmal ein Salamihersteller wollte die Schispringer sponsern, solange sie nichts gewannen!"

Ich fragte: „Wer ist Toni Innauer?"

Und Guttmann sagte: „Mmmmh, Salami!"

Man hörte richtig das Wasser in seinem Mund zusammenlaufen, nachdem Kainz „Salamihersteller" gesagt hatte, und wie um ihn noch weiter zu quälen, fuhr Kainz fort: „Fleischhauer hätte der kleine Tibor werden sollen, Schmied sein Bruder Laszlo. Aber der Kommunismus hatte ihn auserkoren, Lorbeeren für das Land zu ernten. Er kam nach Budapest in die Sportschule, dort war dieser Arzt, der seinen Diätplan entwarf, und bald war Tibor jeden Morgen noch etwas schmäler. Ungarn aber sah endlich Licht am Ende des Tunnels, die Schmach, mit der man aus der Monarchie ausgeschieden war, könnte vielleicht doch noch getilgt werden, das war die Hoffnung. Leider passierte dann dieser Unfall, und der Arzt verlor seinen Job im ungarischen Schiverband und flüchtete in die schlimmste Bananenrepublik der Welt, nämlich hierher nach Österreich, wo er ohne Probleme aufgenommen wurde, weil man hier einen Hang zu Scharlatanen hat. Er heuerte beim Damenhandballteam von Hypnotik Nordstadt an, wo er in der Folge seine heutige

Lebensgefährtin Gerda von Hagen kennenlernte, Tochter des Trainers einer einstmals nicht ganz unbekannten Balletttänzerin namens Gitti von Hagen."

Ich sagte: „Naja, bekannt ..."

Guttmann sagte: „Komm endlich zum Punkt, du Penner!"

Kainz: „Sogar der Kommunismus vergisst, der Bruder des einstmals verstorbenen Schispringers vergaß aber nicht. Er hatte sich zwar vom Schock des Todes seines Bruders erholt und als ehemaliger Schmied eine Zahnarztpraxis nahe der Grenze aufgemacht, ohne Ausbildung, aber mit viel Schmiergeld, in weiser Voraussicht, dass dies der Markt der Zukunft werden könnte an der Grenze zu Österreich, mit dem er sich einst eine goldene Nase verdienen würde, weil Zähne immer gefragt sind, insbesondere bei den sparbewussten Österreichern."

Zwischenzeitlich fragte ich mich: Dauert das vielleicht noch bis Weihnachten, bis der endlich fertig ist? Da sagte er: „Bin gleich fertig. Vor drei Wochen kam dieser besagte Sportarzt in die Praxis von Laszlo Fazekas – war es Schicksal, Fügung? Jedenfalls war es Pech für den Arzt, denn der gab Laszlo Fazekas das Geld für ein Implantat, das er dringend benötigte, der ging mit dem Geld hinaus und kam mit der Polizei wieder zurück, die den Sportarzt ja seit damals gesucht hatte, und zwar wegen fahrlässiger Tötung. Sie brachten ihn in ein Gefängnis, zusammen mit lauter Flüchtlingen, Drogensüchtigen und anderem Abschaum. Dort wollte der feine Herr gesunde Ernährung bei den Häftlingen durchsetzen, aber einer von ihnen, ein gewisser Concrete Joy aus Nigeria, hat sich dagegen ausgesprochen und ihm den Schädel zertrümmert, der Name dieses Arztes war Bubi Bradl."

Ich sagte: „Kenn ich nicht."

Guttmann fragte: „Ist Bubi Bradl nicht tot?"

Da rückte sich Kainz die Lesebrille noch einmal zurecht und kramte in seinen Unterlagen, und dann sagte er: „… Das war der falsche Name, hier steht der richtige. Der Sportarzt hieß Dr. Nyilasi."

Du lieber Himmel, dachte ich. Deswegen erzählte er das alles!

***

Das Schicksal des Arztes rührte mich, so ein Tod im Gefängnis abseits von Ruhm und Ehre ist etwas sehr Trauriges, ich hätte weinen können, wenn ich den Sack Zwiebeln von Lemmy mitgehabt hätte.

Bevor wir Guttmanns Büro verließen, bat ich Kainz dann noch um die Kassette, er fragte: „Wofür?"

Lemmy hatte noch einen alten Plattenspieler, und auch einen Videorekorder aus der Zeit, als man Pornos noch auf VHS schaute. Die Filme konntest du heute natürlich vergessen, wegen „Messalina – Kaiserin und Hure" kriegte keiner mehr einen hoch, aber der alte SONY lief noch tadellos, und falls wir irgendwo eine Steckdose fanden, an die wir ihn anschließen konnten, dann wäre sein Weihnachten gerettet, denn diese Kassette schien mir ein wirklich taugliches Geschenk für ihn zu sein. Schispringen gefiel ihm nämlich sehr, er behauptete, wenn er das richtige Zeug dazu rauchte, dann konnte er mit denen da drinnen im Fernseher mitfliegen, und zwar viel weiter, höher und bunter und überhaupt schöner …

Kainz gab sie mir unwillig, aber ich gab ihm ja im Gegenzug das gute Gras dafür, also hatten wir beide was davon.

***

Draußen am Gang packte ich dann ein paar Fotos von dieser Olga aus, die ich beim Arzt gefunden hatte, und zeigte sie Guttmann, erwartungsgemäß sagte er: „Wow!"

Ich sagte: „Ja, sie ist wirklich eine Bombe! Sie kam im Zuge eines Austauschprogrammes im Herbst aus einer Stadt namens Nischni Nowgorod …"

„Wie?"

„Nischni Nowgorod."

„Bist du sicher, dass du das korrekt aussprichst?"

„Sie kam jedenfalls über Vermittlung der katholischen Mädchenschule, in die seine Tochter ging, von dorther zu den von Hagen-Nyilasi, weil sie Waisenkind war, arm und bedürftig. Aber sie ging dort auch durch die berühmte russische Biege- und Knochenbrecherschule, Stichwort: Ballett."

„Leck mich am Arsch mit Ballett!"

„Man war ja in diesen Kreisen vor allem katholisch, und da machte es sich gut, einem armen Mädchen, das noch nicht mehr gesehen hatte von der Welt als den Ziegenstall der Großeltern hinter dem Ural, ein bisschen unter die Arme zu greifen. Dieser Olga griffen sie mehr als großzügig unter die Arme, wie es aussieht, und zwar mit Mode der Größe Zero. Sie war bepackt wie ein Esel, als ich neulich dort war, und ich weiß nicht wie, aber irgendwie schaffen es alle Frauen, ohne Umfallen auf hohen Hacken zehn Säcke Kleidung nach Hause zu tragen, aber nie auch nur eine einzige Kiste Bier."

„Ja, das verstehe ich auch nicht."

„Der feine Herr Doktor war wohl scharf auf sie, hat sie heimlich fotografiert und sich dann einen runtergeholt. Auf seine Alte war er vermutlich nicht mehr scharf, obwohl sie jetzt so dünn war, wie es ihm gefiel, aber Scheiße, sie war dünn wegen dem Krebs, und nicht, weil sie schön und geil war."

„Aber wieso zeigst du mir jetzt diese Bilder?"

„Aus rein professionellen Gründen. Ich bin nämlich bald Hälfteeigentümer einer Nacktbar und überlege mir gerade, ob ich sie als Tabledancer anheuern soll, ein Paket Muskeln und Kraft und sehnige Ausdauer, sie wäre perfekt, was meinst du?"

„Naja. Mir ist sie zu dünn, aber perfekt ist sie schon."

„Andererseits ist sie erst 13, und insgesamt ist sie zwar perfekt, aber sie strahlt nicht von innen heraus, und ich mag es doch so gerne, wenn sie von innen heraus strahlen."

„Du magst es, wenn sie von innen heraus strahlen?"

„Ja, aber die hier strahlt nicht, oder findest du, sie strahlt?"

„Nein."

„Ich hab keine Ahnung, wie ihr Leben früher im Waisenhaus war, aber weißt du was: Ich hab das Gefühl, dass sie dort glücklicher war, in ihrer Gastfamilie gab es nämlich nur Obst und Gemüse zu essen, vielleicht also deshalb?"

Guttmann sagte: „Du lieber Himmel, nur Obst und Gemüse? Kein Wunder, dass sie nicht von innen heraus strahlt!"

Bevor wir zum Lift kamen, der uns zu Biene Mayr und ihren Leichen hinunter in den Keller bringen sollte, bog Guttmann schon in Richtung der Treppe ab und sagte: „Wir gehen zu Fuß."

Im Lift wäre es aber viel wärmer gewesen, und ich hätte mich zur Not an ihn kuscheln können, wenn ich zu sehr gefroren hätte, also sagte ich: „Machst du das, weil du abnehmen willst? Dann musst du aber die Treppe nach oben nehmen!“

Er sagte: „Ich fang halt mal nach unten an!“

So nach dem bewährten Motto von diesem Dalai Lama: Jeder Weg hinauf zum Idealgewicht beginnt mit einem ersten kleinen Schritt abwärts.

Aber sogar das Hinuntergehen dauerte bei Gutti dann länger als ein durchschnittlich langer Versuch von Lemmy in der Spermaklinik, also hatte ich genug Zeit, ihn up to date zu bringen, was meinen Fall anbelangte: „Dann gibt es da noch eine Haushälterin, Bertha, ein wirklich astreines Mädchen. Sie erzählte mir, dass diese Olga der Schatz der Familie war, weil sie hübsch ist und gut tanzen kann. Diese Olga kann man also getrost als schwere Konkurrenz für die eigentliche Tochter betrachten, also habe ich mich schon gefragt, ob sich diese Maxi nicht vielleicht einfach selbst aus dem Spiel genommen hat, weil sie das alles nicht mehr ertragen hat, immer nur zweite Wahl zu sein und gedemütigt zu werden, aber was erzähle ich dir das, du kennst das ja alles. Manchmal ist Selbstmord einfach der beste Weg, um das Leben zu meistern.“

Er sagte: „Ich denke jeden Tag darüber nach.“

„Aber gegen die Selbstmordtheorie sprechen die Fesselspuren, die man bei dem Mädchen an einer Hand gefunden hat. Also wurde sie vielleicht einfach entsorgt, weil sie den hohen Ansprüchen ihrer Eltern nicht genügte.“

Guttmann schüttelte ungläubig den Kopf und sagte: „Das ist doch verrückt!“

***

Wenn man ein absoluter, ein hundertprozentiger Weihnachts-Feind war, dann war man in Biene Mayrs Leichenschauhaus genau richtig, außer man schaute sich dann hier herunten einen abartigen Zombie-Film an, der zufälligerweise gerade zu Weihnachten in einem Leichenschauhaus spielte.

Aber das musste ja nicht sein.

Am sichersten vor dem ganzen Weihnachtsterror der Familie samt Apfelstrudel der Schwiegermutter war man freilich als Leiche, ich dachte also: Ihr Glücklichen!, als ich sie alle hier bei Biene Mayr herumliegen sah. Ich war versucht, ihnen in den Zeh zu kneifen und auf den Bauch zu drücken, um ihnen schöne Geräusche zu entlocken, über die wir immer sehr lachen mussten, ließ es dann aber bleiben. Denn der Biene, sonst ganz Fröhlichkeit und gute Laune, wuchsen heute Eiszapfen aus der Nase, kaum dass sie uns sah. Ihr war heute irgendwie nicht nach Spaß und guter Laune.

Guttmann merkte davon natürlich nichts, er hatte keine Ahnung von den Frauchens und wollte nur schnell hier rein und dann schnell wieder hier raus, er bat also: „Zuerst die Fette bitte!"

Das fette Mädchen hatte keinen Namen, keine Adresse und niemanden, der es vermisste. Die Biene zog das Tuch von ihr herunter, und sofort sah man wieder sehr deutlich, dass sie schon lebendig kein Hingucker gewesen war mit ihren schiefen Zähnen, jetzt als Leiche hatte sie den Mund auch noch ganz weit offen stehen, was die Sache nicht besser machte. Guttmann bat um ein paar schnelle Details, und die Biene lieferte verlässlich wie ein Freitagskrimi: „Es gibt keine sichtbaren Zeichen von Gewalt, sie ist infolge von Alkoholmissbrauch kollabiert, während es zur Sache ging, hatte sie über drei Promille im Blut. Aber dort, wo sie lag, fanden sich nirgends die Flaschen, die man leeren muss, um auf drei Promille zu kommen, sie musste also woanders abgefüllt und dort mit dem Auto hingebracht worden sein, ich nehme an, von Männern."

Daher wehte also der eiskalte Wind. Geschlechterkampf!

Mir fielen aber auf die Schnelle auch keine Frauen ein, als sie „Auto" sagte und ich plötzlich wieder an die kleine, aber ungute Roadrunner-Szene denken musste, ausgerüstet mit jeder Menge Trainingshosen, aber mit sehr wenig Selbstwertgefühl, wie Kubelka diese Art von Gefühlen nannte. Die Autos sahen furchtbar scheiße aus und waren elendiglich laut, wenn sie nachts die Reise über den Gürtel antraten, oft an Wochenenden. Dann dachte ich mir immer, jetzt schnapp ich mir einen von diesen Idioten und dreh ihm den Kragen um.

Die Biene erzählte weiter: „Es waren vermutlich mehrere Männer, denn sie wog 103 Kilo auf knapp 160 cm, als sie starb, ihre Fettleibigkeit bescherte ihr ein schwaches Herz, sie war nicht gesund, dazu der Alkohol, der Stress und das insgesamte Unwohlsein einer mutmaßlichen Massenvergewaltigung, das alles ließ sie schließlich kollabieren und führte zum Tod durch Herzversagen."

Guttmann fasste sich augenblicklich an die Brust, unter der seine eigene alte Pumpe auf Hochtouren arbeitete, und man konnte richtig sehen, wie sie dabei sein Fett zum Kochen brachte und ihm den Schweiß aus den Poren trieb, während sie ihm gleichzeitig alle Farbe im Gesicht nahm. Das war kein Bild reiner männlicher Stärke und Überlegenheit, also lag es wieder mal an mir, die Ehre unseres Geschlechts zu retten: „Dann waren es also gar keine abgebrühten Mörder, sondern nur dumme Jungs, die das Pech hatten, dass ihnen das Mädchen während dieser Sache weggestorben ist?“

„Naja, Pech!“, rückte die Biene diese Sache wieder gerade. „Sie ist natürlich nicht freiwillig dort hingefahren, hat sich nicht freiwillig ausgezogen, und sie hat sich mit Sicherheit nicht freiwillig vergewaltigen lassen, weil das einfach nicht vorkommt in der Natur, dass man sich freiwillig vergewaltigen lässt. Das da in ihrem Gesicht, in und um ihren Mund sowie an Hals und Brust ist übrigens kein Zitronensaft, meine lieben Herren, das ist Sperma, und zwar aus zwei verschiedenen Rohren abgefeuert.“

Guttmann ging wie ein Seekranker zur Seite in Richtung Mistkübel, er war jetzt ganz weiß im Gesicht. Ich selbst war auch schon schwer in der Defensive, denn mir fiel zu dem Thema natürlich wieder nur Lemmy ein, wie er kollabierte, aber ich stammelte noch halbwegs tapfer: „Du kannst doch nicht von ein paar wenigen auf uns alle schließen, Guttmann zum Beispiel hat überhaupt nie Sex, das gleicht das ganze Unrecht wieder ein wenig aus, wie ich finde!“

Sie sagte: „Es gibt Gründe, warum Guttmann nie Sex hat, einer davon ist, dass er ein extrem übergewichtiger Mann ist.“

Irgendwie war sie heute schwer zu schlagen.

Guttmann fand gar nicht witzig, wie da über ihn geredet wurde, konnte sich aber nicht mehr wehren, weil seine Pumpe genug zu tun hatte, ihn überhaupt aufrecht zu halten. Ich musste dringend punkten, damit wir nicht als komplette Idioten vor ihr standen, am besten mit Wissen, das ich mir bei Lemmy angeeignet hatte, ich sagte:

„UGC heißt übrigens ‚Ugly Girls Contest', das ist eine Seite im Internet, auf der man Fotos posten kann von Mädchen, die einem gerade einen blasen. Aber von möglichst hässlichen Mädchen, deswegen Ugly Girls. Die Bildchen kann man dann bewerten, 10 ist top, und zwar top-hässlich."

Das machte die Biene nicht glücklicher: „Eine Art Stempel also, wie bei einer Fleischbeschau?"

„Ein negatives Gütesiegel, ja."

„Erst missbraucht, und dann für hässlich befunden."

Ich korrigierte: „Zuerst für hässlich befunden, und dann missbraucht. Diese jungen Leute haben heute ein anderes Sexualleben als wir damals, alles wird immer gleich mit der Kamera festgehalten und ins Internet gestellt, Gutti, weißt du, was ‚Sexualleben' heißt?"

Gutti legte kurz die Hand an seine Dienstwaffe, eine verzweifelte Drohgebärde, die er aber wieder abbrechen musste, um sich an den Brustkorb zu fassen, dann wurde er wieder ganz rot im Gesicht, nachdem er die meiste Zeit ganz weiß gewesen war, und die Biene ließ nicht locker: „Hast du auch eine Seite namens ‚Ugly Boys Contest' gefunden?"

Ich sagte: „Boys interessieren mich nicht."

Sie sagte: „Du wirst auch keine finden, denn Mädchen machen so etwas nicht. Auch wenn ihr alle Höchstnoten verdient hättet."

***

Die Biene Mayr zog das Lätzchen von der Nächsten, die sie für uns aufgeschnitten hatte, diesmal sozusagen das genaue Gegenteil von der Ersten, vom Typ her ein Strich in der Landschaft, aber als Wasserleiche furchtbar aufgequollen. Maxi von Hagen ihr Name, die Biene erzählte: „Die gute Nachricht: Sie muss über einen längeren Zeitraum ganz schön gekifft haben, in ihrem Körper war genug drin, um sie auch noch drüben im Jenseits ordentlich abtanzen zu lassen."

Ich sagte: „Und wenn ich jetzt ein Säckchen Gras von Lemmy neben sie legen würde, dann würde sie vielleicht danach greifen, denn es war Lemmys Zeug, das sie tanzen ließ."

Ich berichtete ihr über die genaueren Umstände der Deals zwischen ihr und dem Onkel Ronnie, der eigentlich ihr Vater war, worüber ich ihr auch berichtete, und während ich das tat, drehte ich uns einen schönen dicken Joint, und Guttmann fragte dann: „Ist sie ertrunken?"

„Sie ist dehydriert", sagte die Biene. „Das heißt, sie ist entwässert."

Guttmann fragte: „Im Wasser?"

Ich sagte: „Verdammt, Guttmann!"

„Wenn man nicht in gleichem Maße, wie man sie ausscheidet, Nahrung und, noch wichtiger, Flüssigkeit zuführt, dann gibt der Kreislauf irgendwann den Geist auf", sagte die Biene.

Ich wollte uns gerade einen ordentlichen Schluck einschenken, kleine Pause, kleine Auflockerung, damit wir nicht völlig entwässerten, aber da zeigte uns die Biene auch noch die Unterhose des Mädchens, die vorne nach außen hin sehr hübsch aussah mit ihren Blümchen drauf, innen und hinten aber total verdeckt war, und die Biene sagte: „Jetzt leider die schlechte Nachricht: Obwohl sie vermutlich ein, zwei Tage im Wasser gewesen sein muss, fand sich an ihrer Unterhose und dieser seltsamen Lederhose immer noch genug von der Substanz, die man gemeinhin Scheiße nennt."

Guttmann konnte nun nicht mehr an sich halten und lief hinaus, als könnte er dadurch sein Herz zwingen, weiterzuschlagen. Ich sagte: „Herrje, da müssen wohl ein paar Fische gestorben sein, wenn sie neben ihr hergeschwommen sind, was?"

„Ihr Darm war vollkommen entleert, wie nach einer mehrwöchigen Sauerkrautsuppenkur, kein Krümelchen Dreck mehr, sie muss eine riesige Menge Abführmittel verabreicht bekommen haben. Und wieder bin ich mir sicher, dass dies nicht freiwillig passiert ist, denn sie war gefesselt, bevor sie starb, nur gibt es in diesem Fall keine eindeutigen Hinweise darauf, dass es ein Mann war, der sie gefesselt hat, aber ich gehe mal davon aus."

Ich hakte nach: „Aber das Rennen ist offen?"

„Nein, meiner Meinung nach nicht. Denn Frauen tun so etwas nicht."

Da war Kubelka anderer Meinung.

Ich überlegte kurz hin und her, ob das mit der Sauerkrautsuppe die Lösung für Guttmann wäre. Aber dann kam ich wieder auf dieses eine Fläschchen *SuperSlimShot* auf Artischockenbasis, das ich noch bei mir in der Hosentasche hatte, und ich erzählte der Biene, was ich in Bratislava in dem Schnellimbiss gesehen hatte – das Öffnen der Schleusen bei einem gewissen Lovegod, die Überwachungskameras, die alles festhielten, die Mitarbeiter, die alle herangestürzt kamen, um sich das anzuschauen und den unglaublichen Gestank – man musste ja bedenken, was der schon alles gegessen hatte!

Ich drückte der Biene den Schlankmacher in die Hand und fragte: „Glaubst du, die Substanz, die du in ihr gefunden hast, kommt in diesem leckeren Süppchen vor? Ihr eigener Vater stellte es her und versuchte, es unter die Leute zu bringen, aber er erhielt keine Zulassung, weil es irgendwie nicht so wahnsinnig gesund sein soll, und glaube mir, ich selbst weiß, was das Problem sein könnte."

Die Biene sagte: „Hm."

„Was?"

„Diese angeblichen Schlankmacher sind häufig tatsächlich nichts anderes als Abführmittel. Ich überlege, ob sie über einen längeren Zeitraum nur Zugriff auf diesen Saft hatte. Je mehr Flüssigkeit sie verlor, desto verzweifelter klammerte sie sich vielleicht an die Hoffnung, mit diesen Säften wieder welche zuzuführen."

***

Nachdem wir das Wesentliche besprochen hatten, wollte ich mich ein wenig an der Biene wärmen, ich ergriff ihre Handgelenke und drückte mich an sie, aber sie wies mich überraschend zurück. Anstatt einen einsamen Mann über die Abwesenheit seiner eingebunkerten Geliebten hinwegzutrösten, stand sie einfach gegen den Seziertisch gelehnt und schaute das tote Mädchen an. War ich auch ihr zu schwimmreifig geworden? Zu alt? Die Haare zu grau? Wenn man bei der Nummer Eins gerade nicht punkten konnte, weil sie im Gefängnis saß, dann wollte man doch wenigstens von der Nummer Zwei begehrt werden, was war falsch daran?

Wie sich herausstellte, war es aber Gott sei Dank nicht mein Äußeres, das sie davon abhielt, mich zu begehren, es war ihre innere Nachdenklichkeit, sie fragte: „Rock, warum bin ich eigentlich nie schwanger geworden, wenn wir uns liebten?"

Sie sagte echt: „liebten"!

Ich schaute ihr tief in die Augen und sagte: „Worum geht's denn, Schatz, was willst du mir damit sagen?“

Sie wollte sagen: „Sieh dich an, du bist ein heißer Hengst …“

– „Danke!“ –

„… aber du wirst auch nicht jünger.“

Also doch zu fett?

Ich will sagen, dass du noch jede Menge mehr Chancen auf Glück hast als ich, wenn ich mal so alt bin wie du. Das Einzige, was mir noch bliebe, wäre ein Kind.“

Okay, jetzt verstand ich langsam.

Ich fand aber, dass es insgesamt schon genug Leute auf dieser Erde gab, und die wenigsten von ihnen waren mir sympathisch. Also warum noch einer mehr, der dann sinnlos in der Gegend herumstand? Ich könnte der Mutter außerdem weder Geld noch Sicherheit noch Kreditkarten bieten, und gegen das rote, verschnupfte Näschen der Biene hatte ich nicht einmal ein Tempo mit dabei, geschweige denn einen Nerzmantel, der sie wärmen könnte.

Also was sollte der Scheiß? Ich hatte gedacht, dass wenigstens die Biene über dieses Thema hinweg wäre, und dass es ihr nur um den primitiven Lustgewinn ging, wenn sie es mit mir trieb, so wie mir mit ihr.

Das tat es auch, wie sie mir nun immerhin versicherte, aber eben nicht nur, wie sie leider hinzufügen musste, und das machte mich irgendwie total fertig.

Musste denn immer alles einen tieferen Sinn haben, verdammt?

Was konnte denn ich dafür, dass ich nichts im Sack hatte!

Das war nämlich die Antwort auf ihre Frage.

Als Lemmy das allererste Mal dorthin in die Samenspenderklinik fuhr, musste ich natürlich mitkommen, und weil er die ganze Verantwortung nicht alleine stemmen wollte, musste auch ich spenden.

Ich war natürlich lange vor ihm fertig und hatte ein schönes Becherchen gefüllt, aber es war schließlich Lemmy, der dann kam, mich ansah und siegte. Denn nach ein paar Tagen hielt er mir triumphierend den Brief von der Anstalt entgegen, der so eine Art Gold-Gütesiegel trug und ihm 1A-Topqualität in der Lederhose bescheinigte, und von einem Tag auf den anderen war aus einem Drogen-Freak ein Premium-Samenspender mit Vorzugsbehandlung samt Einzelkabine geworden, in die er sich seine eigene Wichsvorlage mitnehmen durfte.

Lemmy war an diesem Tag in den Samenspenderhimmel aufgestiegen, während der Brief an mich seriell gefertigt war und nicht einmal eine Unterschrift trug.

So ging man dort also mit Leuten um, die nichts in der Jogginghose hatten, jedenfalls nichts, womit man Kinder zeugen konnte.

Das stand da nämlich in diesem Brief.

Zerknirscht fuhr ich dann zu Happiness ins Pink Flamingo hinauf, denn wenigstens sie war mit meiner Spende immer sehr zufrieden gewesen. Aber gut, da ging es nicht um Qualität, das war einfach eine Geschmacksfrage, und ihr schmeckte es wirklich immer sehr gut.

Jedenfalls war das im Wesentlichen der Grund, warum die Biene Mayr nie schwanger geworden war, wenn wir es hier herunten getrieben hatten, und so erklärte ich es ihr jetzt auch, und außerdem: „Du musst das Positive sehen. Wer weiß denn, was dabei herausgekommen wäre? Man hat doch um so viel weniger Sorgen, wenn man kein

Kind hat! Und das ganze Geld, das man sich spart, kann man für wichtige Dinge ausgeben!"

Aber gut, Frauen ticken da anders. Sie begann zu weinen und stieß mich weg. Sie wirkte, als wäre alles zusammengebrochen, und als gäbe es für sie kein Morgen mehr. Auch wenn man das gespielt Dramatische abzog, das Frauen natürlich immer noch oben draufpacken, wirkte es alles sehr ernst, und so konnte ich sie unmöglich in ihrem Keller zurücklassen, ich sagte also: „Hör zu, Biene, ein guter Kumpel von mir arbeitet in einem Plattenladen namens Quattro Stazzione am Brunnenmarkt, er verkauft dort aber keine Platten, sondern das Gras, das wir immer zusammen rauchen, es hat Top-Qualität, oder?"

Sie sagte: „Ja."

„Okay, Folgendes: Schau dort einfach mal unverbindlich vorbei und frag nach einem gewissen Lemmy, frag ihn nach einem Säckchen *Oregano Speziale*, und während er es dir einpackt, schau ihn dir genau an, prüfe, ob dir die Speise, die du da siehst, zusagt, und wenn ja - was möglich ist, aber nicht sehr wahrscheinlich – dann sag es mir und ich werde ein gutes Wort für dich bei ihm einlegen und er wird dir zu Weihnachten ein schönes Becherchen voll schenken zur freien Verfügung, denn er ist *the man*, aber bitte bedenke, er braucht eine gewisse längere Vorlaufzeit."

Sie war ja Ärztin und musste daher wissen, wie sie Lemmys kleine Würmer in ihr warmes Nest hineinkriegte, ohne dass sie ihn deswegen berühren oder ihn gar hineinlassen musste. Wovon auszugehen war, dass sie das nicht wollte.

„Für seine persönliche Integrität bürge ich", sagte ich weiters, „er ist ein Mann von ausgesuchtem Charakter, steht zu seinen Prinzipien und lässt sich nicht umwerfen, niemals."

Dass er manchmal kollabierte, sagte ich ihr nicht.

„Falls er dir aber nicht gefällt, was wahrscheinlich ist, dann gehst du einfach wieder, und die Erde dreht sich weiter."

Ich dachte: Hoffentlich habe ich ihr da nicht den Mund auf ein Stück Aas wässrig gemacht.

Sie lehnte sich nun an mich, denn es war zumindest ein Hoffnungsschimmer, den ich ihr skizziert hatte, und dann sagte sie: „Okay, ich überleg's mir."

Langsam freundete ich mich selbst mit dem Gedanken an, dass da vielleicht irgendwann mal ein kleiner Lemmy bei uns im Quattro Stazzione herumlaufen würde, wenn er ab und zu Papa besuchte, mit dreckiger Lederjacke und langen Haaren. Es wäre doch interessant, zu sehen, wie Lemmy es als verantwortungsvoller Vater mit Drogen halten würde, ob es was auf die Finger gäbe, wenn der Hosenscheißer das Zeug anfasste, oder ob er ihm beibringen würde, wie man einen schönen Joint drehte, noch bevor er richtig schreiben konnte.

***

Ich fand Guttmann draußen auf der Pissstätte wieder, wo er heftig nieste. Das tat seiner gebrochenen Nase nicht gut, und jedes Mal, wenn es ihn zerriss, drohte er mir vor Schmerzen zu sterben. Dann befühlte ich seine Stirn, und tatsächlich war sie heiß. Insgesamt war er noch schlechter drauf als die Biene, ich war umgeben von Patienten und hätte mich auf Pfleger umschulen lassen können. Wenn ich das gewollt hätte!

Im Krankentransport ging es nach Hause, zwei

Höllenhunde mit zertrümmerter Nase. Im Auto fragte ich ihn, wie es sein konnte, dass keiner das fette Mädchen vermisste, was der Fall war, denn es gab keine Vermisstenanzeige.

Er sagte: „Die Zeiten sind nun mal so, und sie sind kalt und traurig."

Dabei klang Selbstmitleid durch, es hörte sich an wie ein Hilfeschrei. Ich schaute ihn an, und wir dachten vermutlich das Gleiche: Wenn ich den Wagen heute in die Donau hineinlenken würde, so, dass er nicht mehr auftauchte, dann würde auch wegen uns nirgendwo eine Vermisstenanzeige eintrudeln, irgendwann würden sie vielleicht beginnen, ihm die Pension zu überweisen, und der Verband heimischer Privatdetektive würde vielleicht nach fünfzig Jahren aufhören, mir eine Einladung zur alljährlichen Weihnachtsfeier zu schicken. Aber sonst?

Lemmy würde es nicht einordnen können, wenn ich nicht wie jeden Morgen bei ihm auftauchte. Lovegod war ein Brotha, aber kein Bruder, der sich um einen kümmerte. Meine Mutter? Verdammt, keine Ahnung, wo die war! Und von Bertha hatte ich nicht mal die Adresse. Wer blieb?

Jolanda?

Endlich fragte ich ihn: „Was ist wirklich mit dir und Jolanda?"

Er fasste sich wieder ans Herz. Ich legte James Carr mit „Forgetting You" ein, und dann brach es aus ihm heraus, denn er konnte sie natürlich nicht vergessen: „Es lief eigentlich ganz gut mit uns beiden, wie ich fand, sie freute sich, mich zu sehen, und sie freute sich über meinen Appetit."

Ich fragte: „Und was war der Plan, Gutti, was war die Perspektive? Nächsten Frühling mit ihr Eis essen gehen?"

„Hör auf! Sie ist eine einfühlsame und verletzte Frau, ich hätte sie behutsam umworben, und wer weiß …"

„… ob ihr im Frühling nicht gemeinsam Eis essen gegangen wärt?"

„Und wenn schon! Dann wären wir eben zusammen Eis essen gegangen!"

Er klang so reif und verständnisvoll, Eigenschaften, die ich an ihm bisher nicht wahrgenommen hatte und die mir selbst gänzlich fehlten. In diesem Moment bewunderte ich ihn beinahe und war richtig froh, ihn als Freund zu haben. Ich war mir sicher, er würde mich suchen, wenn ich den Wagen in die Donau lenkte, er durfte nur nicht neben mir sitzen.

Er erzählte weiter: „Vor vier Tagen war ich wieder bei ihr, es war eigentlich sehr schön, sie sperrte früher zu und stellte mir noch ein Süppchen vor die Nase …"

Ich fragte: „Moment, sie sperrte von innen zu?"

„Ja!"

„Verdammt! Wenn sie von innen zugesperrt hat, dann wollte sie, dass du bleibst!"

„Meinst du wirklich?"

„Ja! Was habt ihr dann gemacht?"

„Wir hielten fast schon Händchen, als sie plötzlich in die Küche verschwand, weil dort auf einmal jemand war, der nach ihr schrie. Dann hörte ich sie streiten, auf Serbisch. Dann kam der Kerl plötzlich heraus aus der Küche, stellte sich nicht mal vor, und setzte mir eins auf die Nase, und alles war voll mit Blut …"

Ich fragte: „Die Suppe auch?"

„Die Suppe auch. Jolanda schrie, ich schrie, der Wahnsinnige schrie auch, und dann war er wieder weg."

Ich fragte: „Sollst du die Finger von ihr lassen? War das die Botschaft?"

Er sagte: „Ich denke, ja."

„Alter Schwede!"

Mit diesen verdammten Balkanesen war nicht gut Kirschen essen, schon gar nicht, wenn es um ein Mädel ging. War Guttmann dort also einem Nebenbuhler begegnet, einem heißblütigen jungen Serben noch dazu, der gleichwohl ältere Ansprüche auf Jolanda anmelden konnte und ihm deswegen die Nase gespalten hatte, nachdem er zu oft und zu lange dort gesessen war und zu viel gegessen hatte? Und war es der Gleiche, der dann Jolanda auch noch die Nase gespalten hatte, als ich ihr nicht helfen konnte?

Guttmann wollte über all das nicht mehr nachdenken, er hatte seinen Schluss gezogen: „Ich bin jedenfalls fertig mit den Weibern."

„Ich dachte, das warst du schon lange?"

„Jetzt bin ich's wirklich."

Beide waren wir alleine, beide trugen wir die Spuren des Kampfes in unserem Gesicht. Helden sahen anders aus, sie rochen anders, sie kleideten sich anders, sie wohnten anders.

Ich gab Guttmann den Arm, als ich ihn durch dichtes Schneetreiben und an scheißenden Hunden vorbei zu seinem Gemeindebau führte, den man extra für Leute wie ihn mal gebaut hatte. Auf 40 Quadratmetern lebte er hier zurückgezogen, wie man so schön sagt, das Bett war nicht schwer zu finden, in das ich ihn legte. Ich drehte ihm den Fernseher auf, der noch nicht mal flach war, und stellte ihm eine Pulle Schnaps neben das Bett, die wenigstens voll war. Schnaps war das Einzige, was bei so einer Erkältung wirklich half, und als erwünschte Nebenwirkung heilte er auch den Schmerz, der vom Herzen ausging.

Dann zog ich ihn bis auf die Unterhose aus, was keine leichte Übung war, ich sah seine Socken, sein Unterhemd, seine weiße Haut mit den blauen Krampfadern, das Fett, die Haare überall, und ich dachte:

Du meine Güte! Der Mensch!

Und ich dachte daran, dass die wenigsten heutzutage von einem schnellen und überraschenden Tod gefällt werden, wie es der Wunsch von jedem ist – du freust dich auf dein Bier, holst es aus dem Kühlschrank, nimmst den Öffner, es macht zisch, und schon spielst du deine Harfe ein paar Stockwerke weiter oben. Nein, so war es heute nicht mehr.

Aber wenn Gutti jetzt sterben würde, dann würde er wenigstens in meinen Armen sterben, denn er ließ mich gar nicht mehr los.

***

Wann war ich zuletzt in der Schule?

Das ist lange her!

Und war ich je glücklich in der Schule?

Ja! Als ich das letzte Mal dort rausging!

Mein Zugang zum Lernen war ein sehr einfacher – nicht in der Schule lernst du, sondern im Leben! Das mit den Lehrern und mir funktionierte einfach nicht. Zwar konnte ich ein paar Landeshauptstädte auswendig aufsagen und wusste ungefähr, wo der Prater lag. Aber schon die Bundeshymne konnte ich nicht mehr fehlerfrei singen, und jetzt rede ich nur von diesem einen kleinen Teil des Lernens!

Was ich können musste, das lernte ich schließlich von Dirty Willi. In der Schule zeigt einem ja niemand, welches Knöpfchen man an einer Frau drehen muss, damit sie brummt wie ein Trafo, und niemand bringt einem bei, wie man einen Sucker Punch abwehrt.

So viel dazu.

Nachdem die liebe Familie von Hagen-Nyilasi beinahe vollständig dezimiert worden war, blieb mir nur noch das nähere Umfeld der jungen Lady, in dem ich die Gründe für ihr Verschwinden erforschen und nach einer Spur suchen konnte, die vielleicht zu ihrem Mörder führte.

Bevor ich also die Abzweigung nach Hause nahm, wollte ich noch kurz in ihrer Schule vorbeischauen, sie lag gleich im Nachbarbezirk von Guttmanns Wohnung, so nah konnten Gemeindebau-Elend und katholisches Privatschulenglück beisammen liegen. Oder war es katholisches Privatschulenelend, und Guttmann war der Glückliche, trotz seines beschissenen Lebens?

Das war schwer zu sagen.

Der Bau hieß Lycée der Schwestern der Kleinen Terèse von Irgendwo, ein katholisches Mädchengymnasium mit Ganztagesbetreuung. Stand da jedenfalls an der Tafel neben der wuchtigen Einfahrt in den dicken Mauern, die uns Unwissende und Bedürftige von denen da drinnen trennten.

So eine Mädchenschule war jetzt genau das Richtige für mich, nachdem ich Guttmann fast nackt gesehen hatte. Ich spürte endlich wieder eine Neugierde, die ich lange nicht mehr gespürt hatte, und eine gewisse Lust, den jungen Mädchen etwas beizubringen.

Der breite Weg hin zum Eingang der Schule war wie alle Wege zu diesen reichen Häusern picobello vom Schnee geräumt, ich vermisste aber den Schulwart, den man mit Schneebällen bewerfen konnte. An den zumindest erinnerte ich mich noch.

Als ich eintrat, roch es nach Schweiß, aber nicht nach Fußballkabinen- oder Pornokinoschweiß, sondern nach Mädchenschweiß! Und irgendwo da musste es einen strengen Chef mit Rohrstab geben, an den konnte ich mich auch noch erinnern, also fragte ich eine, die ihre Bücher vor der Brust hielt, was ich ihr übel nahm, nach ihm, und sie sagte: „Meinen Sie unsere Schwester Direktorin? Die ist dort den Gang hinunter."

Ich fragte: „Bis ganz hinunter?"

„Ja."

Genau das wollte ich hören, denn der Gang war lang, und es war gerade Pause. Die Backfische liefen unruhig auf und ab, blieben vor mir stehen, tuschelten, schauten mich an wie die Geier ein Stück Aas. Ich spürte und roch diese Sehnsucht in ihnen, aber nicht nach Gott, sondern nach mir und nach allem, was ich zu bieten hatte. Das war nicht viel, aber scheinbar mehr als Gott.

Plötzlich tippte mir eine auf die Schulter und sagte: „Ich bringe Sie hin."

Es war eine junge Nonne, die Bombe aussah, auf ihrem Schild stand Sr. Mechthild, und sie war göttlicher als Gott. So etwas Scharfes fand sich nicht mal in Jolandas scharfer Bohnensuppe. Wieso zur Hölle kam so eine Braut überhaupt auf die Idee, dass sie in einem Kloster besser aufgehoben wäre als an der Stange in Rockin' Ronnies Texas Tabledance?

Sie begleitete mich den Gang hinunter zur Chefin,

und weil das wirklich gut aussah, wie sie ihren Arsch bewegte, ging ich zunächst hinter ihr her. Nicht einmal ihre Ordenstracht störte mich, obwohl ich sie natürlich in diesem Moment ganz ohne Ordenstracht sah, mit dem inneren Auge.

Während wir dann nebeneinander hergingen, schwieg sie, und ich betrachtete in aller Ruhe ihre Brüste, die sich hoben und senkten. Dass niemals kleine Babys daran saugen würden, weil sie ja eine Nonne war – okay! Dass aber überhaupt niemand jemals daran saugen sollte, das sah ich irgendwie nicht ein. Sie flüsterte: „Ich weiß genau, was Sie denken, und ich weiß genau, wohin Sie mir starren, Sie Schlimmer." Und ich bestätigte: „Auf Ihr reines Herz."

Wir erreichten die Tür des Direktorinnenzimmers und traten ein. Die Chefin sah aus wie eine wahre Lady, sie erinnerte mich an Sophia Loren, wenn die eine Nonne spielte. Unter ihrer Kutte hatte sie es sich in dem gut geheizten Zimmer schön eingerichtet, ich war mir sofort sicher, dass sie String trug, falls überhaupt. Sie wirkte so gar nicht, als wäre sie hier unglücklich, wovon man eigentlich ausgehen musste, wenn man hinter so dicken Mauern ganz ohne Mann lebte. Aber als die Schwester Mechthild mit ihrem schönen Arsch wieder hinauswackelte, schaute die Schwester Oberin ihr so lange genau dorthin, bis ihr die Nippel hart wurden, und ich verstand, warum sie hier so glücklich war. Sie sagte: „Was für ein Mädchen!" Und ich sagte: „Oh ja."

„Ich glaube aber nicht, dass sie die endgültigen Gelübde bei uns ablegen wird, es ist nicht Berufung, die sie hierhergeführt hat, sie steckt nur in einer tiefen persönlichen Krise."

Ich dachte: Verdammt!

Ich hatte auch meine tiefen persönlichen Krisen gehabt, als ich jung gewesen war. Aber dann hatte ich mir einen Joint hineingezogen oder ein Bierchen, oder vier Tage lang durchgeschlafen, oder ein paar Mal kräftig gewichst, und dann war alles wieder im Lot gewesen. Aber nie im Leben wäre ich auf die Idee gekommen, wegen einer Krise in ein Kloster zu gehen! Ich fragte: „Was denn für eine Krise?"

Wie sich herausstellte, war die Katze der Mechthild gestorben, und die war ihr einziger Halt gewesen.

„Ihre Eltern waren libertinäre Kommunarden, und auf der Strecke blieb dabei wie so oft das Kind. Vor ein paar Wochen klopfte sie hier an und wollte aufgenommen werden, sie dachte sich wohl: Wenn ich schon keine Katze haben kann, dann nehme ich halt Jesus. Aber das ist keine Berufung!"

Mittlerweile hatte ich meinen Kubelka gelernt und wusste den wahren Grund ihrer Anwesenheit hier zu deuten: „Ein Akt der Rebellion, was?"

„Natürlich. Aber hätte ich sie wegschicken sollen, wo ich sie jetzt heimlich beim Duschen beobachten kann?"

„Um Gottes willen, nein!"

„Also, was führt Sie hierher?"

Ich wollte den Schwung unserer Unterhaltung nicht bremsen und zeigte der Schwester zunächst ein Foto von Olga, ich sagte: „Die hier würde ich gerne sprechen."

Aber die war auch seit ein paar Tagen nicht mehr dagewesen, wie sich herausstellte, und nun war das Chaos perfekt.

Wir unterhielten uns dann über eine Familie von Toten, Schwerstkranken und Verschwundenen, und die

Schwester Oberin machte dazu ein Gesicht, als würde ihr gleich ein Furunkel am Arsch aufbrechen. Immerhin wusste sie noch Folgendes zu berichten: „Die Familie von Hagen-Nyilasi hat die Adoption des Mädchens Olga beantragt, der Vater ließ per einstweiliger Verfügung sogar das bereits gedruckte Programmheft für die Weihnachtsaufführung wieder einstampfen, weil wir darin den Namen der jungen Dame ändern sollten. Der Antrag auf Adoption war aber noch gar nicht bewilligt, soviel ich weiß, gab es da ein paar Ungereimtheiten in seiner Vergangenheit, über die er uns aber nicht aufklären wollte."

Ich hätte sie über die Ungereimtheiten in der Vergangenheit vom Herrn Doktor aufklären können, indem ich ihr den letzten Stuhlgang eines gewissen Lovegod im Detail schilderte oder den letzten Flug des Ikarus Tibor Fazekas hinein in die Windschutzscheibe eines Autos am Parkplatz der Schisprunganlage in Zakopane.

Aber sie schob mir nun das neue Programmheft herüber und wollte dafür ein Foto von Olga geschenkt, das ich ihr gerne gab.

Dann betrachtete ich das Programmheft, und zwar mit großer Sorge, denn darauf stand *Nussknacker,* und das sagte mir rein gar nichts. Auf dem Umschlag sah man ein Mädchen in Strumpfhosen, das sich den Fuß bis über das Ohr hinauf halten konnte, was sicher sehr weh tun musste, und dieses Mädchen war Olga.

Da fiel mir wieder ein, dass Ronnies Mutter selig ja Tänzerin gewesen war, und das bis zu dem Tag, an dem er zur Welt gekommen war. Die Schwangerschaft mit ihm hatte ihr Leben zerstört, was sie Ronnie anlastete. Ich fragte also bestürzt: „Geht es denn hier um Ballett?"

Die Schwester sagte: „Keine Ahnung, worum es letztlich geht, aber in diesem speziellen Fall ging es um eine *Nussknacker*-Aufführung hier an der Schule. Wenn ich mal in der Hölle bin, dann will ich den Topf umrühren dürfen, in dem diese Eltern alle drinstecken. Die bilden sich ja ein, dass ihre Brut ab Geburt schon alles können muss, auch Ballett und Flöte, manche hätten wohl lieber einen Pokal zu Hause, den sie jeden Tag putzen können, als ein Kind. Jedenfalls haben sie uns gezwungen, für ihre süßen Mädchen Ballett anzubieten, und darum gibt es heuer zu Weihnachten eben Ballett, eingeübt von einer externen Lehrerin, da wir hier von der Nonnenfraktion ja nur ganz selten Ballett tanzen, wir können dafür andere Sachen, Beten und Fasten. Aber wer fastet heute noch?"

„Ich nicht."

„Diese Veranstaltungen vor Weihnachten sorgten regelmäßig für böses Blut, denn es können immer nur die wenigen Auserwählten mitmachen, in der Regel sollten es die Besten sein, aber wenn man 13 Jahre alt ist, im Schnitzelparadies aufwächst und noch nie Ballett getanzt hat, dann wird das halt schwierig mit Nurejew und so."

Ich blätterte schnell zur Mitte des Programmhefts, dort musste ja der Centerfold sein wie normalerweise beim Playboy auch, und richtig.

Da sah ich nun tatsächlich einige Kühe, die eigentlich alle in den Stall gehörten und nicht auf die Bühne. Solche Beine hatte Guttmann auch, aber er wäre nie auf die Idee gekommen, den *Nussknacker* zu tanzen. Ich fragte: „Es hätte also auch Maxi tanzen können, wenn ihre Eltern entsprechend dafür gelöhnt hätten?"

„Ja, aber für die schämten sie sich, denn die brachte ihnen bisher wenig Ruhm und Ansehen, also war sie ihnen keinen müden Cent Bestechungsgeld wert. Bei Olga andererseits war klar, dass sie mitmachen muss, da sie der einzige von der Natur gesegnete Ballettstar in diesem Hühnerhaufen ist. Für die Familie von Hagen-Nyilasi schien somit endlich der Tag in greifbarer Nähe, an dem die anderen Eltern sie beneiden müssten um ihre Tochter, und sei sie nur adoptiert. Aber nun sind sie ja alle verschwunden oder tot, wie Sie sagen, und uns Katholiken bleibt dann wieder nur der Glaube, dass es da drüben hinter den Wolken mal besser wird."

Ich fragte: „Und glauben Sie daran?"

Sie sagte: „Ehrlich gesagt möchte ich lieber hier bleiben."

Da entdeckte ich die Geschenke, die neben ihrem Tisch standen und die wohl für ihre Schwestern im Herrn bestimmt waren. Sie hatte alles bestellt, was Beate Uhse in den letzten Jahrzehnten erfunden hat, da kaufte bestimmt keine Anfängerin ein, wahrscheinlich hatte sie die Platin-Treuekarte, die sie nicht zu selten einsetzte. In einem Schächtelchen, auf dem „Mechthild" draufstand, lag ein gewaltiger Dildo, wahrlich ein guter Grund, gerne in dieser Welt zu leben. Sie erkannte meine freudigen Gedanken und sagte: „Sie hat noch ein paar mächtigere Waffen in ihrer Kammer liegen als die, mit der unser Herr Jesus Christus in den Kampf zog, glauben Sie mir, mit ihrer Jungfräulichkeit ist es nicht weit her!"

Ich hätte sie nun um die Telefonnummer von Mechthild bitten können, aber wenn dieser Herr Jesus Christus sie in der Pole-Dance-Bar sehen wollte, dann würde sie ihren Weg zu uns auch so finden, ich fragte lieber: „Haben Sie denn noch Karten für dieses Ballett übrig, die von Hagen-Nyilasis brauchen ihre ja jetzt nicht mehr, oder?"

Ich dachte nämlich an Guttmann, der vielleicht Jolanda einladen könnte, um ihr zu zeigen, dass er nicht nur ein grober Klotz war, sondern auch ein Freund des Guten, Schönen und Wahren.

Die Schwester Oberin fragte: „Erste Reihe?"

Ich fand, erste Reihe war perfekt. Denn dort konnte er auch die Füße ausstrecken, wenn ihn die Venen schmerzten.

***

Es war dann unmöglich herauszufinden, wann und wo Maxi das letzte Mal von wem in der Schule gesehen worden war, sie hatte hier keine Freunde, niemand interessierte sich für sie, ihr Leben war einsamer als das von Lemmy, denn der hatte ja mich. Das bewies mir auch, dass sie Ronnie angelogen und das ganze Gras alleine geraucht hatte, anstatt es weiterzuverkaufen, und das war eine ganze Menge Gras, soweit er mir das schilderte. Tatsächlich bestätigte die Schwester Oberin, dass sie oft „abwesend", „verträumt" und „schläfrig" gewesen war, also auf dem besten Weg, so zu enden wie Lemmy.

Außerdem: „Als diese Olga zur Familie kam, fing Maxi an, so schwarze düstere Lederkleidung zu tragen und Nietengürtel, und sie stach sich Ringe durch die Nase …"

„… und ließ sich bei Ink Joe auf der Koppstraße eine fette Marienfigur in Strapsen und hohen Schuhen auf den Unterarm tätowieren, die im Gesicht aussah wie ihre Großmutter!"

„Klassische Aufmerksamkeitsdefizitstörung. Übersetzt heißt das ja nur: Seht mal her, ich bin auch da! Aber es wollte trotzdem niemand etwas mit ihr zu tun haben, die Kinder sind da heute knallhart, die würden nicht mal mehr mit Jesus dem Herrn spielen wollen, wenn er nicht die Next-Superstar-Wahl gewinnen würde und in jedem Sack ein Handy hätte. Die in Rom werden sich da vielleicht mal etwas einfallen lassen müssen, wie wir die Leute glaubensmäßig bei der Stange halten sollen, nur mit Weihrauch und Myrrhe wird das nicht mehr gehen, haben Sie eigentlich vor, noch mal zu kommen?"

Ich sagte: „Um Himmels willen, nein!!"

Sie sagte: „Falls doch, nehmen Sie mir drei Packungen Ladyshaves mit?"

„Ich werde dran denken."

***

Es war schon dunkel, als ich nach Hause kam, aber immer noch Nachmittag. Die meisten Leute saßen also in ihren Büros oder standen hinter der Werkbank, aber bei Lemmy unten im Quattro Stazzione roch es schon wieder nach dem Spezialtee, den er sich brühte, sobald er die warmen Socken aus dem Schrank holen musste, weil er wegen der Kälte immer Probleme mit seiner Blase kriegte. Und so tranken wir im Winter immer Spezialtee bei Lemmy, in dem wir dann den Schnaps warm machen konnten, das war das Gute an diesen Tee-Sessions, ein wirklich schöner Brauch.

Wie Queen Mum und ihre Haushälterin hingen Lemmy und Ku also nun zum 5-Uhr-Tee herum und tranken schlückchenweise ihren Tee, und sie hatten auch noch Lemmys Spezial-Tabletten und ein wenig von dem Spezial-Speed, das ich ihm eigentlich erst zu Weihnachten hatte schenken wollen, vor sich auf dem Beistelltischchen ausgebreitet. Irgendwie musste diese Sackratte Lemmy tagsüber doch aktiv sein, ich stellte mir vor, wie er auf allen vieren in seinem Laden herumkroch und dann das Speed-Geschenk, das ich für ihn zwischen den Herren Bob Dylan und Bo Didley versteckt hatte, fand, und jetzt hatte er schon alles ausgepackt, weil er wie ein kleines unreifes Kind einfach nichts erwarten konnte, ich sagte: „Kannst du denn nichts erwarten?"

Ku saß neben ihm, seine Augen waren geschwollen, seine Nase war gebrochen, er also auch. Was war eigentlich los auf der Welt? Bevor ich ihn das fragen konnte, winkte er ab: „He, ich will sicher nicht mit dir darüber reden und ich möchte, dass du diese Grenze, die ich zwischen uns ziehe, respektierst."

Nun starrte er die gewaltige Ausbuchtung in Lemmys Lederhose an, er deutete darauf, als wäre sie ein medizinisches Wunder, fassungslos sagte er: „Der steht ihm jetzt schon seit über vier Stunden!"

Das hieß, dass Ku selbst jetzt schon wieder seit mindestens vier Stunden hier sein musste, und das machte mir allmählich ein wenig Sorgen.

Bei der Art, wie er andere Leute in die seltsamsten Verträge hineinreden konnte, war es ja immerhin möglich, dass er sich nun an Lemmy heranmachte, indem er sein beeindruckendes temporäres Erektionsvermögen lobte, und dieser würde ihn dafür als Alleinerben einsetzen, schließlich hatte der Spinner mir einmal erzählt, dass man jeden Menschen mit Belohnung dazu kriegen kann, dass er alles für einen tut, „das nennt man operande Konditionierung", hatte er gesagt. Und ich hätte dann die ganze Arbeit mit dem König der Samenspender gehabt, ihm den Sabber weggewischt, wenn wieder mal die Schnappatmung einsetzte, ihm Christbäume besorgt, damit er glücklich war, und mir sein Gejammer angehört, wenn er unglücklich war. Und der feine Herr Therapeut würde am Ende des Tages die Früchte ernten, nur weil Lemmy nach einer Prise Speed jetzt einen Dauerständer hatte.

Lief es darauf hinaus?

Ku, der Schlaue, merkte natürlich, dass ich ein kleines bisschen besorgt war. Er kam also rüber zu mir, setzte sich neben mich, fasste mir ans Knie und deutete in Richtung Lemmy, dabei wischte er sich wieder mit der flachen Hand über die Stirn und sagte: „Mörderständer zwar, aber kompletter Vollidiot!"

Weil er aber merkte, dass mich das nicht beruhigte, schaute er mir tief in die Augen und traf mich mit dem nächsten Satz tief in die ungeschützte Flanke: „Wie läuft's denn mit den Ermittlungen, hm? Hast du schon einen Mörder, hm?"

Wie Derrick schaute er mich dabei an, und ich glaube sogar, dass dabei seine Tränensäcke wackelten, und sein ständiges „Hm?" machte mich sowieso total fertig. Aber ich musste ihm leider gestehen, dass es nicht so gut lief bei den Ermittlungen, wie es meine eigenen hohen Ansprüche von mir erwarteten, dass ich aber zumindest einen Mord im Drogenmilieu ausschließen konnte, weil Maxi gar keine Drogen verkaufte.

Ku drosch mir mit der Faust aufs Knie und schrie:

„Diese verdammte Lügnerin! Dabei hat sie von Ronnie doch immer noch mehr verlangt, weil sie angeblich immer mehr Kunden in der Schule hatte!"

Ich sagte: „Sie hatte auch richtig viel von dem Stoff im Blut, als sie starb."

Ku zündete sich einen für uns an, und dann schloss ich leichten Herzens auch noch Eifersüchteleien unter niedlichen Schulmädchen wegen ihrer Teilnahme an einer gewissen *Nussknacker*-Aufführung und einen Mord genau deswegen als Todesursache aus, weil Maxi gar nicht an diesem Scheiß-Ballett teilgenommen hätte.

Ku nickte zufrieden über das, was ich ausschloss, aber sein Blick zeigte mir, dass er auch mal etwas Positives von mir hören wollte, eine Lösung des Rätsels gewissermaßen, aber die hatte ich leider nicht zu bieten, ich sagte: „Ehrlich gesagt weiß ich überhaupt nicht weiter."

Ku verurteilte mich deswegen nicht, sondern gab sich großzügig und tätschelte mein Knie, er sagte: „Immerhin bist du ehrlich und lügst mich nicht an, das ist wichtig, dass das Selbstbild mit dem Selbst im Einklang ist und man sich nicht ständig selbst anlügt, aber vielleicht willst du ja trotzdem mit mir reden, hm?"

Das ist vielleicht der Satz aller Sätze, der, vor dem jeder Mensch der Welt Angst hat. Aber Ku sprach ihn so ruhig und höflich interessiert aus, sodass man fast glauben konnte, sein Interesse wäre ehrlich, und ich eine leise Vorstellung davon bekam, wieso sich ihm die ganzen Psychopathen und frigiden Ladys anvertrauten und ihm ihr Herz ausschütteten, oder sich halt von ihm ficken ließen, also wollte auch ich ihm jetzt eine Chance geben, aber mich nicht von ihm ficken lassen. Ich sagte: „Na gut, wenn du Zeit hast, dann reden wir halt."

Er sagte: „Ich habe Zeit."

Ich ließ ihn also die Augen schließen, nachdenken und träumen, vollkommen tiefenentspannt sollte er sich in den Fall hineindenken, und schon stellte er die erste Frage: „Woran ist sie denn überhaupt gestorben, wie lautet der Befund?"

Ich sagte: „Sie ist dehydriert."

Da sah er sofort „eine Art Keller, oh Scheiße, ich sehe

einen Keller, das ist so klassisch, Rock, richtig klassisch! Sie ist da irgendwo eingesperrt, und dort ist sie dann dehydriert, das sehe ich ganz deutlich, hast du noch mehr facts?"

Und an Lemmy gewandt, sagte er: „Und du, hast du noch mehr Tee?"

Lemmy gab ihm mehr Tee, und ich gab ihm mehr facts, ich sagte: „Man fand Fesselspuren an einem ihrer Handgelenke, aber wie gesagt nur an einem!"

Da hob er die eine Hand und gebot mir Einhalt, mit der anderen drückte er den Rücken seiner lädierten Nase, dabei senkte er den Blick nach unten und dachte ganz scharf nach, dann sagte er: „Okay, okay, okay, das heißt, man wollte sie gleichermaßen hilflos wie handlungsfähig halten, und zwar gleichzeitig, aber handlungsfähig nur, soweit es ihrem eigenen Verderben diente, sehr interessant, sehr interessant, ich brauche aber noch mehr facts! Was hat man außer Lemmys Gras noch in ihrem Körper gefunden, wie lautet der toxologische Befund, sag schon!"

„Na ja, einen riesigen Haufen von einer Substanz, die normalerweise in Abführmitteln vorkommt, genauer gesagt in den Schlankmachern, die ihr eigener Vater hergestellt hat, und ich meine jetzt nicht Ronnie, sondern den Arzt."

Er fragte: „Was waren das denn für Schlankmacher, in welcher Form werden sie verabreicht? Tabletten? Brause? Kekse?"

„Nein, er verkaufte sie in Form von flüssigen Shots."

Ku nippte an seinem Spezialtee, während er sich das anhörte, dann drückte er sich ganz fest gegen die Augen, schlug sich gegen die Stirn, und irgendwann sah er alles, wie es war: „Hör mir jetzt genau zu, Rock. Ich sehe sie am Boden kauern, mit einer Hand angehängt an einen Tisch, auf dem diese flüssigen Schlankmacher stehen, gestapelt zu einer Pyramide, aber ich sehe keinen Kühlschrank mit Sprudel oder Eistee oder so was, ich sehe nur diese Shots auf dem Tisch, hast du noch mehr facts?"

„Ihre Hosen waren vollgeschissen."

„Herrje, jetzt sehe ich es genau!"

„Ich hoffe, du kannst es nicht auch riechen."

Er sagte: „Doch! Und mein Gott, sie bekam gewaltigen Durst dort in dem Keller, in dem sie eingesperrt war, dann trank sie dieses Abführ-Zeugs, das führte zu Durchfall, und der führte zu Dehydrierung, was wiederum zu mehr Durst führte. Sie trank wieder, sie bekam noch mehr Durchfall, und ihre Hosen wurden immer noch voller. Du musst sie dir wie einen Schiffbrüchigen auf hoher See vorstellen, der desto durstiger wird, je mehr Salzwasser er trinkt, verstehst du …? Bis das Zeug aufgebraucht war und sie …"

„… Was?"

„Starb."

Ich sagte: „Verdammt!"

Er sagte: „Hast du noch facts, irgendwas? Und wenn es dir noch sooo unbedeutend erscheint, sag es mir!"

Während er sooo sagte, griff er langsam zum Spezialtee und kippte ein weiteres Schälchen, und ich trank jetzt auch nicht zu wenig davon, dabei riskierte er immer wieder einen Blick zum Fernseher, wo der arme Tibor nun schon zum zehnten Mal auf dem Parkplatz aufschlug. Dass Lemmy mein Geschenk schon lange vor Weihnachten aufgemacht hatte, war nicht nett, aber immerhin hatte ich damit einen Volltreffer gelandet.

Ich sagte: „Die Eltern haben die Adoption einer russischen Austauschschülerin beantragt, die sehr gut Ballett tanzen kann."

Jetzt drehte Ku richtig durch und hüpfte auf seinem Sessel auf und ab, er schrie: „Ballett?! Sag mir, wie die kleine geile Maus aussieht!"

Ich sagte: „Sie sieht perfekt aus, aber sie strahlt irgendwie nicht wirklich von innen heraus, und ich mag es doch so, wenn sie von innen heraus strahlen."

Er tadelte mich: „Das ist doch jetzt egal, Rock, darum geht es nicht, kann es nicht gehen. Es geht um Austausch, verstehst du nicht?"

„Nein."

„Austausch ist das goddamned fucking Keyword in dieser Story! Das eigene Kind musste ausgetauscht werden durch ein neues. Das Schlechte gegen das Gute, der lahme Gaul gegen die Ballerina, der faule Apfel musste …"

– Jetzt stierte er mich mit Augen an, die sich irgendwie im Kreis drehten, und dann sagte er: –

„… weg-ge-wor-fen werden. Hinein ins Wasser."

Er stand auf und fuchtelte mit den Händen herum, als würde er einen großen Haufen Schnee irgendwohin schaufeln, dabei wirkte er so ungeschickt wie Monty Burns, wenn er einen Baseball warf. Dann setzte er sich wieder und war richtig angewidert: „Und die Scheiße in der Hose war eine Botschaft!"

Ich fragte: „Was für eine?"

„Du genügst nicht! Du bist ein Haufen *Scheiße*!"

Ich fragte ein wenig unsicher: „Meinst du jetzt mich?"

Er sagte: „Nein, um Gottes willen, ich meine natürlich sie!"

Ich kriegte echt die Gänsehaut, und zur Gänsehaut kriegte ich nun richtig Durst. Ich wusste zwar nicht, was Lemmy da in seinen Spezialtee hineingab, aber je mehr ich davon trank, desto mehr wollte ich davon, das war wohl der Salzwassereffekt. Und Ku ging es schon den ganzen Nachmittag genauso, er sagte: „Da war jemand kolossal unzufrieden mit diesem Mädchen, und wenn du mich fragst, dann war dieser Jemand …"

Ich fragte: „Ja, wer? Sagst du's mir endlich?"

„Ihre verdammte Mutter!"

Schaum lief ihm jetzt aus dem Mund. Ob wegen dem Tee oder wegen der Mutter des Mädchens, das konnte ich zunächst nicht genau sagen, aber irgendwie hatte er ja mal eine Andeutung gemacht, dass die Mütter an allem schuld sind, also schrie er mich jetzt an: „Es sind immer die Mütter, die an allem schuld sind, weißt du das denn nicht mehr?"

Ich fragte: „Und Drogen und Alkohol spielen keine Rolle?"

Er raufte sich die Haare und schrie: „Schon, aber die nimmst du doch nur wegen deiner verdammten Mutter!"

Ich sagte: „Ich nicht. Ich nehme sie, weil sie mich glücklich machen."

Er sagte anerkennend: „Dann machst du einiges richtig in deinem Leben und ich orientiere mich in Zukunft an deinem Vorbild!"

Dann lachte er, denn er meinte das nicht ernst.

Er schenkte sich nach und trank den Spezialtee jetzt nicht mehr in Schlückchen, sondern in kräftigen Schlucken, und er warf sich als Beigabe ein paar Spezialtabletten mehr ein, als dem gesunden Schlaf zuträglich waren, dazu zündete er sich schon wieder einen neuen Joint an.

Dann setzte er sich, rieb mit den Handflächen wie ein Verrückter an seinen Oberschenkeln, klatschte dann in die Hände und schrie: „Wo war ich stehen geblieben?"

„Mütter."

„Ach ja, wobei diese eine spezielle Mutter, von der wir hier reden, natürlich den Druck weitergab, den sie von ihren eigenen Mutter erhalten hatte, ich sage nur: Ballett. Du erinnerst dich?"

„Mit Schrecken. Aber jetzt sag mir doch noch Folgendes: Diese eine spezielle Mutter wog nur noch 35 Kilo nass, als sie mit Brustkrebs ins Krankenhaus eingeliefert wurde, wie soll sie da ihre Tochter in einen Keller schleppen und dann einsperren?"

Er sagte: „Glaub nicht, dass Gewalt nur mit Kraft zu tun hat, das auch, aber eben nicht nur. Als Mutter hast du sowieso alle Macht über deine Tochter, auch wenn du nicht schwerer bist als ein Wocheneinkauf, du brauchst deinem Kind ja nur oft genug zu sagen, dass es schuld ist an deinem eigenen Elend, das ist eine enorme Last, wenn die Mutter ständig behauptet, dass du ihr schönes Leben zerstörst, weil du nicht gut genug bist, nicht schön genug, nicht schlank genug, nicht dies und jenes genug. Vermutlich sagte sie zu ihr: ‚Komm jetzt, steig brav ins Auto!' oder ‚Komm jetzt, mein Schatz, ich bring dich an einen Ort, wo es dir gut geht und du ein bisschen nachdenken kannst' oder solche in sich widersprüchliche Sätze wie ‚Komm jetzt, sei einmal ein bisschen brav, du schlimmes Mädchen!' So wird die Tochter ein paar Tage lang irgendwo eingesperrt gewesen sein, ohne Essen, nur mit diesen ekelhaften, mörderischen Shots. Den ersten wird sie ihr noch eingeflößt haben, den zweiten und dritten auch, aber sobald die Abwärtsspirale in Gang gesetzt war, ließ sie das Kind alleine, und am Ende schwamm sie in ihrer eigenen Scheiße, was genau der Zweck war, denn Scheiße war die verdammte Message, verstehst du, die Message! Und am Ende war ihr eigenes Kind nicht tot, sondern übertötet, zack-prack, angeschissen bis obenhin, wie ich schon mehrmals sagte – Salzwassereffekt."

Ich fragte: „Und warum erzählte sie dann Ronnie, dass die Kleine verschwunden ist? Ich meine, warum lässt sie sie nicht einfach verschwinden und sagt: Deckel drauf. So unbeliebt, wie diese Maxi war, hätte niemand je nach ihr gefragt, schon gar nicht hätte sie jemand vermisst."

Ich dachte, das wäre eine gute Frage, aber Ku wusste auch darauf eine bessere Antwort, ich war ihm einfach völlig unterlegen: „Hör zu, erstens wäre Ronnie sowieso draufgekommen, weil sie ja bei ihm Gras kaufte …"

– Er zeigte mir ein Tütchen, und dabei schaute er mich an wie Gott Woodstock während der Erschaffung der Welt. –

„… Und zweitens ist die Alte eine verdammte Scheiß-Katholikin, und zwar eine, die bald den Abgang machen wird hinüber zum Daumen-rauf-Daumen-runter-Typen, je nachdem, wie er grad drauf ist."

„Das heißt was?"

„Sünde, Rock! Schon mal davon gehört? Sie ist zerfressen von ihrer Schuld, deswegen hat sie ja auch Krebs, und der frisst sie auf, und zwar wegen ihrer Schuld. Sie will also entdeckt werden, sie will beichten, sie will, dass ihr jemand die Schuld abnimmt, bevor sie bei den langhaarigen Jesus-Freaks da drüben auf der Türmatte steht und sich für ihr beschissenes Leben rechtfertigen muss."

Und auch wenn er nun schon recht durchgedreht dasaß, sich die Haare raufte und langsam die Kontrolle über sich selbst zu verlieren drohte – das klang zwar alles verdammt durchgeknallt, was er mir da auftischte, aber irgendwie auch plausibel. Ich hatte dann nur noch eine Frage: „Und wo ist dieser Scheiß-Keller?“

Er sagte: „Frag sie doch einfach selbst!“

Ich sagte: „Aber sie liegt im Koma!“

***

Als wir dann am nächsten Morgen wieder aufwachten, schaute mich Kubelka mit verkaterten und verzweifelten Augen an, er zitterte am ganzen Körper und sagte: „Ich hab das verdammte Gefühl, dass da eine große schwarze Wand vor mir steht, und wo immer ich mich auch hindrehe, steht sie schon wieder vor mir!“

Ich drehte uns einen morgendlichen Joint und fragte: „Meinst du jetzt so eine bewegliche Wand auf Rädern, oder was?“

Und er flüsterte: „Ja, genau so eine.“

Ich ging zu Lemmy, der noch immer auf seiner Couch lag und friedlich schlief. Ich schaute unter seiner Decke nach, um zu sehen, ob er immer noch so gut aufgestellt war wie gestern Abend – und verdammt, er war es! Ich wagte sogar eine Griffprobe, und was ich fühlte, war ein beeindruckendes Stück hartes Holz. In diesem einen Moment meines Lebens beneidete ich ihn, zwar nicht um die Größe, aber um die Dauer seiner Erektion, und ich hätte wirklich gerne gewusst, was genau er gestern alles genommen hatte. Und als könnte er fühlen, was ich dachte, öffnete er plötzlich mit einem triumphalen Grinsen die Augen.

Ich sagte: „Bild dir nur nichts darauf ein! Wenn er wieder zusammenfällt, bleibt er für viele Jahre tot.“

Damit wollte ich im Wesentlichen sagen, dass er einen schrumpeligen Blutschwanz hatte, der von Natur aus winzig war und nur durch die Zufuhr von Blut ein wenig an Größe gewann, während ich einen Knochenschwanz hatte, der von Natur aus groß war und dann durch die Zufuhr von Blut halt noch mächtiger wurde. Das waren insgesamt schöne Gedanken, bis sich Ku wieder einmischte: „Gott im Himmel, was seid ihr kindisch! Lasst uns ein Stück Papier nehmen und sie aufzeichnen, und dann entscheiden wir, wer den größten hat."

Und ich dachte: Du verdammter Angeber mit deiner schwarzen Wand auf Rädern!

Dann bat ich Lemmy um ein paar schwere Brecher für Ku. Das Zeug für Bomberpiloten und Notfallärzte im 36-Stunden-Schichtbetrieb, das einen wochenlang nicht mehr schlafen ließ, sollte seine schwarze Wand ein bisschen zur Seite schieben, das war die Idee dahinter.

Aber die Dinger vermochten an der Wand zunächst nicht einmal zu kratzen, nachdem er sie eingeworfen hatte, ich musste Ku also die Schuhe binden und ihm in den Mantel hineinhelfen, und als wir uns dann endlich zum Gehen bereit machten, gab ich Lemmy noch ein paar gute Tipps für den Tag mit auf die Couch: „Mach dich vielleicht mal schick, geh duschen, wasch dir die Haare und putz dir die Zähne. Es kann nämlich sein, dass demnächst eine heiße Biene zu dir auf Besuch kommt."

Ich hatte nämlich vor, die Biene Mayr über dieses medizinische Wunder zu informieren, das da in seiner Hose stand, und zwar sobald wie möglich, denn wer konnte schon wissen, wie lange er noch stand.

Aber ein hochmütig leiser, tödlicher Furz war das Einzige, was Lemmy dazu einfiel. Ich blieb dabei: „Frauen stehen auf gewaschene Haare und geputzte Zähne, auch wenn du von beidem nicht mehr viel hast. Und ganz wichtig: Wenn es so weit ist, leg ‚Je t'aime' auf!"

Lemmy bewegte sich jetzt ganz leicht, er legte die eine Hand unter die andere, auf die er seinen Kopf legte, und sagte leise: „Ich lege sicher nicht ‚Je t'aime' auf."

Dann fing er wieder an zu schnarchen, und der Sabber lief ihm aus dem Mund heraus. Ku schaute ihn voll Neid an, und sagte: „Scheiße, ich glaube, ich brauche mal dringend ein Sabbatical."

Ich sagte: „Wenn das was zu rauchen ist, dann will ich es auch haben!"

***

Ku hatte dann noch immer keinen Schwung in seinen dünnen Ärmchen, als er mit mir die Treppe hinaufstieg und hinaus in einen neuen, abermals allzu kurzen Wintertag trat. Kaum bogen wir um die Ecke, krallte er sich ängstlich an mir fest und schrie: „Da!"

Meine drei schwarzen Kumpels vom Räumdienst standen nämlich im Windfang vom Bio-Supermarkt und ließen die Schicht ruhig ausklingen, bei dem Bettel allerdings, den sie verdienten, konnte ihnen keiner verübeln, dass sie Arbeit nur im Gegenwert ihres Lohnes zurückgaben.

Gerade was den Schnee anging, war das Wegräumen ihrer afrikanischen Meinung nach sowieso total sinnlos, denn wie sie die Erfahrung lehrte, fiel entweder immer wieder neuer Schnee drauf, oder er ging irgendwann wieder von selbst weg, also warum wegschaufeln?

Einen Studienplatz in Psychologie würden sie mit dieser Einstellung vermutlich nicht mehr ergattern, aber was dabei herauskam, wenn einer Psychologie studierte, das sah man ja an Ku, der jetzt drei schwarze Jungs mit seiner schwarzen Wand verwechselte und sich fast in die Hose schiss, als sie ihm einen Schluck aus der Flasche anboten.

Ich gab ihnen schließlich wieder was zu rauchen, und aus Dankbarkeit schaufelten sie mir den Datsun frei, was ein kleiner Hintergedanke von mir gewesen war; sie stellten sich dabei nicht einmal so ungeschickt an und brauchten kaum eine Stunde, dann shakten wir die Hände und sagten: Yo, man! Falls wir uns nicht mehr sehen – Merry Christmas!"

Wenn wir alle Pfadfinder gewesen wären, dann hätten wir für heute unsere gute Tat schon erledigt gehabt und uns Weibern und Fusel zuwenden können.

***

Im Auto fragte ich dann Ku, wie er denn die Lady im Koma zum Reden bringen wollte, dazu hatte er folgende Geschichte parat: „Es gab da mal einen Kerl bei einer französischen Modezeitschrift, der hatte einen Schlaganfall, sein Körper war tot, aber sein Geist war hellwach, jedoch in diesen toten Körper eingesperrt, Locked-in-Syndrom nennt man das."

Ich lenkte den Wagen durch das Schneetreiben und überlegte, wie sich das wohl anfühlte, so eingesperrt in einen toten Körper, und ich dachte: Wohl nicht so gut.

Ku: „Alle hatten ihn aufgegeben, nur seine Sekretärin sah, dass er sein linkes Augenlid ganz leicht bewegen konnte, und dass er seiner Umgebung damit etwas sagen wollte, und sie verstand als Einzige auch, was: Dass nämlich einmal Zwinkern ein A bedeutete, zweimal zwinkern ein B …"

„… und dreimal Zwinkern ein C?"

„Ja, du Idiot! Und ob du es glaubst oder nicht, aber 26 Mal zwinkern hieß Z, und irgendwann konnten die beiden wirklich miteinander reden."

„Das dauerte dann aber ein bisschen, oder?"

„Ja natürlich!"

Ich sagte: „Du willst jetzt also zu der Lady fahren und sie fragen, ob sie vielleicht mit ihrem linken Auge zwinkern kann, damit wir mit ihr reden können? Ku! Was machen wir, wenn sie's nicht kann?"

„Dann schauen wir uns in der Krankenhauskantine ein paar geile Schwestern an!"

Das war so ziemlich das Vernünftigste, was ich in den letzten Tagen von ihm gehört hatte. Und weil er gerade so vernünftig drauf war, packte ich ihn an seiner lädierten Nase, drückte kräftig zu und sagte: „Jetzt will ich's endlich wissen: Wer war das?"

Er drehte fast durch vor Schmerzen und schrie: „Es war Ronnie!"

Ich hatte mir schon so was Ähnliches gedacht.

Ich ließ seine Nase wieder los, und jetzt konnte er endlich frei atmen und frisch von der Leber weg erzählen: „Ich war vor drei Tagen bei ihm in der Bar, an diesem Abend hat er endlich kapiert, was in unserem Vertrag drinnensteht, und da wurde er plötzlich so richtig böse, das kam für mich total überraschend, ich hab echt nicht damit gerechnet, dass er böse wird, weil ich ihn als Therapeut ganz anders eingeschätzt habe, für mich war er der Typ, der sich alles gefallen lässt, alles! Das war jedenfalls das Ergebnis meiner Analyse von ihm, aber …"

Ich griff ihm nochmal an die Nase und sagte: „Und das erzählst du mir jetzt?"

„Ich hab's vergessen!"

„Ich stelle mir nämlich gerade vor, wie mich der Typ hätte niederschlagen können, als ich mit dir bei ihm war und du mir versichert hast, dass ich sogar ‚Du fetter Mongo!' zu ihm sagen kann und ihm die Zunge zeigen, ohne dass er mir etwas tut! Und weißt du was: Ich hatte damals große Lust, ihm die Zunge zu zeigen!"

Ku entschuldigte das alles damit, dass er einfach selbst schon total fertig war mit den Nerven, und dass er nicht mal mehr dazu kam, die Notizen seiner Studenten überhaupt zu lesen, geschweige denn zu analysieren.

Ich fragte: „Ist das nicht ein bisschen gefährlich?"

Er nickte und sagte: „Verdammtes Burn-out!"

Wir parkten ein und schlurften durch den Schnee zum Eingang der Klinik. Ku schob dabei noch immer seine schwarze Wand vor sich her, ich musste ihn entweder ziehen oder schieben, um überhaupt voranzukommen, diese schwarze Wand hätte ich gerne gesehen, um ein Loch in sie hineinzuschlagen. Aber verdammt, ich sah sie nicht!

Bei der drallen Blondine im etwas zu engen Overall, die hinter der Glaswand saß und klassischerweise auf einem Bleistift im Mund kaute, aber nicht so geil wie Sister Slut, brachte ich schließlich mein Anliegen vor, nämlich die gewisse Patientin im Koma sehen zu können, jedoch hörte ich von ihr: „Nein, das geht sicher nicht!"

Als wäre ich ein frecher Bengel, der sich zu Weihnachten das Falsche wünscht!

Ku schob mich zur Seite, beugte sich in seinem langen Mantel entspannt zu ihr vor und sagte mit leichtem Hang zum Gondoliere: „Sagen Sie mal, Sie haben doch abgenommen, seit ich das letzte Mal hier war. Ich bin mir sogar ganz sicher, dass Sie abgenommen haben!"

Sie nestelte unsicher an ihrem Ausschnitt herum, wurde ganz verlegen, und sagte schließlich: „Echt?"

„Aber ja!"

Das wären dann eine ganze Menge Treppen gewesen in den 23. Stock zur Intensivmedizin, und nicht nur, wenn man eine schwarze Wand mit hinaufschleppen sollte. Also entschieden wir uns für den Lift, und in dem erklärte mir Ku, wie er sie alle rumkriegte: „Du musst ihnen einfach immer das Gefühl geben, dass sie abgenommen haben. Das, und ‚Ich verstehe!' sagen, dann tun sie wirklich alles für dich."

„Und wann warst du das letzte Mal hier?"

„Ich war noch nie hier."

Die Brecher von Lemmy begannen nun langsam zu wirken, denn Ku fand wieder zu alter Form zurück und starrte den ganzen niedlichen kleinen Schwestern, die mit uns im Lift hinauffuhren, nun auch dorthin, wo ich ihnen hinstarrte, und das hatte seine Gründe: Es gibt auf der ganzen Welt nämlich nichts Besseres als Krankenschwestern! Und darum überschwemmt uns die Pornoindustrie ja auch während eines ganzen Produktionsjahres völlig zu Recht mit immer neuen Nurse-Movies, von denen ich ein ganz großer Fan war, insbesondere von der „Worse Nurse"-Reihe, in der man medizinisch schlecht ausgebildete Krankenschwestern sehen konnte, die sich darum stritten, wer die Schlechteste im Fiebermessen, dafür aber die Beste im Befriedigen von Oberärzten war, und zwar meistens in einem stecken gebliebenen Lift!

Ku hatte also schon wieder deutlich mehr Schwung in den Ärmchen, als wir den Gang hinuntergingen, dorthin, wo die ganz schweren Fälle lagen, und zwar ziemlich alleine und lieblos nebeneinandergeschlichtet, die wenigsten hatten noch etwas an, aber das war hier vermutlich schon ziemlich egal, ob man noch Wäsche trug oder nicht, das Leichentuch hing sowieso schon neben dem Bett.

An allen möglichen Stellen hingen diesen Patienten Schläuche heraus oder führten irgendwo hinein, man wusste als normaler, gesunder Mensch ja gar nicht, wo die einem überall ein Loch hineinbohren und einen Schlauch hineinstecken konnten.

Wir gingen sie alle der Reihe nach durch – Mann, Frau, Frau, Mann, Kind, und dann lag da endlich Gerda von Hagen-Nyilasi. Das stand jedenfalls auf der Tafel über ihrem Bett, erkannte hätte ich sie nicht, wegen all der Schläuche, und weil ich sie ja noch nie gesehen hatte.

Ich sagte zu Ku: „Und jetzt, du Zauberer?"

Er berührte sanft ihre Hand und sagte: „Sie ist warm. Das heißt, sie lebt."

Auch wenn sie weiß Gott nicht so aussah!

Ich sagte: „Na immerhin!"

Der Mund stand ihr weit offen, die Zunge hing ihr heraus, und mit weit aufgerissenen Augen starrte sie irgendwo hin, wo sie etwas sah, das kein anderer sehen konnte.

Ku tätschelte ihre Hand und sagte dann sehr langsam zu ihr: „Können Sie vielleicht mit dem linken Augenlid zwinkern?"

Aber sie machte keinen Mucks, zwinkerte nicht, und ließ auch auf andere Art und Weise nicht mit sich reden.

Ich sagte „Tja“, und wollte schon in die Kantine zu den geilen Schwestern gehen, aber Ku unternahm noch einen Anlauf: „Können Sie mich wenigstens hören?“

Da drückte sie scheinbar seine Hand, denn er schrie plötzlich: „Sie drückt meine Hand, Rock, sie versteht mich!“

Hand drücken hieß also „Ja“.

Als hätte er gerade die Glühbirne erfunden, drehte er beinahe durch vor Freude. Aber nun musste er den Modus noch justieren und herausfinden, auf welche gefinkelte Art sie „Nein“ sagte. Er entschloss sich, ihr eine Fangfrage zu stellen, nämlich die, ob ihr das Essen hier schmeckte. Als sie seine Hand nicht drückte, war im Grunde klar, wie es funktionieren könnte, und auch, dass sie nicht log, denn niemand würde auf die Frage nach dem Fraß hier mit „Ja, find ich wirklich lecker!“ antworten.

Wir konnten das Verhör also beginnen, und Ku hatte sich gleich für den Anfang die eine, die größte und wichtigste Frage auf die Zunge gelegt, er atmete kräftig durch und sagte: „Haben Sie, Mutter Ihrer Tochter Maxi von Hagen, das Kind schändlicherweise umgebracht, weil sie Ihnen in Ihren hohen Ansprüchen nicht genügt hat und Sie sie deswegen einfach wegwerfen wollten wie ein Stück Dreck, nachdem Ihnen Ihre eigene Mutter, dieser Drache, ein Leben lang das Gefühl gegeben hatte, selbst nichts zu sein und nichts zu können, vor allem nicht Ballett ...“

Zwischenzeitlich dachte ich immer wieder kurz, er verliert den Faden, aber schlussendlich blieb er irgendwie in der Spur.

„... und im Wissen, Samen vom eigenen Bruder empfangen zu haben und dadurch den eigenen Ehemann, der übrigens tot ist, über viele Jahre lang betrogen und hintergangen zu haben, was schlussendlich zu erdrückenden Schuldgefühlen bei Ihnen führte, aus denen Sie sich nur durch eine einzige Handlung befreien konnten …"

„Jetzt mach mal einen Punkt!"

„… und Sie schließlich einzig in der Austauschschülerin Olga die Erfüllung Ihrer absurden Träume sahen, sagen Sie: Haben Sie es getan? Haben Sie Ihre eigene Tochter mit den Abführmittelsäften Ihres eigenen Mannes so lange zum Scheißen gebracht, bis sie kein Wasser mehr in sich hatte, na komm schon, du Fotze! Spuck's endlich aus! Gestehe!"

Aber Frau von Hagen stritt kategorisch ab, was Ku ihr unterstellte, indem sie seine Hand einfach nicht drückte.

Ku wollte das Geständnis aber um jeden Preis aus ihr herausholen, indem er sie packte und ordentlich durchschüttelte, aber sie blieb bei ihrem kategorischen Nein, und dann sah ich auch endlich, warum: Auf dem Monitor, der neben ihr hing und auf dem normalerweise ihr Herzschlag zuckte, lief jetzt nur noch ein ruhiger Strich am unteren Ende dahin, wie diese Idioten es oft im Fernsehen zeigen, wenn sie einem sagen wollten, dass jemand tot ist. Ich sagte also zu Ku: „Sie ist tot!"

Und er sagte: „Echt?"

Nach einer kurzen Schrecksekunde fing er sich wieder, er wollte keinesfalls ohne Ergebnis nach Hause gehen und fragte: „Hast du gesehen, wann der Monitor genau aufgehört hat, ihren Pulsschlag anzuzeigen?"

Die große Frage war jetzt nämlich seiner Meinung nach die: Hat sie seine Frage noch gehört und drückte sie deshalb nicht seine Hand, weil sie unschuldig war und „Nein" sagen wollte? Oder drückte sie die Hand deshalb nicht, weil sie schon tot war, als er seine etwas längere Frage stellte?

Ich sagte: „Ich hab echt keine Ahnung!“

Wir wussten jetzt also genauso viel wie vorher, und vorher wussten wir genau nichts.

Da kam eine kleine Schwester herangelaufen, die irgendwie über Funk oder so mitgekriegt haben musste, dass da etwas ganz kolossal falsch lief. Ku und ich stellten uns also hinter den Vorhang vom Nachbarbett und taten, was man halt tut, wenn man nervös ist, aber nicht auffallen will: Wir zündeten uns einen Joint an!

Aber was wir damit beabsichtigten, nämlich Love and Peace unter die Leute hier zu bringen, das trat nicht ein, und mit der erhofften Ruhe war es dann endgültig vorbei, als die kleine Philippinin irgendwohin wuselte und mit allem möglichem Personal wieder zurückkam, Security inklusive.

Da spätestens hasste ich Krankenhäuser noch mehr als alles andere und wollte nur noch zurück in mein Bett. Wir liefen, so schnell wir konnten, und jetzt, wo es um alles ging, ließ Ku seine schwarze Wand endlich hinter sich, und im Wagen fragte ich ihn: „Jetzt sag mal ehrlich, du Scheiß-Freak: Wie lange bist du eigentlich selbst gestillt worden?“

***

Guttmann hatte sich trotz tropfender Nase und großflächiger Schweißflecken an seinem fiebernden Körper in sein Büro gequält, und zwar wegen „privater und beruflicher Probleme“, wie er es nannte, und als er mich deswegen anrief, sagte ich zu ihm: „So ein Zufall, ich wollte sowieso gerade zu dir!“

Dass ich mit Ku an der Hand in sein Büro trat, gefiel ihm aber zunächst gar nicht. Die beiden waren sich von Anfang an nicht ganz grün gewesen, denn Ku las in Gutti wie in einem offenen Buch, aber Gutti, das Buch, wollte von Ku nicht gelesen werden. Ku hatte ihm nämlich schon oft erklärt, warum er so labil war, und dass er deswegen ständig Würfelzucker aß anstatt zum Beispiel gesunde Zucchini, weil er sich angeblich ungeliebt fühlte! Und darin wiederum sah Ku den Grund, warum Guttmann so fett war. Und wer war an allem schuld? Richtig, die alte Frau Guttmann!

Bevor das aber jetzt wieder losging, konnte ich Gutti davon überzeugen, dass mir Ku beim Verhör der Frau von Hagen eine große Hilfe gewesen war, und ich pries ihn als Spezialisten, der alle Sprachen beherrschte, sogar Stumm und „Koma".

„Du kannst ihn jederzeit buchen."

Gutti fragte skeptisch: „Und was habt ihr dabei herausgefunden?"

Ich sagte: „Nichts."

Und Guttmann: „Großartiger Spezialist."

Ku sagte: „Ich bin auch Spezialist für alle privaten und beruflichen Probleme, außerdem haben wir nun alle drei eine gebrochene Nase, was uns verbindet, wie ich finde, also erzähl endlich, wo dich der Schuh drückt!"

Guttmann überlegte noch kurz, sah dann aber das mit der Nase ein, und sagte trübe: „Okay, vielleicht brauche ich dich ja später doch noch, wenn es nämlich darum geht, eine gewisse traurige Botschaft zu überbringen."

Da leuchteten Kubelkas Augen, denn er war auch Spezialist für traurige Botschaften.

Als wir dann endlich alle unsere Füße auf dem Tisch

hatten, fing Guttmann an zu erzählen: „Heute Nacht gab es einen Unfall am Gürtel. Ein halbstarker Idiot, 18 Jahre alt, donnerte mit seinem schwarzen Audi TT Coupé, serbisches Kennzeichen, Richtung Süden und krachte in einen Masten, als hätte er ihn gar nicht gesehen, das Chrom an seinem Audi glänzte dann nicht mehr so besonders. Der Beifahrer war nicht angeschnallt gewesen und ist leider tot, er hieß Milan Dandić und stammte aus Serbien, er trug diese Jacke."

Guttmann zeigte uns ein Foto von der Leiche, wie sie auf der Straße herumlag, was ich mir lieber erspart hätte. Aber interessant an dem Foto war natürlich nicht die Leiche, sondern die Jacke, die sie trug, und die jener verblüffend ähnlich sah, die man auf dem fetten Mädchen gefunden hatte, silber mit gelbem Drachen hinten drauf.

Guttmann weiter: „Der Fahrer aber war angeschnallt und überlebte praktisch unverletzt, bis auf einen gebrochenen Knöchel. Er wollte sich humpelnd aus dem Staub machen, aber die hinzugerufenen Streifenbullen haben ihn eingefangen und wieder zurückgebracht. Er trug keine solche Jacke, wie wir sie auf dem Bild mit der Leiche sehen, aber er ist auch Serbe."

Ich sagte: „Werd endlich spannend, Gutti!"

„Einem der Bullen war dann diese Jacke aufgefallen, wir haben ja an alle Dienststellen Fotos davon rausgegeben. Also fragten sie ihn, ob das der neue Trend sei, oder ob sie beide mit diesem toten fetten Mädchen, das wir gefunden haben, etwas zu tun hätten, und der Halbstarke sagte natürlich zunächst Nein.

Aber die rissen ihm ein Haar aus, was zwar verboten ist, und sagten ihm, dass sie sofort draufkommen würden, wenn er lügt, was eine Drohung war, die zwar auch verboten ist, aber meistens wirkt, auch in diesem Fall. Denn sofort fing der Halbstarke an zu weinen und erzählte, was sie gemacht haben."

„Nämlich?"

„In Serbien haben sie sich immer die Hässlichste im Dorf herausgesucht, sie ins Auto eingeladen und irgendwohin mitgenommen, nur um sie zu vergewaltigen, und dabei haben sie Fotos von ihr gemacht und ins Internet gestellt, du erinnerst dich: UGC. Diese Spitzenidee brachte dieser Idiot mit hierher in unser schönes Land, dazu seinen Hang, mit dicken Autos Rennen zu fahren, und zwar auf öffentlichen Straßen. Jetzt frage ich dich: Wären wir nicht alle ein Stück besser dran, wenn diese Idioten einfach dort unten geblieben wären?"

Ku fragte: „Meinst du, weil wir selbst genug Idioten haben, oder wieso fragst du das jetzt?"

Aber Guttmann warf sich nur ein weiteres Stück Würfelzucker ein und ignorierte Kubelkas Angebot, eine politische Diskussion auf hohem Niveau zu führen, meinen angebotenen Schnaps aber und den Joint nahm er gerne an.

Dann erzählte er weiter: „In Wien holten sie sich laut erster Einvernahme, die ich in seinem Akt gefunden habe, die Mädchen aus der Lugner-City, sie ließen sie in ihr Auto steigen und fuhren mit ihnen herum, vergewaltigten sie und machten von ihnen Fotos. Das Mädchen, das wir gefunden haben, dürfte sich dann aber lustig über sein serbisches Gemächt gemacht haben, das vielleicht nicht gar so mächtig war wie sein aufgeblasenes Selbst."

An dieser Stelle klatschte Ku anerkennend in die Hände, und nicht nur, weil Guttmann so schön

„Gemächt gemacht" gesagt hat. Ich aber fragte: „Und was ist jetzt mit ihm?"

„Jetzt sitzt er in U-Haft, und hier wird die berufliche Angelegenheit leider privat."

Ku spitzte seine Lauscher, Guttmann erzählte weiter: „Als ich mir seinen Akt noch mal genauer durchblättere, sehe ich auch die Fotos, die von dem Halbstarken aufgenommen wurden, und da dämmert es mir schön langsam: Das ist der Kerl, der mir bei Jolanda eine auf die Nase gegeben hat!"

Jetzt wurde es wirklich spannend, wie ich fand, ich sagte: „Verdammt!"

„Aber dann blättere ich weiter, und ich sehe, welche Adresse der Junge angegeben hat, und was glaubst du jetzt, wo er wohnt?"

Ich sagte: „Guttmann, sag's mir einfach!"

„Brunnengasse 84."

Das war genau gegenüber von Lemmys Quattro Stazzione, und in dem Haus war auch Jolandas Hard & Heavy untergebracht. Ich dachte: So ein Zufall! Aber wie Guttmann wusste, war das gar keiner: „Als ich dann noch lese, dass der Junge Ivo Biskić heißt, kapier ich endlich, dass das gar nicht ihr Lover war, der mich aus dem Weg räumen wollte."

„Sondern?"

„Ihr Sohn."

***

Da fiel mir natürlich ein, dass Jolanda gar nicht Jolanda Hard & Heavy hieß, sondern Jolanda Biskić, und ihr Sohnemann … nun ja, der hieß auch Biskić, und jetzt kapierte ich langsam.

Freilich hatte sie früher schon mal erwähnt, dass sie ihre Familie dort unten zurückgelassen hat, „Ewige Schuld und Schande über mich!“, hat sie dann immer geheult, und dann tranken wir Plavac und sie vergaß wieder ihre Schuld und Schande, und keiner interessierte sich weiter für ihre Familie, denn wie sagte Kubelka immer: „Wie nennt man die Blutsbande, die einen ins ewige Verderben stürzt? – Familie!“

Ich sagte: „Das ist ja mal eine Story! Und wie willst du ihr das alles beibringen?“

Er sagte: „Ich gar nicht!“

„Warum nicht?“

„Angst!“

Guttmann und die Frauchens!

Ich seufzte leicht verzweifelt, und Ku kicherte abfällig.

Oft genug hatte ich Gutti schon angeboten, dass er mit mir ins Pink Flamingo kommen soll, „Du musst ja dort nichts konsumieren, nimm halt einfach nur einen Drink!“, hab ich immer wieder zu ihm gesagt, aber er wollte einfach nicht. Dabei hätte er dort jede Menge Ladys in Echt sehen und ihnen für den Anfang vielleicht mal an den Arsch fassen oder sie am Ende, wenn man gegen die aufsteigende Sonne betrunken hinauswackelte, sogar umarmen können.

Aber lieber blieb er zuhause und aß Würfelzucker, und jetzt sah er seine fette Weihnachtsgans bei Jolanda endgültig den Bach hinunterschwimmen, weil er Angst vor ihr hatte und ihr nicht zu sagen traute, dass ihr Sohn ein Vergewaltiger und vielleicht sogar ein Mörder war.

Ich wollte aber nicht, dass es für ihn so traurig endete, also stieß ich ihm noch eine schmale Tür in den schönen Raum Hoffnung auf, obwohl: So fett, wie er mittlerweile war, hatte ich echt keine Ahnung, ob er durch diese Tür überhaupt noch hindurchpassen würde. Ich stellte ihm die zwei Karten für die Schulaufführung in Aussicht (obwohl: So fett, wie er war, hatte ich auch keine Ahnung, ob er in so einen Schulsessel überhaupt hineinpassen würde!), und er fragte: „Was ist das?“

Ich sagte: „Ballett.“

„Nein!“

„Doch!“

„Das musst du mir jetzt aber erklären.“

„Da tanzen ein paar junge Mädchen in kurzen Kleidchen, werfen die Beine hoch und zeigen einfach alles.“

Das mit den kurzen Röckchen interessierte ihn, denn er sagte: „Aber schön weit vorne, ok?“

Ich versprach ihm: „Erste Reihe. Das Stück heißt *Der Nussknacker* und ist von Tschüssikowski.“

„Und worum geht's da?“

Ich sagte: „Um Nüsse!“

***

Kubelkas Deal mit Ronnie war, dass dieser bis heute Punkt 12 Uhr mittags seine ausstehenden Psychopathen-Honorare bei ihm begleichen musste, andernfalls würde der Laden gemäß Vertrag in Kubelkas Eigentum übergehen. Nun starrte er also gebannt auf die Uhr am Armaturenbrett meines Datsuns, die noch mit Zeiger arbeitete, und als der endlich die Zwölf berührte, schrie er: „Yeah!“ Dann ballte er die linke Hand zur Faust und reichte mir die rechte zum Gruß, und ich schlug ein.

Seit Punkt 12 Uhr kutschierte ich also einen frisch gebackenen Tabledancebar-Besitzer durch die Stadt, was die Sache gleich sehr viel angenehmer machte, man verhielt sich einfach ganz anders einem Kumpel gegenüber, der kein Seelenschuster im Hauptberuf mehr war, sondern ein richtiger Schweinepriester.

Und was die Sache dann richtig perfekt machte, das war, dass mir von seiner Nacktbar 70 Prozent gehörten.

Während der ganzen Weiterfahrt zurück zum Brunnenmarkt lag er mir dann mit seinen Plänen für unsere Bar in den Ohren und erfand Namen, die er dem Laden geben wollte, und er träumte von Tagesumsätzen, die Lemmy in einem anderen Sektor der heimischen Wirtschaft in einem ganzen Jahr nicht schaffte. Aber es war immerhin das erste Mal in diesem Winter, dass ich nicht bereute, aufgestanden zu sein. Nur eines machte mir ein wenig Sorgen: „Glaubst du, Ronnie wird den Verlust verkraften?"

Er sagte: „Rock, das ist nicht die richtige Frage, die richtige Frage lautet: Wann krieg ich meinen Schlüssel?"

Lächelnd zog er einen Riesenhaufen Schlüssel heraus, suchte ein paar Minuten lang nach meinem, und dann: „Voilà, Partner!"

Das war ein erhebender Moment, als ich meinen Generalschlüssel einsteckte.

In Jolandas Hard & Heavy setzte ich Ku dann an einen Tisch nahe beim Ofen, drückte ihm ein paar Servietten und einen Stift in die Hand und sagte: „Schreib einfach mal ein paar geile Namen für unseren Laden auf, und dann reden wir in Ruhe über das Plus und Minus, okay?"

„Okay."

Ich selbst ging zu Jolanda in die Küche, nahm sie am Arm, schaute ihr tief in die Augen und sagte: „Mein Liebes, ich muss dir jetzt leider etwas sehr Trauriges sagen."

Sie nahm dann erst mal ihre Schürze ab, wie das Frauen immer tun, wenn sie mit etwas sehr Traurigem rechnen, strich sich den Rock glatt und schaute mich irgendwie gefasst an, als Mutter ist man vielleicht immer auf das Schlimmste und Traurigste gefasst.

Ich sagte es ihr.

Wir warfen dann alle Penner und Stinker hinaus, sperrten den Laden für heute zu und setzten uns zu Ku an den Tisch, der gerade irgendwas von „Sigmunds Stangentanz" auf den Zettel kritzelte.

Jolanda brachte Plavac und Slibo, und wenn wir ein Großes und Kleines wollten, dann konnten wir uns selbst bedienen, denn ihr fehlte nun irgendwie die Kraft, um ständig hin und her zu laufen.

Im Winter verliert man ja ein wenig den Sinn für die großen Zusammenhänge. Wenn ich es nämlich recht bedachte, dann war mir der schwarze Audi TT Coupé natürlich längst aufgefallen, der in den letzten Wochen immer vor ihrem Hard & Heavy geparkt hatte, aber es parkten jetzt viele schwarze Geländewagen in der Gegend, und nicht alle gehörten unsympathischen Serben, viele gehörten auch unsympathischen Architektinnen oder Modedesignern oder Spinnern aus den Medien und Freien Berufen. Im Winter war ich obendrein extrem mundfaul, sodass ich sie nie gefragt hatte, wem denn der Wagen eigentlich gehörte, aber jetzt sagte sie es mir: „Er gehörte Ivos Vater."

Und dann erzählte sie, dass der in irgendwelche Geschäfte verwickelt war, die zwar nicht ganz koscher waren, aber immerhin so viel abwarfen, dass er dort unten die Nummer eins in seinem Sprengel werden konnte.

„Es war nach dem Krieg, als ich mit Ivo schwanger wurde, aber dort, wo wir lebten, hat der Krieg nie mehr aufgehört. Ivos Vater hat mich …“

– Sie zögerte, aber Ku ermutigte sie, es zu sagen: „Na komm schon, spuck's aus, dann geht's dir besser!“ –

„ … vergewaltigt und jahrelang geschlagen.“

Ich schaute Ku streng an und sagte: „Jetzt siehst du aber mal, dass es nicht immer nur die Mütter sind, die uns alle ruinieren!“

Aber er blieb dabei: „Und warum schlagen die Männer ihre Frauen? Na weil sie ihre Mütter hassen!“

Dabei drehte er uns einen schönen Ofen, den wir dann im Kreis gehen ließen, und während wir rauchten, konnte ich Jolanda wenigstens in diesem einen Punkt beruhigen: „Drogen hat dein Ivo nicht verkauft, soviel wir wissen.“

Dann erfuhren wir noch, dass er unbedingt bei seinem Alten bleiben wollte, nachdem sie das Schwein endlich verlassen hatte und hierhergekommen war. Und zwar, weil der so cool aussah in seiner Military-Uniform und mit der über die Wampe tätowierten AK-47 und den Narben am glatt rasierten Schädel. Was halt seit jeher als schick gilt in Balkan-Kreisen!

Vor einem Monat hat es Rambo dann bei einer kleinen aber feinen Schießerei erwischt, und jetzt sitzt er im Rollstuhl, weil er vom Hals abwärts gelähmt ist, „wobei ich noch sagen muss“, sagte Jolanda, „dass die dort unten nicht diese modernen Rollstühle haben, die wir hier haben. Das sind mehr so Art Schubkarren aus Holz, und in der kargen Gebirgslandschaft gibt es damit kein Weiterkommen.“

Der Sohnemann hatte also keine Lust mehr, seinen Alten dort den ganzen Tag lang herumzuschieben und ihm die Windeln zu wechseln, wo er jetzt nicht mehr so cool war, und da fiel dem Nachwuchsspinner nichts anderes ein, als seine Mutti anzurufen und bei ihr im Hand & Heavy anzudocken, irgendwo musste er ja was zu essen herkriegen.

Das war vor vier Wochen gewesen, ungefähr zu der Zeit, als Guttmann seine Offensive bei ihr gestartet hatte, und Jolanda hatte keine rechte Freude mit dem neuen Gast, auch wenn er ihr Sohn war, denn alles an dem Lümmel schrie nach Ärger – seine Frisur, seine Jacke, seine Hosen und das ganze andere teure Zeug, das er an sich trug, und von dem sich Jolanda nicht erklären konnte, woher er es hatte, ich tippte mal auf Raubzüge in Einkaufszentren.

Das also war ungefähr die traurige Geschichte, und dann fuhr sie sich mit den gelben, verrauchten Fingern durch die Haare und wischte sich Tränen aus ihren geröteten Augen, weinend haderte sie mit dem Schicksal: „Warum musste er gerade jetzt kommen, wo es doch mit mir und … Ach!"

Dass Frauen einfach nie einen Satz fertigsprechen können! Aber ich tippte mal scharf, dass sie etwas über sich selbst und meinen Kumpel Gutti sagen wollte, und zwar sogar irgendwas Schönes: goldener Herbst, späte Liebe, noch einmal glücklich sein, Sicherheit und Geborgenheit – so was in die Richtung. Aber den möglichen goldenen Herbst hatte ihr dann ihr eigener Lümmel zusammen mit Guttmanns Nase zertrümmert, und Kubelka wusste auch genau, wieso er das getan hatte: „Das ist ja geradezu klassisch! Egal, wer bei dir angeklopft hätte, ob nun Brad Pitt, der glatte Schönling, oder Guttmann, der hoffnungslos Adipöse mit seinem ekelhaften Schweiß überall am behaarten Körper – dein Sohn hätte ihn nicht geduldet, alleine aus Gründen der Macht und Kontrolle, die er über dich ausüben musste, um sich selbst überhaupt noch zu spüren, im Übrigen: Hast du schon mal was von Ödipus Rex gehört? Nein? He, Rock, das wäre doch ein super Name für unsere Bar!"

Ich brachte ihn mit einem gezielten Ellbogenschlag gegen seine Nase zum Schweigen, dann sagte ich zu Jolanda: „Aber dass er seine Jacke auf das fette Mädchen draufgelegt hat, das beweist immerhin, dass er kein ganz schlechter Mensch ist."

Da fragte Jolanda: „Auf welches fette Mädchen?"

Und ich sagte: „Ach, hab ich dir das noch gar nicht erzählt?"

***

Wir schickten Ku hinüber zu Lemmy, wo er sich weitere Namen für unseren Laden einfallen lassen sollte, und Jolanda und ich zogen uns an.

Sie schlüpfte in ihren Mantel und warf sich einen dünnen Schal über, ich sagte: „Es schneit! Du brauchst unbedingt einen dicken Schal." Aber sie sagte: „Nein, der ist genau perfekt." Perfekt hätte ich nicht zu dem Teil gesagt, so hässlich, wie es obendrein war mit seinen Grün- und Blautönen. Wenn sie ihn sich selbst gekauft hatte, dann war mir ein Rätsel, wie sie mit so einem schlechten Kleidungsgeschmack so ein perfektes Gulasch kochen konnte. Wenn sie ihn geschenkt bekommen hatte, dann von jemandem, der sie hasste.

Sie packte noch Kekse ein für ihren Jungen, und ich fuhr sie zu dem Gefängnis, in dem Ivo eingebuchtet war, und erledigte mit ihr auch gleich die Formalitäten am Eingang.

Ich hätte sie auch zur Zelle begleitet, denn soviel ich von dem Radaubruder bisher wusste, war mit ihm nicht gut Kirschen essen, und mein Wumms war noch hart genug, um so einen Halbstarken auf die Knie zu zwingen.

Aber Jolanda wollte mit ihrem Ivo unbedingt alleine sein, und da begann in mir das große Nachdenken, ob und wie lange sie ihn wohl gestillt hatte, und ob das etwas damit zu tun hatte, dass alles so gelaufen ist, wie es nun mal gelaufen ist?

Ich wartete und rauchte und dachte nach, und dann sah ich, dass sie die Kekse vergessen hatte, die sie ihm doch eigentlich bringen wollte. Ich fand nicht, dass er Kekse verdiente, also schnappte ich mir die Dose und schaute mir jedes Einzelne genau an, und jetzt konnte ich mir noch besser vorstellen, warum es für Guttmann ein harter Schlag wäre, Jolanda endgültig zu verlieren, denn diese Dinger waren nicht so trocken und staubig wie die im Heim, an die ich mich nun wieder erinnern konnte.

Ich aß sie alle auf.

Schon nach einer Viertelstunde kam Jolanda wieder heraus, ich zeigte ihr die leere Dose und sagte: „Du hast die Kekse vergessen."

Aber das interessierte sie nicht, außerdem waren sie jetzt sowieso alle weg.

Als wir in Richtung Ausgang latschten, sagte ich zu ihr: „Ich kann Herschel, den Juden, aus Tel Aviv einfliegen lassen, er war früher Anwalt, und zwar der beste. Er kann Ivo da rausholen mit seinem Schandmaul, dein Ivo wird sich gar nicht mehr erinnern können, dass er überhaupt mal im Gefängnis war."

Aber Jolanda sagte mit fester Überzeugung: „Nein, das wird er nicht tun."

Ich beharrte zunächst noch darauf, aber sie schien es irgendwie besser zu wissen. Vielleicht war es mütterliche Intuition oder so was, soll sich einer auskennen mit den Müttern!

Als ich ihr die Tür öffnete, ließ ich ihr natürlich galant den Vortritt, das waren so die Sachen, die ich von Dirty Willi fürs Leben gelernt hatte, und wofür ich ihm ewig dankbar war. Draußen stellte ich meinen Mantelkragen hoch, weil ich es nicht mochte, wenn mir der Schnee hinten hineinfiel, und dann wollte ich ihr diesen hässlichen Schal um die Schultern legen, aber da bemerkte ich, dass sie ihn gar nicht mehr trug, ich fragte: „Wo ist denn dein Schal?"

Sie schaute mich lange an, und dann sagte sie: „Er hat nie getan, was Mami von ihm wollte. Aber diesmal wird er es tun."

Dieser Satz war für mich zunächst so verwirrend, dass ich noch einmal nachhaken musste: „Was meinst du?"

Aber dann kapierte ich langsam.

Ich wollte noch zurücklaufen und denen sagen, dass sie schnell in der Zelle nachschauen sollten, weil sich da gerade einer an einem grünblauen Schal aufknüpfte, aber Jolanda hielt mich weinend am Ärmel zurück und schrie: „Das geht dich einfach nichts an, Rock!"

Und wenn man es genau bedachte, dann hatte sie sogar recht.

***

Im Auto schwiegen wir dann die längste Zeit, wir sahen die Lichter über uns leuchten, die sie jetzt überall über die Straßen gespannt hatten, damit dieses wohlig-friedliche Weihnachtsgefühl aufkommen konnte, und dann überholte ich einen Sattelschlepper der Firma Sprudel, auf den groß der rote Weihnachtsmann draufgemalt war mit seinen Rentieren, und – verdammt! –, ich dachte dann wirklich kurz, dass ich da Lovegod mit einer Santa-Mütze am Steuer sitzen sah, als ich hupte und meine Faust in Richtung Führerhaus ausstreckte, weil dieser Idiot mitten auf der Straße fuhr und sich nicht auszukennen schien, verloren wie ein verdammter Afrikaner im strengen mitteleuropäischen Schneetreiben schlingerte der über den Gürtel, so verrückt war ich schon geworden, dass ich den Fahrer für Lovegod hielt.

Jolanda weinte still vor sich hin, und ich selbst hatte auch gut zu tun, meinen Rotz in der Nase zu halten. Aber als dann Willie Nelson im Radio *Angels flying too close to the ground* sang, da konnte auch ich nicht mehr an mich halten.

Dass einer, der bei Dirty Willi in die Schule gegangen war, so weinen konnte, das hätte ich nie für möglich gehalten.

Guttmann würde ich von der Sache mit dem Schal, den sie bei Ivo gelassen hatte, damit er sich daran aufhängen konnte, natürlich nichts erzählen, darum brauchte Jolanda mich erst gar nicht zu bitten.

Er hätte sie dafür nämlich einbuchten können wegen Beihilfe zum Selbstmord oder was weiß ich wegen was, und bei einem geschlagenen, enttäuschten Mann wusste man nie, wozu er imstande war.

Er sollte mit keinem falschen Bild von Jolanda, die so wunderbare Kekse backen konnte, schlafen gehen. Sie war eine Seele von einer Frau, die nicht nur gut kochen konnte, es war auch immer warm bei ihr in der Stube, und das nicht nur, weil sie gut heizte, sondern vor allem, weil sie ein warmes Herz hatte. Alles in allem war sie wie eine Mutter, an deren Titten man richtig gerne nuckelte, und das kam nun wirklich nicht sehr oft vor auf dieser verdammten Welt.

Ich parkte mich vor dem Hard & Heavy ein, aber Jolanda blieb einfach sitzen und starrte geradeaus auf den Schnee, der sich auf meine Scheibe legte, sie rauchte, und ich rauchte natürlich auch, sodass wir dann schon richtig gut eingeraucht waren. Dann lehnte sie sich plötzlich zu mir herüber und sagte: „Rock, halte mich bitte ganz, ganz fest."

Ich tat es, denn was hätte ich verdammtnochmal sonst tun sollen?

Aber bevor wir hier die falsche Richtung einschlugen, weil ich sie dann doch schon recht lange ganz fest hielt und sie mit ihrem Mund immer näher zu meinem wollte, sagte ich irgendwann: „Soll ich vielleicht Guttmann vorbeischicken? Er ist immerhin Bulle und kann dir vielleicht so ein Gefühl von Sicherheit geben, das du jetzt bestimmt brauchen wirst, vor allem, wenn sie dich anrufen und dir sagen werden, dass sich dein Sohn umgebracht hat. Und dann später beim Begräbnis wirst du auch einen brauchen, der bei dir ist und dich ganz fest hält."

Dabei dachte ich insgeheim: Hoffentlich kann er ihr wenigstens ein Gefühl von Sicherheit geben, wenn er ihr schon nicht das Gefühl tausender brummender Bienen im Arsch geben kann, oder das von Schmetterlingen im Bauch, von dem die Frauen ja ein Leben lang träumen.

Vielleicht waren es ja genau diese skeptischen Gedanken, die Jolanda selbst auch gerade durch den Kopf gingen, als ich von Guttmann redete, und sie sagte: „Nein, das möchte ich nicht, Rock. Ich möchte, dass du bei mir bleibst und mich ganz fest hältst, und zwar für immer."

Aber das wollte ich nicht. Es kommt eben ganz selten vor, dass zwei auf der Welt das Gleiche wollen.

Zwar hatte ich in den letzten Wochen der Prüfung und Einsamkeit immer wieder mal hin und her überlegt, über wen ich gerne drüberrutschen würde, falls Happiness für immer im Bau drüben in Bratislava bleiben musste, und Jolanda mit ihrer Gulaschsuppe und dem ausladenden Arsch war immerhin ins Finale gekommen.

Aber letztlich mochte ich irgendwie keine Haare auf den Armen, und ich mochte vor allem nicht die Probleme, die sie hatte. Und wenn ich es recht bedachte, dann strahlte sie einfach auch nicht so von innen heraus wie Happiness, also sagte ich zu ihr: „Aber ich hab doch schon eine."

Da sagte sie streng: „Na gut, dann sag halt Guttmann, dass er kommen soll!"

Frauen sind da sehr flexibel, wie mir schon vor langer Zeit aufgefallen war. War nur noch die Frage, wie flexibel Guttmann in seinem Alter noch war.

Als sie beleidigt ausstieg, musste ich an Dirty Willi denken, der sich jetzt gerade irgendwo in Thailand einen blasen ließ, und der wirklich alles über das Leben und die Liebe wusste. Der sagte immer: „Willst du Schmetterlinge im Bauch, dann steck dir Raupen in den Arsch."

Und mehr gab es zu diesem Thema einfach nicht zu sagen.

***

Da saß ich dann alleine im Auto, der Motor samt Heizung war abgedreht, und mir wurde langsam so richtig kalt;

wenn man Lemmys Profi-Tipps bedachte, dann wäre mein Samen nun perfekt gekühlt gewesen, um gespendet zu werden – wenn ich denn einen gehabt hätte!

Ich hatte Sehnsucht nach Happiness, als ich durch die Scheibe hinaufblickte zu den kleinen Funkeldingern, aber dort war sie nicht, und auch die Funkeldinger sah ich nicht, weil bald mein ganzer Datsun zugeschneit war.

Ich blieb dann einfach herinnen sitzen, während Jolanda den Ofen im Hard & Heavy anfeuerte, Lemmy seinen vermutlich auch, und Kubelka irgendwelchen Weibern vorgaukelte, dass er sie verstand, und dafür einen geblasen kriegte. Und Guttmann konnte sich zumindest auf die anstehende Weihnachtsfeier freuen, zu der er mich aber nie mitnahm.

Nur ich hatte nichts mehr, worauf ich mich freuen konnte.

Geschenke? Ich war irgendwie schwer zu beschenken. Alles, was ich brauchte, hatte ich, und was ich nicht hatte, das wollte ich nicht. Eine klare Ansage also, die es aber für alle meine Kumpels schwer machte, mich zu überraschen. Ein neues Hawaii-Hemd? Ein neuer grauer Jogger?

Nein, danke. Lieber Schnaps!

Ich trank noch ein bisschen, und langsam machte der Schnee aus meinem Datsun ein dickes flauschiges Päckchen, und während mir eigentlich immer kälter werden sollte, wurde mir trotzdem immer wärmer, je mehr russische Brühe ich trank, und in diesem seltsamen Zustand, den jeder Obdachlose kennt, der einen harten Winter zu überstehen hat, machte ich im Geiste eine Plus-Minus-Lebensrechnung auf, bei der auf der Plus-Seite aber nichts stand. Also nahmen düstere Minus-Gedanken von mir Besitz, wie zum Beispiel der: Würde mich denn überhaupt noch jemand suchen, wenn ich hier herinnen erfror? Eine Kaltfront aus Osten, von Bratislava her, war nämlich im Anzug und hatte ganz fest versprochen, dass sie Väterchen Frost aus Russland mitbringen würde.

Sollte sie doch kommen!

Wenn einen dann ausgerechnet ein nigerianischer Drogendealer am Sterben hinderte, dann sagte das wohl alles über die Bedeutung, die man für andere hatte.

Ich wollte zunächst gar nicht abheben, weil ich mir dachte: Vielleicht ist er ja sauer auf mich, weil er sich wegen mir die Hosen vollgeschissen und ich ihn dann in diesem Schnellimbiss im Stich gelassen hatte. Aber dann dachte ich mir: Scheiß drauf, was soll's!

Ich kramte also die Schelle aus meiner Manteltasche, drückte auf Grün und kriegte sofort wieder eine Ahnung vom grundsätzlich positiven Wesen des Afrikaners, das keine Kaltfront trüben konnte, er schrie mir ins Ohr: „Rock, this place is amaziiiiing!"

Hätte diese nigerianische Frohnatur nicht ein paar Minuten früher anrufen können?

Dann wäre ich zumindest aus der Sache mit Jolanda etwas würdevoller ausgestiegen, und zwar mit einem „Es tut mir wirklich leid, aber das ist jetzt ein sehr dringender Anruf, lass uns einfach später mal über alles reden!", einer Lüge, die einem heute wie nichts über die Lippen kam, die aber in jedem Fall besser war als die Wahrheit.

Denn so hatte ich ihr letztlich reinen Wein einschenken müssen, und der schmeckte wie eine verdammte Abfuhr, was mir natürlich schon irgendwie unangenehm war, war sie doch im Sprengel die letzte Anlaufstelle für Leute wie mich, die keinen Fisch mit trockenem Riesling wollten, sondern Gulaschsuppe mit Bier, worauf ich auch in Zukunft nicht verzichten wollte.

Und auch der eine oder andere Klaps auf ihren Arsch zu fortgeschrittener Stunde hatte manchmal etwas Befreiendes. Aber gut, die Sache war nun mal so gelaufen, wie sie gelaufen war, und also fragte ich Lovegod: „Welchen Platz meinst du denn genau?“

Wie er mir brühwarm in bestem Bratislaver Deutsch erzählte, war er gerade mit einem gestohlenen Sattelschlepper der Marke Magirus Deutz im Dienste der Firma Sprudel und bemalt mit einen roten Weihnachtsmann in einer Lagerhalle unweit von Wien angekommen, was nun zumindest meine Augen auf die Plus-Liste beförderte, denn wie sich herausstellte, hatte ich ihn tatsächlich kurz vorher am Gürtel überholt, ich sagte: „Ich hab dich heute schon gesehen, weißt du das?“

Er freute sich darüber und erzählte mir, dass er ab 12 Uhr in der Villa des Arztes gewesen war und dort die Fläschchen in den Tieflader geräumt hatte, was ungefähr bis 15 Uhr gedauert hatte.

Ich dachte: Drei Stunden? Du meine Güte, dann waren das eine ganze Menge Fläschchen, und der Herr Doktor hatte wirklich Großes vorgehabt, scheinbar eine radikale Verschlankung der gesamten Menschheit. Dafür musste man ihn fast bewundern, und weil Lovegod ja dieses enorme Gewichtsproblem hatte, freute er sich jetzt besonders darüber, sodass er mir danken wollte, und ich freute mich von ganzem Herzen mit ihm.

Falls er es schaffte, das Zeug unentdeckt nach Bratislava zu bringen, dann könnte er richtig abnehmen, und mit dem Erlös aus dem Verkauf könnte er wie vereinbart eine vorzeitige Entlassung von Happiness erwirken, ich schöpfte also endlich wieder Hoffnung und fragte: „Wie bist du denn auf dieses Lager gekommen?“

Er sagte: „Well, als ich schon dachte, das war's in der Scheiß-Villa, da fand ich dort neben ein bisschen Bargeld und ein paar richtig geilen Fotos von einer kleinen süßen sexy Maus im Ballettkostüm auch noch einen Lieferschein in seiner Lade, der mich zu dieser Adresse führte, an der ich jetzt gerade bin.“

Und das Spannende daran war scheinbar: „This place is full of shit, man!“

Ich fragte ihn, welche Art von shit er denn meinte.

Wenn man mit einem staatlich beeideten Drogendealer telefonierte, dann war das immerhin eine berechtigte Frage. Wie sich herausstellte, meinte er aber nicht das Zeug zum Rauchen, sondern das andere, das richtige, das normalerweise beim Scheißen hinten herauskommt.

Und so begann mich die Sache dann langsam doch noch ein bisschen zu interessieren, und ich sah mich plötzlich nicht mehr im Bett liegen, wie es für die nahe Zukunft eigentlich der Plan gewesen war, denn die Sache stank, wie man so schön sagt. Als er mir dann noch erzählte, dass dieses Lager keine zehn Meter von der Donau entfernt lag, nahe Fischamend, musste ich ihn fragen: „Do you see a heavy table there?“

Er sagte: „Yes!“

„Mit Handschellen dran, aber nur einer?“

Er war richtig überrascht, dass ich das alles wusste, und plötzlich hielt er mich für so eine Art Zauberer, aber ich brauchte jetzt nur die Augen zu schließen und sah dasselbe, was Ku gesehen hatte, als er die Augen zugemacht hatte, und das sogar ohne Spezialtee von Lemmy.

Lovegod stand der Mund weit offen vor Bewunderung, das konnte ich jetzt auch sehen, und der Respekt vor mir und unserer überlegenen westlichen Kultur war überwältigend. Mit Bling Bling und fetten Autos kriegte man diese Kerle dazu, alles für einen zu tun, aber mit alter Hexenmeisterei kriegte man sie dazu, dass sie auf die Knie fielen und einen anbeteten.

Ich nutzte also das erfreuliche Gespräch, um ihm Beine wegen Happiness zu machen. Schon heute Abend sollten er und seine Dealer-Jungs die Fläschchen unter die Leute bringen, sich an die Fettärschigen auf den Barhockern in Bratislava heranmachen und ihnen den Saft hinstellen, heilige Scheiße, was das für Bratislavas Disco-Putzfrauen-Brigaden bedeuten würde, wenn es bei den ganzen Cherry-Cherry-Ladys nach dem Tanzen losging, das wollte ich mir gerade nicht in allen Einzelheiten ausmalen, aber wie gesagt: „Zwei Euro pro Stück!"

Und sobald er genug Euronen eingesammelt hatte, sollte er damit in den Frauenknast fahren und mir mein Herzliebchen bei dieser Karmilla auslösen, ich sagte: „Don't forget the deal!"

„Yo, man!"

„Und lass bitte noch ein bisschen was übrig für einen Freund von mir, der auch viel zu fett ist, aber aus anderen Gründen als du, er ist nämlich labil und fühlt sich ungeliebt. Ich schick ihn vorbei."

Lovegod sagte: „What the fuck!"

Und dann fragte er noch, ob er die Harley auch mitnehmen dürfte, die dort in der Lagerhalle herumstand, und ich sagte: „Nimm doch mit, was du tragen kannst!"

Und erst, nachdem ich aufgelegt hatte, fragte ich mich, wem die Lagerhalle wohl gehörte, und wem die Harley, die dort drinnen stand.

***

Ich wählte Guttmanns Nummer und sagte: „Hör zu, Gutti, folgendes: Ein Informant hat mich gerade informiert, dass es eine halbe Stunde außerhalb von Wien an der Donau eine kleine Lagerhalle gibt, Höhe Fischamend, in der Schlankmacher in Form von Trink-Shots gelagert sind, die Dinger sind allererste Sahne, wie er mir versichert, und wenn du pro Tag fünf davon trinkst, hast du am Abend ein halbes Kilo weniger, stell dir vor, das wären bis Weihnachten zehn Kilo, und du müsstest dir sogar einen neuen Anzug kaufen, wenn du mit Jolanda zum *Nussknacker* gehst!"

„Bei zehn Kilo weniger müsste ich mir alles neu kaufen!"

Ich hörte, wie er hin und her überlegte, ob es das wert war, und dann hörte ich, wie er sich dabei ein Stück Würfelzucker in den Mund schob, vielleicht dachte der Affe ja: Wenn es so was wie Schlankmacher zum Trinken gibt, dann kann ich ja weiter Zucker essen. Schließlich meldete sich aber noch der Bulle in ihm, und er fragte: „Und wie kommt dein Informant zu dieser Information?"

Ich sagte: „Tja, der räumt dieses Lager gerade aus, aber er hat mir versprochen, dass er noch ein paar Kisten für dich übrig lässt, hättest du also Interesse, dorthin zu fahren? Als Privatperson, meine ich, nicht als Bulle."

Er sagte: „Na ja, schon."

„Dann fahr hin!"

***

Dann kippte ich weg, und erst eine seltsame Version von *Jingle Bells* zog mich nach Stunden wieder zurück ins Leben, ich drehte die Scheibe meines Datsun hinunter und sah, dass ein paar fröhliche Waldviertler Bäuerinnen mit roten Wangen und ihren selbst gestrickten Andenmützen und Fäustlingen ihre Stände aufbauten und liebliche Musik dazu spielten, dann zündeten sie Stäbchen an, die nach diesem und jenem rochen. Gott weiß, warum, aber sie gaben mir plötzlich Hoffnung. Was Manni der Mann nicht hatte, das hatten die Ladys. Ich winkte eine von denen her und kaufte ihr ein paar von den Stäbchen ab, ich zündete sie an, und augenblicklich hatte mein Datsun wieder ein anderes Raumklima, sogar ein Wohlfühlklima, wie man sagt.

Nachdem ich gut eingeraucht war, stieg ich aus, prüfte das Haubenangebot der Waldviertlerinnen, die sich auch heuer wieder redlich bemüht hatten. Aber herausgekommen war wieder nur der immer gleiche Scheiß wie jedes Jahr, es gab auf der ganzen Welt nichts, womit man einen Menschen mehr demütigen konnte als mit so einer Andenmütze.

Also kaufte ich eine für Lemmy.

Obwohl ich kein Mammut oder so was für meine Freunde am Lagerfeuer geschossen hatte, wollte ich dann doch irgendwie Dank und Anerkennung für meine Beute, aber Lemmy, der immer noch seinen weltrekordverdächtigen Dauerständer hatte, beachtete mich gar nicht. Er glotzte einfach nur den Fernseher an und genoss das Video mit dem Schispringer. Es lohnte sich offenbar, dass er zwar alles nahm, aber nie Koks schnupfte, sodass wenigstens sein Riechapparat noch gut in Schuss war und er selbst die bestens versteckten Geschenke erschnüffelte. Der Typ war für mich irgendwie verloren. Ich ging zu ihm hin und setzte ihm die Mütze auf. Sie passte ihm perfekt.

Ku stand beim Spiegel und schaute seine frisch lädierte Visage an, ein paar Zähne waren ihm ausgeschlagen worden, die versuchte er sich jetzt wieder hineinzustecken, das eine Auge war zugeschwollen, und sein schöner Mantel war voller Blut. Und wenn ich mich nicht ganz täuschte, dann hatte er sich angemacht.

Ich sagte: „Er hat's wohl nicht so locker weggesteckt, was?"

Ich meinte Ronnie, den fetten Mongo, der jetzt keine Schlüssel für seinen Laden mehr hatte.

Ku sagte: „He, ich will definitiv noch immer nicht mit dir darüber reden."

„Von mir aus."

Irgendwie hatte ich mittlerweile den Verdacht, dass es letztlich gar nicht Ku war, der Lemmy veränderte und zu einem besseren Menschen machte, wie es sein großspuriger Plan war, sondern dass es Lemmy war, der ihn veränderte und zu einem völligen Wrack umformte, das sich immer weiter dessen Lebensstil anpasste.

Ku hatte jedenfalls schwer an Fahrt eingebüßt, seit er hier jeden Tag bei Lemmy herunten einkaufte, die Geldbündel hingen ihm sorglos aus den Hosen- und Manteltaschen heraus, der helle Stern Ku drohte vom schwarzen Loch Lemmy verschlungen zu werden, aber in einem letzten Zucken fragte er plötzlich: „Willst du echt wissen, wie's mir geht?"

Ich sagte: „Eigentlich nicht."

Man soll ja nicht lügen.

Aber da war es schon zu spät, und er hörte nicht mehr auf zu reden: „Ich bräuchte mal dringend selbst ein Gefäß, in das ich hineinkotzen könnte."

Ich wollte ihm einen Kübel bringen, aber das war's nicht, was er meinte, er sagte: „Metaphorisch, Rock! Ich meine das metaphorisch! Ich brauche jemanden zum reden, mir hört ja keiner zu, immer muss ich mir von den anderen den ganzen Scheiß anhören, nie fragt mich jemand: Wie geht's dir?"

Und weil ich gerade blöd herumstand, nahm er jetzt halt mich als Gefäß, das Pech klebte mir scheinbar an den Füßen.

Er setzte sich zu mir und holte die schottische Brühe heraus, er nahm einen kräftigen Schluck, fuhr sich mit zittriger Hand durchs Haar und schaute zu Boden, als wäre dort die schwarze Wand, die er suchte. Dann seufzte er ein paarmal kräftig, holte Stift und Zettel aus seiner Sakkotasche heraus und zeichnete drei Räume im Grundriss drauf, dazu ein zentrales Vorzimmer. Dann erklärte mir der Spinner, wie er sein Imperium mittlerweile aufgebaut hatte, und ich muss schon sagen: Das war keine Psychoklitsche mehr, die er da betrieb, das war eine Psycho-Scheiß-Fabrik mit Massenabfertigung: „Ich vereinbare meine Termine im Viertelstunden-Rhythmus und nicht im Stunden-Rhythmus, presse 32 Termine pro Tag hinein statt acht, aber keiner weiß vom anderen, jeder glaubt, er ist der Einzige, um den ich mich kümmere, diese Vollidioten! Ich setze ein paar Studenten hinein, die so tun, als wären sie ich, ich sagen ihnen, sie sollen alle drei Minuten ‚Mhm' und ‚Ich verstehe' sagen, während ich selbst mich zudröhne oder mich auf meine eigene Couch lege, um zu schlafen, diese verdammten Weiber mir ihrer Scheiß-Frigidität, ich halt das nicht mehr aus!"

Ich bewunderte ihn ehrlich, ich kannte da keinen Neid, wenn einer die richtige Abzweigung im Leben genommen hatte und das Beste daraus machte. Ich fasste ihm an den Ärmel seines feinen Mantels und sagte: „Dafür trägst du jetzt aber keine Kartoffelsäcke mehr wie früher, als ich dich kennenlernte, sondern feinen Zwirn."

Der freilich voll mit Blut war. Er schrie: „Das ist Schmerzensgeld, Rock! Wenn die Stunde, die aber nur 45 Minuten dauert, vorbei ist, schleiche ich mich hinein ins Zimmer und löse die Studiosi ab, die sich Notizen machen, von denen ich dann behaupte, dass ich sie später auswerte, aber ich scheiß drauf! Ich scheiß echt einen Riesenhaufen drauf, und dann werfe ich sie weg. Und dann, wenn ich drin sitze mit der Alten, die seit drei Jahren keiner mehr gefickt hat, weil sie so hässlich ist, sage ich noch ein paar Mal: ‚Mhm, ich verstehe.' Es ist nämlich ganz wichtig, dass du zu den Mädels immer ‚Ich verstehe' sagst, das ist das wichtigste überhaupt, verstehst du?"

Ich hätte gerne „Ich verstehe" gesagt, verstand aber nicht viel, also fragte ich: „Wieso?"

„Weil sie das einfach so wollen, dass man immer ‚Ich verstehe' sagt, nichts auf der Welt wollen sie lieber hören als das. Dann halte ich die Kralle auf für die eine Stunde, die 45 Minuten dauert, und stecke die zwei Hunderter in den Sack, steuerfrei. Und dann verkaufe ich ihnen noch Lemmys Gras, und weil das Gras sie erfahrungsgemäß glücklich macht, während sie sich zuhause Dr. House anschauen, von dem sie so gerne verstanden werden möchten, der aber leider nicht da ist, lassen sie sich aus Dankbarkeit von mir flachlegen oder blasen mir einen, ich halt das nicht mehr aus!“

Ich fand, das war ein Luxusproblem, fragte aber trotzdem: „Wie oft kommt das vor?“

Er sagte: „Oft! Aber natürlich um den Preis, dass ich dauernd ‚Ich verstehe‘ sagen muss zu Frauen, die so scheißhässlich sind, dass sie zu Recht keiner mehr will. Und dass sie ausgerechnet mich dann wollen, das empfinde ich mittlerweile als demütigend, als echt demütigend!“

Früher, als ich ihn kennenlernte und er noch in seiner ungebrochenen Nase bohrte, hätte er dafür bezahlt, wenn ihn eine von den Schwabbelbräuten rangelassen hätte, aber so änderten sich die Zeiten.

Heute hatte er die Hosen voller Geld und war ein Experte auf dem weiten Feld der weiblichen Seele, und – was man anfangs nicht erwarten durfte – auch auf dem unendlich weiteren Feld des weiblichen Körpers. Aber er wirkte auch wie einer von diesen viel zu früh reich gewordenen Fußballern, die einfach jede haben konnten, aber nicht mehr wussten, wieso. Er flüsterte: „Ich hab das Gefühl, dass ich immer nur gebe, und dass ich nie nehme …“

Er war wirklich nur noch ein Schatten seiner selbst, von dem ich das Gefühl hatte, dass er ganz dringend Andock an die Tuttis seiner Mutti bräuchte oder an irgendwas anderes, das ihm Kraft gab. Aber Mutti war nicht da, also bat ich Lemmy: „Jetzt gib ihm doch ein bisschen was von deinem Speed ab!“

Ich sagte das mit strengem Unterton, denn er sollte endlich lernen, dass man Geschenke nicht vor Weihnachten öffnete, aber Lemmy wollte nichts hergeben: „Nein, ist mein's!“

Ku raufte sich zunächst die Haare, machte dann aber diese verzweifelt wegwerfende Geste, mit der man sein sinnloses Leben in einen Kübel schmeißen will, er stammelte: „Lass ihn, Rock, lass ihn einfach. Er ist gerade in der ‚Alles-meins!'-Phase."

Ich fragte: „Sollte die nicht längst abgeschlossen sein?"

„Normalerweise mit 21 Monaten, aber bei ihm dauert das halt ein wenig länger, was soll's."

Als ich ihn dann so dasitzen sah, da dachte ich, dass ich verdammtnochmal eine zweite Andenmütze hätte kaufen sollen.

***

Ich hatte dann genug von dem Scheiß und den Idioten, mit denen ich es die ganze Zeit zu tun hatte.

Also schlurfte ich hinauf in meine Bude, stellte den Körper auf Schlaf-Modus um und nuckelte mich in einen tiefen Schlummer, von dem ich hoffte, dass er sehr lange andauern würde.

Aber anstatt zu sterben, schlief ich nur ein paar wohlige Tage lang und träumte besoffen von der einen Tochter, die Bertha mir in der Villa der von Hagens in den schönsten Farben gemalt hatte, ich hatte noch nie solche Träume gehabt, fast schämte ich mich ein bisschen, als ich wieder erwachte.

Jedenfalls musste ich dann ganz dringend duschen, und auch unter der Dusche dachte ich an Berthas Tochter, und auch dafür schämte ich mich fast ein bisschen, aber natürlich nur ein bisschen.

Mich interessierte also brennend, wie diese Tochter von Bertha aussah, von der sie behauptete, dass sie angeblich wochenlang auf der Couch liegen konnte, ohne auch nur ein Gramm Cellulite anzusetzen. Im Gegensatz zu ihren zwei Schwestern, die angeblich im Fett schwammen.

Die neue Eigentümerstruktur im Texas Tabledance war höchst erfreulich, aber so eine Nacktbar musste natürlich so richtig von innen her strahlen, um Kunden dorthin zu locken, ich mochte es einfach, wenn eine Nacktbar von innen her strahlte, aber dazu brauchte sie einen Star.

Ich schlüpfte in frische Unterhosen und dann in die alten, engen Jeans, die vorne bei den Eiern schon ziemlich durchgescheuert waren. Sie waren jetzt noch enger, weil ich fetter war, aber irgendwie schaffte ich es dann doch, mich hineinzuzwängen. Das fühlte sich nicht wirklich gut an, aber Schönheit hatte ihren Preis. Und wenn Mannis Alte sagte, dass enge Hosen jetzt wieder der Trend waren, dann war das halt so. Ich trug dann noch reichlich Sprit auf, und endlich verließ ich den Bau.

Während meines kurzen Winterschlafes war ich ein halbwegs gefragter Typ gewesen, wie sich herausstellte, immerhin hatte Guttmann ein paar Mal versucht, mich zu erreichen.

Den rief ich auch gleich zurück, denn ich brauchte selbst was von ihm, aber der schrie mir sofort ins Ohr, kaum dass ich „Hallo Gutti" sagen konnte: „Na endlich!"

Im Hintergrund hörte ich Wolfgang Petry „Verdammt, war ich high!" singen, und Guttmann selbst klang auch schon erstaunlich besoffen für diese Tageszeit, ich tippte mal auf Weihnachtsfeier ab 10 Uhr morgens, das Gegröle war unbeschreiblich, ich fragte: „Wo brennt der Hut?"

Er sagte: „Hör zu, in dieser Halle, in die du mich geschickt hast wegen diesem Gesöff, da stand ein schwerer eingemauerter Tisch mit Handschellen dran, und es war alles voller Scheiße, Herrgottnocheinmal, und irgendwelche Kinderzeichnungen hingen da herum mit einer Brücke drauf und einem dürren Strichmännchen und einem fetten, und das fette wirft das dünne Strichmännchen hinein ins Wasser, und über dem fetten steht ‚Fetter Mongo', aber das ‚Fetter Mongo' ist durchgestrichen, verdammt, wo hast du mich denn da hingeschickt?"

Der Barde im Hintergrund brüllte: „Verdammt war ich glücklich, verdammt war ich frei!"

Keine Frage, dass ich ihn um sein Glück und seine Freiheit beneidete.

Ich umschiffte ein paar schöne Haufen Hundescheiße, die mich verlässlich durch den Winter begleiteten, kippte einen guten Schluck Russenschnaps aus dem Flachmann, und wachte langsam wieder auf, ich fragte Guttmann: „Was hast du noch gesehen?"

Er sagte: „Einen Lieferschein, der auf einen gewissen Ronald von Hagen lautet."

„Hast du alles eingepackt und mitgenommen, auch den Lieferschein und die Zeichnungen?"

„Ja. Ich bin ja Bulle! Das sah aus wie der Tatort eines Verbrechens!"

„Gut, Mann! Bei Gelegenheit reden wir darüber."

Denn das hörte sich alles nach einer verdammt interessanten Geschichte an, wie ich fand, und ich baute auch sofort ein paar Zusammenhänge auf, zog Schlüsse, kombinierte, brachte die Brücke auf der Zeichnung mit der Donau in Verbindung und die Donau mit Bratislava, das dürre Strichmädchen mit Maxi und den Lieferschein mit dem fetten Mongo, der dann also Geschäftspartner des Arztes war und vielleicht deswegen seine Honorare bei Ku nicht zahlen konnte, weil sie zu wenig von dem Zeug verkauften? Und bald hatte ich im Kopf halbwegs zusammen, wie das alles gewesen sein könnte, aber du lieber Himmel, sollte ich ihm jetzt, wo er so besoffen war und ich mir extra die engen Jeans angezogen hatte, um eine junge Couch-Queen zu treffen, die Lösung eines Mordfalls auftischen?

First things first!

Ich sagte also: „Klingt alles verdammt interessant, was du mir da erzählst, Gutti, aber könntest du vielleicht auch mal was für mich tun und mir aus dem Zulassungsverzeichnis den Besitzer eines weißen Renault Rapid ausfindig machen, husch-husch."

Mir ging es nämlich ähnlich wie Kubelka – ich hatte es auch langsam satt, immer nur zu geben und nie zu nehmen.

Ich hörte Guttmann nach Kainz rufen, an den er den Auftrag weitergab, und dann hörte ich ihn „He, Biene Mayr! Komm rüber zu mir!" schreien, bevor er mir ins Ohr brüllte: „Scheiße, Rock, heute ficke ich sie!"

Auf einer Weihnachtsfeier war es wichtig, dass man Ziele hatte, und zu Weihnachten durfte man sich ja was wünschen.

Aber dann kam sie scheinbar wirklich zu ihm rüber, und ich konnte fast hören, wie er sich vor Angst in die Hose schiss, er schrie: „Scheiße, Rock, sie kommt wirklich, was soll ich denn jetzt tun?"

Ich sagte: „Nimm auf jeden Fall einen Gummi!"

Ungewollte Schwangerschaften sind nämlich der Höhepunkt jeder Weihnachtsfeier, und Anfang, Mitte September ist die Welt dann immer um ein paar Spezialexemplare reicher.

Gewollte Schwangerschaften um diese Zeit des Jahres waren eher die Ausnahme, aber die Biene war da eine

Ausnahme, wie ich wusste, und das machte sie für Gutti so gefährlich.

Also Obacht, Gutti!

Sonst lief in neun Monaten vielleicht ein kleiner, labiler Kerl durch die Welt, der sich dann später irgendwann mal *Mutterliebe, Muttertriebe*! im Pornokino anschaute, so wie der Papa!

***

Der Zulassungsbesitzer des weißen Renault, in den der riesige Flachbildschirm vor der Villa der von Hagens verschwunden war, hieß Marcel Neswatschil, wohnte jenseits der Donau in Floridsdorf, und wenn nicht alles ganz blöd lief, dann war das einer der Söhne der Haushälterin Bertha, die dann vermutlich auch Neswatschil hieß, und jetzt war ich schon sehr gespannt, wie die Tochter hieß.

Ich querte die Donau und fand schnell die Siedlung, die auf einem großen Feld stand, aber ich fand das Haus nicht sofort, das in der Siedlung stand, weil alle gleich ausschauten.

Ich verlief mich ein paar Mal, stemmte mich gegen den Wind, die Schneeflocken, die schlechte Laune.

Hunde streunten herum, halbstarke Glatzköpfe in viel zu engen Jeans bauten sich vor mir auf und wollten gefährlich wirken, aber es war ihnen zu kalt in den Pfötchen, als dass sie damit wirklich auf mich eindreschen wollten.

Ich entschärfte die Situation und sagte: „Nehmt doch mal Zettel und Bleistift in die Hand und schreibt auf, was euch an der Welt und den Ausländern nicht gefällt. Und dann seht euch mal im Spiegel an und schreibt auf, was euch an euren Pickeln gefällt.“

Dem einen ging hinten ein „Pft“ raus, wegen dem vielen Dosenbier, das sie den ganzen Tag lang soffen, sonst passierte nichts.

Weil ich ein guter Mensch war, wollte ich ihnen aber einmal das Hochgefühl geben, das man hat, wenn man gebraucht wird, ich sagte also: „He! Vielleicht wisst ihr Idioten ja, wo hier eine wirklich heiße Braut wohnt, die mit Nachnamen Neswatschil heißt?“

Das hätte eigentlich ein Scherz werden sollen, denn hier wohnten geschätzte 20 000 Leute in geschätzten 5000 Wohnungen. Aber die Arschgesichter deuteten zielsicher auf den Wohnblock ganz hinten in der Gasse, und der eine sagte: „4. Stiege, 15. Stock, Tür 97. Schaut echt Bombe aus.“

Sie hatte also Starpotenzial, zumindest im Gemeindebau, und das beschwingte mich.

Ich verabschiedete mich von den Jungs und ging dorthin, klopfte den Schnee von mir und fuhr im klapprigen Lift hinauf, im 15. Stock klingelte ich an Tür Nummer 97, und eine wirklich umwerfende Schönheit machte auf, eine, wie sie nur im Gemeindebau wuchs.

Da hatte es sich dann richtig ausgezahlt, dass Bertha noch einmal späte Mutter geworden war!

Das Mädchen war vielleicht 18 Jahre alt, dunkler Grundteint, verstärkt im Solarium, und zum Glänzen gebracht mit Carotin-Creme, Typ: Zigeunerprinzessin. Sorte: Verdammt lecker, wirklich verdammt. Ich dachte sofort an eine Weihnachtsmann-Mütze mit Quaste dran, die ihr wirklich gut passen würde, während sie an der Stange tanzte, und die Quaste dieser Mütze sollte ihr gegen die harten Nippel ihrer kleinen festen Brüste schlagen, daran dachte ich jetzt.

In diesem Alter und dann bis zur ersten frühen Schwangerschaft konnte man sich ja noch von wechselnden Typen aushalten lassen. Sie hatte deshalb bisher keinen Gedanken an Arbeit verschwendet, sodass sie sich nur ganz wenig zum Anziehen leisten konnte – ihr Top war eng und zu klein, und mit ihren zwei spitzen Weihnachtskugeln darunter konnte sie einem bestimmt die Augen ausstechen, wenn man sich ihr zu schnell näherte. Ihre pinken Wohlfühlhosen hingen tief an der schmalen Hüfte, hätte sie ein Höschen darunter getragen, hätte es vielleicht ihre Schamhaare verdeckt, aber jetzt sah ich, dass sie gar keine Schamhaare hatte. Kaugummikauen war entweder ihr Hobby, oder sie hatte sehr früh damit angefangen, sodass sie es nun wirklich gut beherrschte. Dazu dieser Blick, den nur kaugummikauende Frauen mit einer Überdosis Langeweile im Blut in ihr Gesicht zaubern konnten, während sie mit dem einen langen Zeigefinger immer wieder in den Mund hineinfuhr und den Kautschi ein paar Meter weit herauszog, um ihn dann um diesen Finger zu wickeln, was wirklich gut aussah, Um-den-Finger-Wickeln war ihr scheinbar in die Wiege gelegt, ich fragte: „Wer sind denn Sie?"

Und sie sagte: „Foxy Neswatschil."

Alles in allem liebte ich solche Tage, wenn eine in einem Wiener Gemeindebau lebte und sagte, dass sie Foxy Neswatschil heiße.

Als dann aber ihre Mutter Bertha auftauchte, war Schluss mit „Verloren in einer anderen Welt voller Geigen", das Gör kriegte was auf die Ohren, in die ihr Bertha dann noch „Foxy! Hör auf ihn anzumachen!" hineinschrie, und ich klang ziemlich sicher wie ein Riesenidiot, als ich „Lassen Sie ruhig, das stört mich überhaupt nicht!" sagte.

Was für eine Bescherung!

Nachdem die Kleine abgezischt war, nicht ohne mich noch einmal anzugrinsen wie die Grinsekatze, schaute ich auf die Uhr, es war noch immer erst elf Uhr morgens, und ich fragte die Mutter:

„Hat sie denn keine Arbeit?"

Sie sagte: „Ha! Wenn es hochkommt, dann streicht sie sich die Nägel und rasiert sich die Mumme, aber dafür will sie eigentlich auch Geld von den Kerlen, die dann daran rummachen dürfen."

Ich war wirklich beeindruckt und sagte: „Jedenfalls muss sie auch einen wirklich gut aussehenden Vater haben, neben einer wirklich gut aussehenden Mutter natürlich!"

Sie sagte: „Danke, dass sie mich an den erinnern! Er war Zigeunerkönig auf Durchreise mit seinem kleinen Flohzirkus, der drüben an der Autobahnauffahrt gastierte, vor bald 19 Jahren. Ich meldete mich, als er eine zum Zeltputzen suchte, der Kerl hat sich dann einfach von hinten an mich herangeschlichen und mich rangenommen, ich konnte gar nicht bis drei zählen. Schön war er schon, aber er roch halt fürchterlich nach Zwiebeln, und das ist eigentlich das Einzige, woran ich mich heute erinnere, neben Foxy natürlich, schade eigentlich."

Ich fragte: „Kann sie denn auch Salto rückwärts?"

„Wenn sie ihr genug Geld geben, dann macht sie ihn auch mit Schraube."

Bertha war dann noch ein wenig reserviert, als sie mich hineinbat und mir den Mantel abnahm. Ich merkte sofort: In dieser Wohnung wurde mehr gesoffen als in einer durchschnittlichen Studentenbude, es stank nach billigem Wein, billigen Zigaretten, und nach Nicht-Lüften. Dafür war die Heizung auf 40 Grad aufgedreht, auf den Heizkörpern hingen staubtrockene kleine Höschen und größere Höschen, und ein paar gewaltige Lappen, von denen ich nicht wissen wollte, wer sie trug – ich tippte mal auf die zwei Schwestern, die nicht so gesegnet waren wie die Jüngste.

Als ich die Schuhe auszog, wollte ich meine Latschen auf den Heizkörper legen und ein bisschen wärmen, so kalt war mir schon wieder.

Bertha beschwerte sich, dass sie noch zwei Tage dort in der Villa der von Hagens herumgelegen war, weil ich ihr die Hände – wie es international üblich war! – hinten gefesselt hatte und sie wegen einem eingeklemmten Ischias-Nerv nicht mehr hochgekommen war, während die süße Olga sie nie im Leben entdeckt hätte, weil die ja von Geburt an russische Fleischesserin ist und den Salat im Kühlschrank verschmähte.

„Erst als der umsichtige junge Biogemüse-Lieferant endlich wieder mal auftauchte mit seiner Wochenladung, konnte der mich aus meiner misslichen Lage befreien, weil der auch beim Fenster hereinschaute, als niemand aufmachte, Gemüse verdirbt ja so schnell, drum wollte er es nicht draußen herumstehen lassen, also hat er dann die ganzen Karotten an mich verfüttert, sonst wäre ich noch verhungert, wollen Sie mit uns essen?“

Ich sagte: „Aber keine Karotten bitte!“

Sie schrie: „Um Gottes willen!“

Im Wohnzimmer ging die Bescherung dann weiter, dort sah ich nämlich Olga auf der Couch sitzen, was eine wirkliche Überraschung war, zusammen mit Foxy blätterte sie in „Donald bei den Fieselschweifs“, sie kicherten beide und sagten gleichzeitig „Pardauz“, als sie mich sahen und synchron die Beine übereinanderschlugen.

Mit den richtigen Lehrbüchern konnte man heute schnell eine neue Sprache lernen.

Ich fragte Bertha: „Was macht denn die hier?“

Sie fragte zu Recht: „Soll sie alleine dort schlafen?“

Jetzt, wo keiner mehr von denen lebte!

Die zwei Jungs, die mir bekannt vorkamen, saßen klassisch in Unterhemd über Bierbauch da, von ihnen ging der strenge Geruch aus, das war mir sofort klar. Sie hatten ihre Dosis Frischluft erhalten, als sie den Fernseher geholt hatten, das sollte es für den Rest des Winters gewesen sein, mehr wollten sie nicht. Dafür verlangte es sie nach Zigaretten wie den Jogger nach Frischluft, wo unter den ganzen Stummeln der Aschenbecher war, das konnte man nicht mehr erkennen.

Die zwei fetten Schwestern schließlich hießen Denise und Jacqueline, und sie waren sehr blond. Sie saßen auf der Couch an der anderen Wand, und dass sie sich die Couch teilten, das konnte man nicht sagen. Vielmehr quälten sie die Couch mit ihren Kilos. Auch einzeln würden sie mittlerweile nicht mehr in den Lift hineinpassen, also waren sie vermutlich seit vielen Jahren nicht mehr draußen gewesen, dabei hätten sie mit ihren blonden Haaren dort unten im Gemeindebauhof richtig Geld verdienen können, für einen Blowjob hätten ihnen die Nazijungs sicher zwei Euro fuffzig gezahlt, und wenn sie mal richtig rangedurft hätten, vielleicht sogar vier. Da wäre dann bald eine eigene Wohnung drin gewesen, aber das war offenbar nicht ihr Ziel.

Der gestohlene Fernseher an der Wand schließlich machte das kleine Glück perfekt. Die Jungs hätten das Riesenteil links und rechts ein bisschen absägen müssen, damit es hier hereinpasste, aber das wollten sie nicht, also hing es hochkant an der Wand.

So saßen sie jetzt alle davor und hielten wie eine Ansammlung richtiger Idioten den Kopf schief und schaufelten Food in sich hinein, hier wurde noch gegessen, was auf den Tisch kam, und auf den Tisch kam alles, was beim Lidl billig und fettig war und Erdnussflocken, Chips, Burger und Süßigkeiten hieß, es war einfach herrlich!

Ich hatte ja selbst schon ein bisschen die Sicherheit verloren, was und wie viel wovon man noch essen durfte, um als normaler Mensch durchzugehen, also schlug ich jetzt kräftig zu, machte mir die Finger und den Mund fett, und dann fragte ich Bertha mit Blick auf die zwei niedlichen Kolosse, die nicht vom Zirkusdirektor abstammten und von denen ich ja nicht wusste, wie sie vor einer Woche ausgesehen hatten: „Wie läuft's denn mit der Diät? Hat es geklappt mit den Fläschchen?"

Sie sagte: „Ja, in die Hose! Die zwei Süßen da haben sich drei Tage lang angeschissen, und ich durfte das Klo sauber machen und ihre kleinen Höschen waschen, ich weiß wirklich nicht, was der Herr Doktor da zusammengemischt hat, es war die Hölle, ich kann das Klo nicht mehr sehen!"

Übereinstimmend nickten die beiden Jungs: „Wir auch nicht!"

Nachdem wir ein paar Mal kräftig gerülpst hatten, steuerte ich ein wenig Gras zum Nachtisch bei, Marcel schleppte billigen Fusel herbei, und Kevin drehte den Fernseher lauter. Dann schauten wir mit verrenkten Köpfen, wie im Fernsehen gekocht wurde, bis endlich einer schrie: „Deswegen haben wir den Scheiß-Fernseher angeschleppt? Wegen scheiß Kochen? Läuft vielleicht noch irgendwo was anderes als Kochen?"

Ich wandte mich an Olga, die sich in Sprachstudien vertiefte, während Foxy wieder Kaugummi kaute und mich angrinste, und dann fragte ich die Russin: „Du glücklich?"

Sie nickte und sagte: „Pardauz!"

Wenigstens sie hatte gefunden, wonach sie sich sehnte, und mir ging es genauso – Ruhe und Frieden.

Nach all dem Wahnsinn waren Bertha und ihre Bande eine wahre Wohltat für uns alle. Ich wünschte, sie würde mich und Olga adoptieren, und ein ganz klein wenig wünschte ich mir sogar, dass ich dann mit Foxy Inzest treiben könnte, zu Weihnachten wird man sich ja noch etwas wünschen dürfen!

Ein freies Bett, in dem ich mich wo dazukuscheln und den Rest des Winters verbringen konnte, fand sich dann aber doch keines für mich, also begleitete mich Foxy zur Tür. Dort lud ich sie ein, mich anzurufen, falls sie sich vielleicht doch noch irgendwann für einen ersten Schritt ins Berufsleben durchringen konnte, sie fragte: „Worum geht's?"

Ich sagte: „Um Tabledance."

Sie nickte und versprach mir, darüber nachzudenken, aber da merkte ich schon: Das Job-Angebot war gut gemeint, aber nicht gut genug.

Auch sie war ein Freund der Winterarbeitslosigkeit, es hätte also besser ausfallen müssen, viel besser, um eine wie sie von der Couch wegzulocken, wo sich ihr Arsch einfach am wohlsten fühlte. Und von der Couch-Queen waren es für sie dann doch ein paar lange Schritte zu viel bis zur Dancing-Queen.

Ich schrieb sie schweren Herzens ab, als ich mich von ihr verabschiedete, zum Lift im Stiegenhaus folgte mir dann überraschend Kevin, der hässlichere und fettere der beiden Brüder, der aber von allen am wenigsten gegessen hatte.

Dabei fiel mir auf, dass er mich jetzt so ein bisschen hungrig anschaute, während er neben mir herlatschte, und ich erinnerte mich, dass er das schon während des Essens getan hatte.

Ich dachte: Der Kerl hat vielleicht von allen am wenigsten abgekriegt von der leckeren Muttermilch, er war sicher der, den Bertha nur vier Wochen gestillt hat, weil er sich gegen seinen Bruder nicht durchsetzen konnte, der vier Monate randurfte und der vorhin die ganzen Burger-Laibchen fast alleine gefressen hatte.

So was kam vor unter Brüdern, aber wollte er jetzt die Nachspeise alleine haben? Und sollte die Nachspeise ich sein?

Ich war dann jedenfalls froh, als die Lifttür zuging und er draußen blieb, denn in seinem Jogger spannte schon eine größere Waffe, als Kubelka sie mit sich herumtrug, und seine Blicke hingen an mir dort, wo sie besser nicht hätten hängen sollen. Ich hatte Angst vor meinen Träumen heute Nacht, in denen Kevin am Klo stehen würde und ein paar Nigerianer zusammen mit Ku um ihn herum und …

Verdammter Penisneid!

Unten angekommen, trat ich hinaus in eine stürmische Nacht, und als ich den Kragen aufstellte und mir eine anzündete, war ich beinahe ein wenig enttäuscht, dass nicht einmal diese Familie perfekt sein konnte.

***

Wieder zuhause, kehrte ich zunächst bei Manni dem Mann ein. Am Ende ist so eine Tankstelle wahrscheinlich der einzige Ort auf der Welt, an dem man wirklich auftanken konnte.

Ich stieg aus, und während ich tankte, ließ ich den Mantel weit offen stehen. Manni sollte sehen, wie gut ich aussah, er kam heraus und schaute mich an. Die Hosen waren an den Eiern schon ganz schön durchgescheuert gewesen, als ich eingestiegen war, und jetzt, nach einer Fahrt über die Donau und wieder zurück, war der Stoff ganz hinüber, und Manni konnte hoffentlich stehen, wie gut auch mir enge Hosen standen.

Manni aber fielen sie gar nicht auf, er fragte nur, ob der Wagen immer noch stinken würde.

Ich sagte: „Danke der Nachfrage, jetzt nicht mehr."

Dann erzählte ich ihm, dass wir den mit der Jacke gefunden hatten, und er sagte, ja, das wäre ihm schon aufgefallen, dass da jetzt weniger Rennen stattfänden. Ich sagte: „Weißt du eigentlich, was UGC bedeutet?"

Er sagte: „Sag's mir!"

Aber ich spürte, dass das alles zu nichts führte, solange ihm meine engen Hosen nicht auffielen.

***

Als ich um die Ecke bog, sah ich Guttmann vor dem Hard & Heavy stehen, und zwar wie ein Teenager, der nicht mehr ins Lady-Gaga-Konzert hineingelassen wurde, aber nicht, weil er zu alt war, sondern weil er zu fett war.

Sein Hut war schon ein paar Zentimeter hoch zugeschneit, und er drohte mal nach vorn zu kippen, wo der Eingang war, und dann wieder nach hinten, wo die Gehsteigkante auf seinen Hinterkopf wartete. Nach einer ausgedehnten Weihnachtsfeier wirkte er, als wäre ein Aushilfsjob bei der Schneeräumung und oberflächliche

Freundschaften mit ein paar Asylwerbern das Einzige, was ihm in seinem Leben noch blieb. Weihnachtsfeiern sind für jeden Menschen das Schlimmste, sie erinnern einen an das eigene Elend und Versagen und daran, dass es letztlich keinen Trost gibt im Leben, sondern nur Alkohol.

Ich kannte keinen, der aus so einer Weihnachtsfeier ohne Schrammen hinausging, und Guttmann war es nicht anders gegangen. Die Arbeit würde also für solche wie Kubelka in den nächsten Jahren eher noch mehr werden als weniger, so viel stand fest.

Ich sagte: „Warum gehst du nicht hinein? Sie hat die Preise seit fünf Jahre nicht angehoben und wird es auch in Zukunft nicht tun."

Er hätte also inflationsbereinigt immer billiger bei ihr essen können, was ihm früher ein großes Anliegen gewesen war, aber jetzt scheinbar nicht mehr. Denn als ich ihn an der Hand nehmen und hineinführen wollte, wehrte er sich. Man konnte einem Menschen aber immer nur so weit helfen, soweit er sich helfen lassen wollte. Gutti schien gedemütigt wie einer, der nicht mal auf der Weihnachtsfeier der Polizei eine abkriegte, nicht mal die Putzfrau, die dann den ganzen Dreck von diesen Schweinen wegräumen musste, ich fragte: „Willst du reden, Gutti?"

Einmal in meinem Leben musste ich diese Frage auch stellen.

Da zog er den Schal heraus, der vor ein paar Tagen noch um Jolandas Hals gehangen hatte, und dann später um den ihres Sohnes Ivo, der daran gebaumelt war. Nun hatte ihn Guttmann in seiner Tasche, und nachdem er ihn ein paar lange Minuten lang schweigend angestarrt hat, roch er daran.

Ich fragte: „Woher hast du ihn?"

Er sagte: „Von Biene Mayr. Ich hab ihn sofort wiedererkannt."

Ich fragte: „Warum?"

Er zögerte, Rotz tropfte ihm aus der Nase, dann wurde er rot im Gesicht und schnaubte wie ein andalusischer Stier, aber ein richtig großer, er stammelte: „Ich hab ihn ihr geschenkt!"

Er war das also, der mit dem schlechten Geschmack!

Es kann einen so richtig unglücklich machen, wenn man sein Geschenk um den Hals eines anderen gewickelt wiederfindet, eines vermeintlichen Nebenbuhlers noch dazu, der sich dann aber als Sohn der Angebeteten herausstellt. Und wenn sich die Angebetete als eine herausstellt, der das Geschenk, über dem man wochenlang gebrütet hat, nicht so wichtig ist, dann macht einen das auch nicht glücklich.

Ich fragte: „Und jetzt willst du ihn ihr zurückbringen und dich vor der versammelten Sozialhilfeempfänger- und Trunkenbold-Szene lächerlich machen, indem du ihr sagst, dass du verletzt bist, oder was? Gutti, tu's nicht!"

Er war noch nicht lange genug mit Dirty Willi und mir zusammen, und er hatte wohl noch nicht genug gelungene Pornofilme gesehen, die einem Hoffnung machten, um zu wissen, dass man so etwas besser nicht tut – Gefühle zeigen und sich lächerlich machen. Lieber immer alles schön hinunterschlucken und darauf warten, bis die Ladys alt und runzelig sind und sich kein Bauarbeiter aus Bulgarien mehr nach ihnen umdreht, als mit ihnen über seine Gefühle zu reden, das war seit jeher mein Tipp.

Außerdem musste man im Leben auch verlieren

können, ich sagte: „Sieh dir Lemmy an. Er hat einen viel kleineren als ich, trägt es aber mit Würde und Fassung.“

Er fragte: „Du findest echt, er trägt es mit Würde und Fassung?“

„Na ja.“

„Weißt du, was ich mich frage: Wenn sie imstande war, ihren Sohn damit in den Selbstmord zu treiben, wozu ist sie dann noch imstande?“

Das ist aber eine Frage, die man sich bei jeder Frau stellen sollte, wie ich fand.

Ich versuchte also, dem Ganzen ein bisschen den Wind aus den Segeln zu nehmen, und sagte: „Gutti! Ihr Sohn war labil und fühlte sich ungeliebt, jeder hätte es geschafft, ihn in den Selbstmord zu treiben!“

Da sagte Guttmann: „Und was bin ich? Ich bin auch labil und ungeliebt, und fett bin ich obendrein!“

Jetzt war ich ihm fast ein wenig böse: „Aber wenn dir Kubelka das sagt, dann willst du's nicht hören!“

„Wenn der es sagt, dann klingt es so wahr!“

Ich riet ihm, den Schal auf den Boden zu werfen und eine schöne Ladung draufzupinkeln, und dann aber Deckel drauf und die Sache für immer vergessen. Mehr als Verdrängen kann man für seine Gesundheit nicht tun, sagte Ku immer. Und dann würde ich ihn nach Hause bringen und wieder ins Bett legen, und wenn er wollte, dann würde ich sogar bei ihm bleiben, bis er einschlief.

Aber er wollte weder auf den Schal pinkeln, noch wollte er nach Hause gebracht werden. Ich fragte: „Okay, was ist der Plan?“

Er sagte: „Die Mutter von dem fetten Mädchen hat angerufen, ihr ist jetzt doch noch aufgefallen, dass sie fehlt.“

Ich fragte: „Warum? Weil sie jetzt so viel Platz auf der Couch hat?"

„Ja, vielleicht. Jedenfalls werde ich die jetzt besuchen. Sie klang irgendwie …"

„Wie?"

„Einsam. Und ich bin auch einsam."

Guttmann war flexibler als ich dachte.

„Du willst also zu ihr fahren und ihr diesen Schal schenken, und sollte sich herausstellen, dass bei ihr was geht, wirst du mit ihr Weihnachten feiern und nicht mit mir? Ist das der Plan?"

Das alles war nicht sehr wahrscheinlich nach unseren Maßstäben, aber es war auch nicht ganz unmöglich nach seinen. Er nickte und sagte: „Für Jolanda wäre ich doch ohnehin ein Minus-Geschäft gewesen, wenn sie mich jeden Tag hätte voll verpflegen müssen, also tu ich ihr letztlich doch nur einen Gefallen. Kommst du mit?"

Ich sagte: „Lieber nicht. Aber ruf mich an, wenn du bei ihr einziehst."

Wenn er ihr schon keine Schmetterlinge im Bauch geben konnte.

„Und falls wir uns nicht mehr sehen: Frohe Weihnachten, Gutti."

„Dir auch, Rock."

Wir umarmten uns wie zwei komplette Schwulis, und so blieben wir ein paar Minuten lang stehen, bis uns ein paar vorbeikommende Jungtürken mit Schneebällen bewarfen und uns „Schwulis!" zuriefen.

Wir trugen es nach außen hin mit Würde, auch wenn es nach innen hin natürlich wehtat.

***

Ich hatte dann noch einen halben Zwanziger in der Tasche und wollte damit beim Türken am Markt einen Plastikbaum, X-large mit 80 weißen Kerzen und einem 5-Meter-Kabel dran kaufen, kleckern statt klotzen, ich dachte: Das kann doch nichts kosten bei einem Türken, erstens ist er Türke, der keine Ahnung von Weihnachten hat, und zweitens sind es Plastikbäume. Aber der Türke hatte eine Ahnung vom Geschäft, also zeigte er mir zuerst seinen allergrößten mit 120 weißen Birnen dran und zehn Meter Kabel, und er redete mir den Mund wässrig mit seinem türkischen Singsang: „Ist er scheeene Baum und ist er verpackt in Schachtel, kannst du tragen wie flache Bildfernseher nach Hause mit Griff an Schachtel, was ist Vorteil."

Was war der Nachteil? Sein Preis!

Also zeigte er mir einen etwas kleineren, medium, mit 50 weißen Kerzen dran und drei Meter Kabel, „kannst du tragen wie Sackerl von Lidl nach Hause, was ist Vorteil." Aber der Nachteil war immer noch der Preis. Schon etwas kleinlaut fragte ich: „S?"

Er fand mich schon ein bisschen seltsam, weil ich ja erkennbar Mitteleuropäer war und einer gewissen Tradition verpflichtet sein sollte, er sagte: „S ist aber sehr, sehr klein, was ist groß Nachteil, und hat S nur 20 Kerzen mini und Kabel von ein Meter lang, wie arm bist du eigentlich, ha? Bist du Scheiß-Grieche, oder was?" Dann lachte der Scheiß-Türke, der mich für einen Scheiß-Griechen hielt, aber ich lachte nicht.

***

Mit angezogener Handbremse sprang ich hinunter ins Quattro Stazzione, den Baum in der Hand, und überraschend *Je t'aime* im Ohr. Ich dachte also kurz, dass ich mich in der Tür geirrt hatte.

Aber was war ich schlecht im Denken!

Lemmy saß glücklich und aufrecht auf seiner Couch, so wie ich ihn schon wochenlang nicht mehr gesehen hatte, und die Biene Mayr saß glücklich auf Lemmy, dabei strahlten sie beide wie der junge Frühling, so richtig von innen heraus, wie es mir persönlich am besten gefiel.

Zwar vollzog sich auch diese körperliche Vereinigung nicht ganz ohne Alkohol auf der einen Seite und schweren Drogen auf der anderen – die Biene war schwer angeschlagen von Punsch und Glühwein, Lemmy war wie immer –, aber vielleicht war ja gerade das der Grund, warum die Chemie zwischen den beiden zu stimmen schien, jedenfalls schrie die Biene: „Rock, warum hast du ihn mir nicht schon früher vorgestellt, er ist einfach so heiß!"

Und sie meinte echt Lemmy. Aber natürlich Lemmy mit seinem Holzrohr, und nicht Lemmy, der noch vor ein paar Tagen beim Spenden kollabiert war!

Die Biene war wohl mit Guttmann zusammen von der Weihnachtsfeier hierher in die Gegend gefahren, nachdem dort kein geeigneter Spender zu finden gewesen war. Und alles, was ich ihr irgendwann über Lemmy erzählt hatte, das hatten Punsch und Glühwein in ihr zu einem völlig falschen, überhöhten Bild geformt, auf dem sie jetzt saß.

Ich dachte: Das wird ein schöner Kater werden, ein böses Erwachen.

Es war daher wichtig, dass einer sachlich blieb, also stellte ich mich zu ihnen und sagte: „Hier ist der Baum!"

Aber das interessierte niemanden.

Wie die Biene ihn dazu gebracht hatte, sich auf seiner Couch aufzurichten und nun mit dem schmalen Arsch auf der Stahlfeder zu sitzen, während sie auf ihm draufsaß und ihn ritt wie Winnetou seinen Iltschi? Ich wusste es nicht genau, aber sie hatte durchaus ein paar gute Argumente, und zwei davon hingen Lemmy nun mitten ins Gesicht. Er hatte eine kindliche Freude daran und saugte und nuckelte, als hätte er es nie verlernt, aber weil natürlich nichts dabei herauskam, saugte er umso kräftiger, was der Biene zu gefallen schien, und sie ritt ihn umso kräftiger und wilder, je kräftiger und wilder er saugte, und dann – „Je t'aime, mon amour!" – krachte es, und die ganze verdammte Couch war endlich im Eimer.

Die beiden lagen dann auf dem verdreckten Boden herum wie zwei Insekten, die zunächst nicht recht wussten, wie sie sich wieder in Position bringen sollten, ein altes Problem mit den Insekten.

Aber jetzt, wo es drauf ankam, zeigte Lemmy Qualitäten, die ich an ihm nicht kannte, und eine Kraft, mit der er den Himmel hätte tragen können.

Er drehte die Biene einfach auf den Rücken und fing an, sie zu rammeln wie ein Karnickel, und wenn vorhin sie es gewesen war, die das Tempo bestimmt hatte, dann machte das jetzt er, und er schrie begeistert: „Rock, es funktioniert!"

Damit hatte nun wirklich keiner rechnen können.

Was die beiden dann weiter miteinander anstellten, das wussten nur noch die Mäuse, die zwischen seinen Platten hervorlugten, dabei eine Pause beim Essen einlegten, und den beiden beim Nahkampf zuschauten. Ich hörte ihn nur noch „Lass mich nur machen, Baby!" sagen, und sie schrie irgendwas mit „Hengst!", und dann war ich bei der Tür draußen, wo mir die Flocken gegen die Ohren schlugen, als Einziger stand ich alleine draußen in der kalten Nacht.

Ich überlegte kurz, ob ich hinüber zu dem Bio-Supermarkt gehen sollte, wo ich mich im Windfang zu den drei Asylanten dazu hätte stellen können, aber was, wenn die auch keine Lust hatten, mich zu sehen?

Also ging ich hinauf in meine Bude, kroch unter die Decke, und dann hörte ich von unten herauf noch die ganze Nacht Schreie und Seufzer der Liebe, und irgendwann in dieser Nacht musste Lemmy wohl Kind Nummer 801 gezeugt haben, ich dachte: So ist das Leben, ein Fest!

***

Am 24. bewegte ich meinen Arsch über den Markt und kaufte bei den Waldviertlerinnen noch ein letztes Geschenk, dann setzte ich mich in den Datsun hinein und fuhr den Gürtel hinauf Richtung Norden, den Schlüssel für meine Nacktbar hatte ich in der Tasche meiner Jogginghose, er fühlte sich gut an. Und meine Nacktbar war der Ort, an dem ich diesen schlimmsten aller Tage des Jahres verbringen wollte.

Vor dem Tabledance parkte mich ich ein.

Mit Ku hatte ich keinen Kontakt mehr gehabt. Entweder war er endgültig durchgedreht, oder er war in die Donau gesprungen, oder er hatte sich vielleicht doch noch irgendwie aus dem Schlamassel gezogen und einen Therapeuten aufgesucht, mit dem er reden konnte.

Ich wusste es nicht.

Ich stand davor und kramte den Schlüssel heraus, da kam mir der von der Post entgegen, ich nahm den Packen Rechnungen und Reklame entgegen und sagte zu ihm: „Eigentümerwechsel. In Zukunft bitte alles an Herrn Rock Rockenschaub, c/o Rockin' Rocks Dirty Tabledance."

Wobei der Kerl natürlich nicht wusste, warum ich ihm das sagte, denn er würde mir sicherlich nie eine Karte oder so was schicken. Aber mir war halt gerade eingefallen, wie der Laden in Zukunft heißen sollte, ein paar von den richtigen Buchstaben hingen ja bereits im Schaukasten oberhalb des Eingangs, man musste dann nur noch ein bisschen umstellen, und schon hätte das alles ein Gesicht und den richtigen, verführerischen und einladenden Namen:

ROCKIN' ROCKS DIRTY TABLEDANCE

Ich machte mir nämlich nichts aus Texas, und noch weniger machte ich mir aus Ronnie, also weg damit. Und falls Ku etwas dagegen haben sollte und mich weiterhin mit seinem Sigmund Freud quälen wollte, dann würde seine Nase in den nächsten Jahren halt nur sehr schwer heilen.

Ich schaute die Post durch und fand eine Karte, die an Kubelka adressiert war, THE NEW OWNER OF ROCKIN' RONNIES TEXAS TABLEDANCE, wie draufstand.

Dann war da noch Krixikraxi draufgemalt, ein fettes Gesicht oben in der Ecke der Karte, dort, wo die rotzfrechen Kinder auf einem Zettel normalerweise immer die Sonne hinzeichnen, ein fettes hässliches Gesicht, das irgendwie dreckig lachte und mir die Zunge herausstreckte, als wäre ich der fette Mongo und nicht er, und dort stand dann in Groß:

MUMMY TOLD ME TO …

Die Tür war offen, ich ging hinein. Drinnen atmete ich den Gestank vieler vergangener Jahre, nichts ist trauriger, als eine schwarz angemalte Nacktbar bei Neonlicht am Vormittag eines Heiligen Abends, voll mit kaltem Rauch. Insgeheim hoffte ich, dass Ku irgendwo weiter hinten schon fleißig am Putzen war, aber ich fand ihn nirgends.

Ich ging hinter die Bar, dorthin, wo „Schlüssel für die Toilette an der Bar erfragen!" stand, den nahm ich mir vom Brett, ging damit aufs Klo und pisste bei der Gelegenheit einen schönen Strahl in die Muschel, die nun zu 70 Prozent mir gehörte.

Ich tropfte ab, ging hinaus und latschte dann die Treppe hinauf, die vom Stiegenhaus nach oben in den ersten Stock führte, dort war eine Tür, und hinter dieser Tür hörte ich leise Musik, mein geschultes Ohr warnte mich: Ballettmusik.

Ich trat ein und sah einen verdammten Schweinestall ganz in Rosa gehalten, so eine Art Gesindewohnung, die noch zur Bar dazugehören musste und einen noch trauriger machte als die Bar selbst.

Die Wohnung war nicht groß, überall lag rosa Tüll herum, und Bilder von Ronnies Mutter hingen an der Wand, aus der Zeit, bevor er ihr Leben zerstört hatte.

Ku fand ich schließlich auf der Couch sitzend, passend zu seinem Berufsstand, er trug eine viel zu große rosarote Strumpfhose, die er sich wohl von Ronnie ausgeborgt hatte, ein Tutu um die Hüften, und seine Visage war weiß geschminkt. Er saß breitbeinig da, kratzte sich am Sack und rauchte, dabei wirkte er, als stünde er ganz schön neben seinen Ballettschuhen. Dann nahm er einen Schluck von der schottischen Brühe, die er mit sich herumschleppte wie seine schwarze Wand, und sagte ganz ruhig: „Der Typ war total regressiv, total. Und irgendwie hat er auch überkompensiert, wie du siehst."

Ich schaute ihn an in seiner lächerlichen Aufmachung und dachte an die vielen Tage, die ich sinnlos im Freien verbracht hatte anstatt zuhause im Bett, seit er mich zu diesem Freak Ronnie hierher in die Bar geschleppt hatte. Ich setzte mich zu ihm und fragte: „Wie lange bist denn eigentlich du selbst gestillt worden, ha?"

Er redete erst gar nicht um den heißen Brei herum und sagte: „Ziemlich lange eigentlich, ziemlich lange. Und weißt du was? Es hat richtig lecker geschmeckt."

Und ich dachte: Wie man sich in einem Menschen so täuschen konnte!

Mir kamen die Tränen, und dann sah ich schreckliche Bilder, wie er an den Milchdrüsen seiner Alten hing und gar nicht mehr aufhören wollte zu saugen, und ich sagte: „Du verdammtes Muttersöhnchen bist also am allerlängsten von uns allen gestillt worden?"

„Bis 15."

Und dann kam mir ein furchtbarer Gedanke: „Wohnst du vielleicht sogar noch bei deiner Alten?"

Er wirkte gar nicht, als würde er sich schämen, als er „Ja" sagte. Ich fragte: „Und wollte sie vielleicht sogar, dass du auch Ballett tanzt?"

Herrje, die Frage war eigentlich als Witz gedacht, um mich ein bisschen aus dem tiefen schwarzen Loch zu holen, in das ich zu fallen drohte. Freunde in Ballettfummel machten mich einfach depressiv, also hoffte ich, dass er endlich anfangen würde zu lachen, ich hoffte und wartete noch ein bisschen, aber er fing nicht an. Er saß einfach nur da und machte einen auf Durchhänger, der Saft sei ihm ausgegangen, dazu das Scheiß-Wetter und die schlecht geräumten Straßen, die einem das Fortkommen so schwer machten, das Gelbe und Braune von den Hunden im weißen Schnee, das Grau der Luft …

„Und dann noch der ganze Scheiß, den ich mir von diesen frigiden Weibern um die 40 anhören muss, wäääääh!"

Das alles hatte ihm eine schwere Keule auf die schmalen Schultern gelegt, die immer noch stärker draufdrückte, je mehr an Terminen er sich auflud und je weiter er sich Richtung Weihnachten schleppte.

„Ich hab ja auch Vorträge gehalten und bin im Vorstand der Gesprächszentrierten Therapeuten", sagte er, als würde das sein Versagen erklären. „Rock, ich hab ein totales Burn-Out."

Das sagte mir nichts, aber ich kannte da dieses eine Lied aus meinem Neil-Young-Fundus, das ich ihm jetzt gerne vorsang: „It's better to burn out then to fade away … Hey Hey, My My …" Ganz ohne Gitarre, und auch ganz ohne Talent.

Aber er sang nicht mit.

Er nahm lieber noch einen weiteren Schluck aus seiner Flasche, schob sich dann doch noch selbst ein bisschen an und holte mit aller Kraft ein kleines, letztes Stück Leben aus sich heraus indem er anfing, mir „Hoch das Bein!" vorzutanzen. Er sprang und hüpfte und drehte sich, bis ihn die Keule endgültig niederdrückte und er den Plumpsack gab, er fiel um und schrie: „Rock, bitte hilf mir!"

Ich kniete mich zu diesem weinenden Elend hinunter und sagte: „Als Erstes brauchen wir mal eine eigene Wohnung für dich, damit du dich ein bisschen von deiner Alten abnabeln kannst, du Vollspinner. Also nimm die hier, falls die jetzt auch uns gehört, aber lass sie um Gottes willen vorher ausmalen!"

Er schluchzte, japste und sagte: „Du hast recht, Rock. Das wäre ein erster, vernünftiger und dringend notwendiger Schritt in die richtige Richtung."

Ich sagte: „Falls es nicht schon zu spät ist!"

Ich schleppte ihn zurück auf die Couch, gab ihm ein paar auf die Wangen, sodass er wieder geradeaus schauen konnte, und dann zeigte ich ihm die Karte, die ich unten gerade entgegengenommen hatte.

Er schaute sie an und musste zuerst lachen, wegen dem Strichmännchen mit der herausgestreckten Zunge: „Das ist lustig!"

Aber dann sagte er besorgt: „Die ist ja aus San Antonio, Texas."

Ich sagte: „Du sagst es. Und jetzt lies mal laut vor, was er seinem Supertherapeuten zu sagen hat."

Ku fragte: „Soll ich's für dich ins Deutsche übersetzen?"

„Ich bitte darum."

„Also hier steht: ‚Mutti hat mir gesagt, ich soll es tun.'"

Ich sagte: „Diese verdammten Mütter hören wohl nie auf zu reden, was!"

Ku selbst verlor ein wenig die Farbe im Gesicht, als er dieses Schuldeingeständnis seines Klienten las, weil er den fetten Mongo ja irgendwie ganz anders eingeschätzt hatte, als harmlosen Bussibär oder so was ähnliches, mit dem man alles machen konnte, auch gut Kirschen essen, und nicht als das total gestörte Arschloch, das Stimmen hörte und seine Nichte-Tochter in eine Lagerhalle sperrte, sie ein paar Kartons *SuperSlimShots* seines Schwagers und Geschäftspartners saufen ließ, bis sie elendiglich verreckte, und sie dann in die Donau warf.

Ich musste das Gewicht der Keule an Kubelkas Schulter kurzzeitig noch mal ein bisschen verstärken, ich konnte leider nicht anders und fragte: „Hast du vielleicht in letzter Zeit nur noch das viele Geld und die geilen Weiber gesehen und das ganze andere Zeug, das du dir unter den Nagel reißen wolltest? Und hast du dabei ganz vergessen, diesem Supergestörten die richtigen Fragen zu stellen?"

Ku gab sich zerknirscht und nickte, er kramte ein paar Zettelchen heraus, die voll geschrieben waren mit irgendwelchem Zeug, er sagte: „In einer der Abschriften von einem Studenten, die er über Ronnie angefertigt hat, steht:

‚Sie sagt immer fetter Mongo zu mir, wenn sie sich Haschisch bei mir holt, so wie meine eigene Mutti.' Wobei ich sagen muss, seine eigene Mutter hat sicher nicht Haschisch bei ihm geholt, aber sie nannte ihn wohl ‚Fetter Mongo', das hat der Student vielleicht nicht deutlich genug geschrieben."

Ich sagte: „Ich verstehe."

Einmal musste ich das sagen.

„Und dann steht da noch ein paar Mal: ‚Wie meine eigene Mutter … Wie meine eigene Mutter.' Dann noch ein paar Mal ‚Wie meine eigene Mutter', und dann ‚Ich halte das nicht mehr aus! Ich halte das nicht mehr aus!' usw. Und dann ‚Ich muss sie töten, ich muss sie töten!'."

Ich fragte: „Da steht: ‚Ich muss sie töten'?"

Ku: „Ja. Aber nagle mich jetzt bitte nicht darauf fest, dass das ein Mord mit Ansage war, den man hätte verhindern können, ich bin verdammtnochmal nicht verpflichtet, mit so was zur Polizei zu gehen, denn das ist alles streng vertraulich, und das Therapeuten-Klienten-Verhältnis unterliegt strengen rechtlichen Auflagen und selbstredend der Verschwiegenheitspflicht."

Ich sagte: „Und darauf kann sich speziell bei dir jeder verlassen?"

„Selbstverständlich."

Ich drückte die Keule der Schuld noch ein bisschen fester auf ihn drauf und sagte: „Hast du ihn vielleicht gar nie gefragt, ob er Stimmen hört?"

Er sagte: „Ich hab's vergessen."

„Verdammt, das sieht man doch in allen diesen Filmen, dass die ganzen Idioten immer Stimmen hören, hast du Psycho nie gesehen?"

„Schon."

„Na also! In Zukunft musst du sie immer als Erstes fragen, ob sie Stimmen hören, ist das klar?"

„Versprochen."

Ich setzte ihm die Andenmütze auf, die ich extra noch für ihn gekauft hatte, dann wünschte ich ihm Frohe Weihnachten, dann nahm ich ihm die Flasche weg und kippte selbst einen schönen Schluck hinunter, dabei dachte ich: Gott sei Danke habe ich keine Kinder, die wiederum keine Enkel haben, denen ich von dem ganzen Scheiß mal erzählen könnte.

***

Als wir unten anfingen zu putzen, läutete die Schelle, ich drückte auf Grün und sagte: „Rock Rockenschaub löst auf alle Fälle alle Fälle, was kann ich zu Weihnachten für Sie tun?"

„Oh man, where the fuck are you?"

Es war Lovegod, der mit seinem Tieflader in der Stadt unterwegs war und nach mir suchte. Ich sagte ihm, wo ich war, und dann trat ich hinaus auf die Straße.

Es vergingen keine zehn Minuten, und der Magirus Deutz der Firma Sprudel mit roter Santa-Claus-Bemalung drauf fuhr vor, reversierte und parkte sich mit dem Arsch voran praktisch vor dem Eingang ein. Der Fahrer hupte, dann winkte er mir freudig lächelnd zu, und ich winkte freundlich lächelnd zurück. Es war ein verdammter Brotha, ich erkannte ihn an seinen rot glühenden Augen und am langen Pelzmantel und dem ganzen falschen Gold, das er trug, auch in den Zähnen. Das gefällt diesen Spinnern halt, ganz die alte Schule.

Er stieg aus und ging zur Hinterwand des Lastwagens, er öffnete die Tür und heraus fuhr eine Harley Davidson, auf der Lovegod mit seinem ganzen Fett draufsaß, darum kam sie auch nicht so richtig in Schwung, die Harley bereute hörbar den Tag, an dem sie gebaut worden war.

Aber Lovegod sah aus wie eine besonders abartige afrikanische Version von Santa, diese Afrikaner haben so eine seltsame Art von Humor, die mir wirklich sehr gut gefiel.

Und auf dem Sozius, hinter dem ganzen Fett, sah ich dann endlich eine heiße Lady sitzen, ihr Name war Happiness.

Und weiß der Teufel, als sie mich sah, da strahlte sie so richtig von innen heraus. Genauso, wie ich es am liebsten mochte.

Bisher Czernin Verlag erschienen

Manfred Rebhandl

Das Schwert des Ostens

Ein Rockenschaub-Krimi

Hardcover mit
Schutzumschlag
248 Seiten
€ 19,80
978-3-7076-0403-0

Superschnüffler Rock Rockenschaub arbeitet nebenberuflich in „Dirty Willis Swedish Pornhouse" am sündigen Wiener Gürtel. Zusammen mit seinem Kumpel und Vermieter Lemmy, der am Brunnenmarkt seinen Drogen-Großvertrieb „Quattro Stazzione" betreibt, freut er sich auf die Wiederaufnahme des Welterfolges „Jack schleckt auf!", einem Pornofilm aus den 80er-Jahren. Doch als sie beim Pornhouse ankommen, liegt der Inhaber Willi zusammengeschlagen in seinem Büro.

Rock verdächtigt ein paar wild gewordene Mütter aus der immer größer werdenden Jungfamilienszene, die den alteingesessenen Verlierern und Sozialhilfeempfängern ihr neureiches Leben aufzwingen wollen. Doch der angeschlagene Willi bringt Rock auf die Spur der Daltons, vier türkischen Brüdern, die nahe dem „Pornhouse" ihre kleine türkische Pornoklitsche „Türkpörn" betreiben und neuerdings expandieren wollen. Die Türken in der Gegend haben nämlich einen neuen Helden: „das Schwert des Ostens", einen türkischen Pornostar von ganz weit östlich, der einen hängen hat wie ein Esel.

auch als E-Book erhältlich